2016 海疆生态行

坚持绿色发展 · 实施生态管海

2016 HAIJIANG SHENGTAIXING
JIANCHI LüSE FAZHAN SHISHI SHENGTAI GUANHAI

国家海洋局办公室
国家海洋局生态环境保护司　编
国家海洋局海域综合管理司

海洋出版社
2017年 · 北京

图书在版编目(CIP)数据

2016海疆生态行 / 国家海洋局办公室等编. — 北京：海洋出版社，2017.4
ISBN 978-7-5027-9753-9

Ⅰ. ①2… Ⅱ. ①国… Ⅲ. ①新闻报道—作品集—中国—当代 Ⅳ. ①I253

中国版本图书馆CIP数据核字(2017)第062711号

责任编辑：赵 武 金 希
责任印制：赵麟苏
装帧设计：何 瑛
出版发行：海洋出版社
地 址：北京市海淀区大慧寺路8号（100081）
经 销：新华书店
网 址：www.oceanpress.com.cn
总 编 室：（010）62114335
技术支持：（010）62100052
发 行 部：（010）62174379（传真）（010）62132549
（010）68038093（邮购）（010）62100077
承 印：北京画中画印刷有限公司
版 次：2017年4月第1版
2017年4月第1次印刷
开 本：889mm×1194mm 1/16
印 张：18.75
字 数：540千字
定 价：98.00元

前 言

根据党中央、国务院关于建设生态文明的战略部署，沿海地区和各级海洋行政主管部门积极推进海洋生态文明建设，探索实施基于生态系统的海洋综合管理，大力开展海洋生态修复整治工作，取得了一系列显著进展和成功经验。为了深入宣传海洋生态文明建设成果，提高全社会海洋生态保护意识，根据国家海洋局党组决策部署，在2014年与2015年成功组织“海疆万里行”系列主题采访报道活动的基础上，2016年5—9月，国家海洋局办公室会同生态环境保护司和海域综合管理司，以“坚持绿色发展，实施生态管海”为主题，组织中央主流媒体及有关环保公益组织组成记者团，开展了2016年“海疆生态行”系列主题采访报道活动。活动选择了7个沿海地区开展实地采访报道，这些地区都是近年来在海洋生态环境保护和海域综合管理领域积极探索并取得显著成效的区域，值得广泛宣传报道，也值得其他地区学习借鉴。

5月8—10日，第1站在“山东威海国家级海洋生态文明建设示范区”，记者团全面考察了威海市海洋生态文明建设的成果，采访报道了威海市在海域海岛海岸带整治、海洋资源修复、海洋保护区建设及海洋环境监测等方面取得的经验成效。

5月21—24日，第2站在“江苏南通国家级海洋生态文明建设示范区与连云港海岛”，记者团采访报道了南通市在海洋绿色发展、生态养殖、湿地保护、滨海旅游、绿色港口建设等方面的经验做法，以及连云港市在海岛海岸线整治、海洋生态补偿、海洋牧场修复等方面的经验成效。

6月23—24日，第3站在“天津临海新区”，记者团考察了天津市在海岸线整治、湿地保护、污水处理等环境保护方面的进展，全面了解了天津市深入实施科技兴海战略，全力打造全国海洋经济科学发展示范区的新格局。

7月25—27日，第4站在“浙江嵊泗国家级海洋生态文明示范区”，记者团深入了解了嵊泗海洋生态文明建设的成效，采访报道了嵊泗在生态旅游、岛礁养护、海洋牧场等海洋保护及产业转型方面的经验做法。

8月21—23日，第5站在“广东惠州国家级海洋生态文明示范区”，记者团全面考察了惠州海洋生态文明建设的成果，采访报道了惠州在维护海洋生态多样性、海岛可持续开发、海岸线整治等方面的经验成效。

9月9—11日，第6站在“河北唐山和秦皇岛”，记者团深入探访了唐山市在海洋生态修复、海岛保护性开发、海域综合整治方面取得的成效。此后，还考察了秦皇岛市在岸滩修复、典型灾害应急处置、海洋环境保障工程建设方面的进展。

9月27—29日，第7站在“辽宁盘锦国家级海洋生态文明建设示范区与觉华岛”，记者团深入探访了盘锦与觉华岛海洋生态文明建设的发展和规划，采访报道了盘锦在生态河口整治、资源城市转型、提升海洋经济方面的成果。还考察了觉华岛在保护海岛、加强绿化、塑造海岛形象方面的进展。

参与2016年“海疆生态行”系列主题采访报道活动的有人民日报、新华社、中央人民广播电台、光明日报、经济日报、中国日报、中新社、中国网、中国青年网、中国海洋报、海洋世界杂志、国家海洋局政府网站。值得指出的是，活动还吸引了知名环保公益组织“保护国际基金会（CI）”、“世界自然保护联盟（IUCN）”、“阿拉善SEE生态保护与自然教育”、“山水自然保护中心”深度参与。在半年内全方位、多载体、高密度集中报道，总计刊发稿件90篇。中国网和国家海洋局政府网站还专门开设“2016海疆生态行”专栏，以图文并茂的形式全文转登了上述稿件。全国主流门户网站和采访报道当地的主要媒体，也纷纷转载或同步采写了新闻报道。这些稿件分别从不同侧面报道了沿海地区和海洋部门建设海洋生态文明的系列成果，涵盖了海洋污染防治、海洋生态保护、海洋保护区管理、海洋生态修复、海域整治修复、海域综合管理、海洋生态经济、海岛保护管理等各个领域，深入宣传了各地各部门在海洋生态文明建设开展的有益探索、取得的成功经验和值得借鉴的典型事例。

2016年“海疆生态行”系列主题采访报道活动的成功组织实施，得到了沿海各地和有关海洋部门的积极响应和大力支持。山东省海洋与渔业厅、江苏省海洋与渔业局、天津市海洋局、浙江省海洋与渔业局、广东省海洋与渔业厅、河北省海洋局、辽宁省海洋与渔业厅等单位，以及威海市、连云港市、南通市、天津市、舟山市、惠州市、唐山市、秦皇岛市、葫芦岛市、盘锦市等地方政府，认真制订实施方案，周密安排采访路线，精心组织现场采访活动。同时，一大批接受采访的涉海企事业单位也给予了积极配合。参与活动的媒体记者和环保公益组织代表主动投入到宣传报道工作中，仔细考察现场，详细座谈交流，深入思考问题，认真撰写稿件，对每一站点都及时刊发了高质量报道。

2016年“海疆生态行”系列主题采访报道活动紧密围绕海洋生态文明建设重点，坚持正面导向，充分展示成就。所刊发的各类稿件引人入胜，吸引读者阅读；所反映的成果实事求是，值得学习借鉴，因此具有一定的新闻传播价值和较高的工作参考价值。为了进一步扩大传播效果，主办单位特此将活动报道及相关资料汇编成册，出版发行。

编者

山东·威海
国家级海洋生态文明建设示范区

江苏·南通
国家级海洋生态文明建设示范区
连云港海岛

天津
临海新区

目录

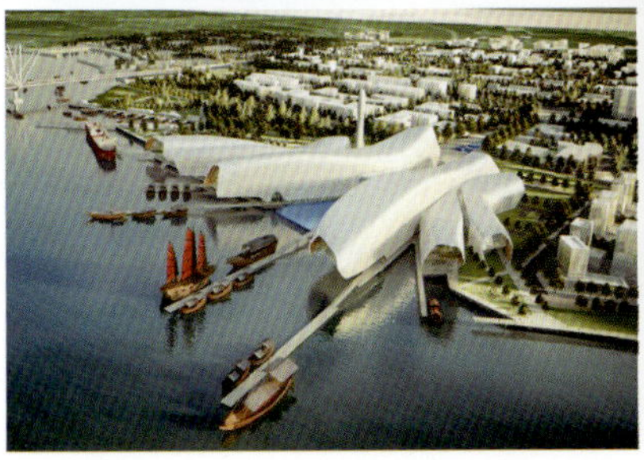

浙江·嵊泗
国家级海洋生态文明建设示范区

目录

广东·惠州
国家级海洋生态文明建设示范区

河北·秦皇岛
人工养滩综合治理工程
唐山菩提岛

辽宁·盘锦
国家级海洋生态文明建设示范区
觉华岛

2016

海疆生态行

坚持绿色发展·实施生态管海

Shandong

山东·威海

国家级海洋生态文明建设示范区

Weihai

人民日报：

威海岸线保有率达60%以上

最好岸线还给自然 最美海景留给市民

刊发时间： 2016-05-20

人民日报记者 / 刘诗瑶

宁静澄澈的自然港湾、干净辽阔的天然浴场……日前，记者跟随国家海洋局组织的“海疆生态行”采访团来到首站山东省威海市，便被这里的岸线景观吸引了。

这座三面环海的城市，今年刚与纽约缔结为“姐妹城市”，展开海洋垃圾防治的交流合作。对海岸线的保护，威海人用“拆、修、保、增”等方式，增强海岸带区域的生态承载能力，让自然岸线保有率达到60%以上，力争把最好岸线还给自然，把最美海景留给市民。

“拆”，就是对与规划不相符的近海养殖、低端制造、违法建设项目等，逐步予以搬迁、拆除。近年来，全市累计清理近海养殖筏架10万多亩，拆除违法建设项目10万多平方米。“修”，就是对遭到破坏的岸线资源积极修复。“以前这里的岸线惨不忍睹。”工作人员举着九龙湾的老照片介绍情况。照片上，这里岸线残缺、沙床裸露、淤泥堆积。政府为此请来专家进行设计规划论证，投资5000万元，填补海沙10万立方米，修复沙滩12万平方米。项目自2014年10月竣工以来，经过近两年的实践证明，如今的九龙湾风平浪静，总有海鸥悠闲地在堤坝上踱步。“保”，就是对生态脆弱区、禁止利用区实行最严格保护措施。荣成大天鹅国家级自然保护区，核心区是一处沙坝潟湖。每年11月到来年3月，都会吸引1万多只大天鹅来此栖息。为了维护湖区的生态环境，除了水底清淤，工作人员坚持种植大叶藻，不仅为大天鹅提供了最喜欢的食物，而且有利于生态环境的改善。“增”，就是通过工程、生物等技术手段，增加海洋生物资源量。这能有效遏制近海资源的退化，维护海岸带生态。据威海市海洋与渔业局负责人介绍，全市累计建设人工鱼礁3万多亩，建设海底牧场30万亩。

新华社：山东威海探索“蓝色经济”生态发展

刊发时间：2016-05-25

新华社记者 / 吴晶晶 荣启涵

一双手，有力地托举着画框，从中空处望去：海天一色做画布，灯塔、船只皆入画卷。在威海市文化广场上，这个名为“画中画”的雕塑被誉为现代威海的象征，传递着当地用海、管海、护海的情结。

2015年，威海市海洋生产总值达1010亿元，占全市GDP比重的33%。日前，记者随国家海洋局“2016海疆生态行”调研第一站来到这里，实地了解这个海岸线长达985.9公里的滨海城市，如何在“绿色”“共享”理念下实现可持续的蓝色经济发展。

规划先行的“用海”：靠海吃海 合理使用才长久

4万亩浮漂，2万多个规格参差的养殖网箱，1000多个养殖平台……威海市海洋与渔业局海洋管理科科长蔡德泉说，过去从刘公岛上俯瞰，威海湾壮观得像个巨型海上垃圾场。而实际上，这是威海湾从上世纪60年代开始发展养殖业后形成的场面。

据他介绍，大量养殖网箱不仅破坏了近海景观，也挤压了这个天然良港的发展空间。“养殖需要大量投喂，这个半封闭海湾的富营养化越来越严重了。”蔡德泉说。

竭泽而渔显然不可取，如何能让“靠海吃海”更长久？2004年，威海市在全国率先编制了《威海市海岸带分区管制规划》，把全市1046平方公里海岸带全部纳入其中。《海洋功能区划》《海域使用规划》《渔业振兴规划》《海洋游钓基地布局规划》等先后出台，形成了系统的海洋区划体系和海洋产业规划。

对于近海养殖，威海市海洋与渔业局局长马端兴说，凡是与规划不相符的、低端有污染的都逐步予以搬迁、拆除。数据显示，近年累计清理近海养殖筏架10多万亩，拆除网箱、看护房、生产平台2万多个。

在山东最开阔的海湾和我国重要渔业试验场——桑沟湾，由于无序利用导致海岸明显后退、岸线侵蚀严重、生物多样性被破坏。

威海市委书记孙述涛说，要把最好岸线还给自然，把最美海景留给市民。自2005年开始，全长6.5千米的桑沟湾海岸线开启“愚公移山”式整治，海岸上的板房、小加工厂被拆除疏导到专用养殖码头，近海养殖筏架统一移到距岸2000米外。近海水流畅通了、漂浮物不见了，由地方投资4.2亿元，现在桑沟湾变成了占地8.54平方千米的滨海公园，一座座渔人雕塑讲述着桑沟湾的过去和现在。

最严保护的“管海”：多头并举　守住海岸产业准入关

先后拒绝总额280多亿元的投资项目，否决鲁东造船、中石化成品油储运基地等海岸带建设项目……在威海，通过严把海岸带项目审批关，严守生态红线和“产业红线”，当地坚决遏制高耗能、高排放等环评不达标项目进入。有限的海岸资源用于发展优质海洋产业。

隶属威海的县级市荣成，地处山东半岛最东端，三面环海，是全国第一大渔业城市。荣成经济从传统的“牧鱼耕海”开始，却陷入了长期“拼资源”生存的低端、高污染模式。

环境约束倒逼产业转型，当地对海产品加工提高了准入门槛，“扶大压小”引导整合，推动鱼粉加工向海洋蛋白、鱼油等提取物开发转型，禁止新上小型鱼粉、饲料加工项目，关停证照不齐的作坊式鱼粉企业。截至目前，全市186家鱼粉企业整合为61家，所有企业完成新改扩建厂房和更新配套治污设备。

在投资一亿多元引进4套先进生产设备，建了污水处理厂之后，赤山集团鱼粉厂厂长杨进状说“再也不怕周围老百姓戳脊梁骨了”。

“管海”不是一家独揽。为了管好985.9公里海岸线，威海专门成立海岸带协调管理委员会，建立了发改委、城乡建设、环保、海洋与渔业等部门间的联席会议、首长负责、联合执法等日常工作制度，构建起综合协调管理框架。

对于生态脆弱区、禁止利用区，当地“零容忍”实行最严格保护措施。马端兴给记者细数了当地的“保护账本”：刘公岛、双岛等8处沿海林场重点保护；建成荣成大天鹅国家级自然保护区等5处自然保护区以及7处海洋特别保护区、海洋公园，还有30多处渔业种质资源保护区和原良种场。

修复在先的“护海”：海陆统筹　源头控制污染入海

威海市大乳山滨海旅游度假区里，至今仍保留着一块养殖池的旧貌，向游人无声地讲述这里曾经的重污染。度假区总经理刘杨说，当时的大乳山海滨，用“满目疮痍”来形容一点不为过。

刘杨说，十几年前他第一次见到的大乳山海岸带，像个“烧火的素颜美女”，因为熏了一脸炭灰而遮盖了容颜：山是火成岩，水不下渗直接淌走，满山荒芜；滩涂养殖池污泥沉积，垃圾遍地，海水浑浊发出刺鼻的气味。

“但这里山、海、滩、湾、岛、湖齐全，地理位置十分难得。”正是看中了优质的自然要素组合，企业决定把度假区项目选址在大乳山脚下。

“先修复生态，再开发旅游”，大乳山的生态修复坚持陆海统筹。从2004年立项开始，景区先后绿化荒山近万亩，种植各类乔灌木2200多万株，多级提水灌溉硬是在山上种活了一批树，减少了水土流失、泥沙入海；清理污泥深挖至原沙原土，修复海岸恢复沙滩3000多米。

修复是第一步，接下来还要持续维护。“中水直接入海可能导致海洋富营养化。”刘杨指着一块湿地介绍，为防止景区和当地村民生活污水直接入海，景区地下埋有多处污水处理系统，还人工修建了多块湿地用于承接处理后的中水。目前景区湿地可蓄存淡水200多万立方，不仅把中水二次净化，还变废为宝给湿地补水，为旱季绿化提供灌溉水源。

这样的修复项目在威海不是个案。威海市海洋与渔业局副局长陈丕松告诉记者，通过实施海域海岛海岸带整治修复项目，全市修复海岸带60余公里，整治沙滩1000多亩；通过加强沿海防护林带修复，全市森林覆盖率达到42.2%以上，增强了海岸带防风抗灾能力。

光明日报：海洋生态文明建设的“威海经验”

刊发时间：2016-05-23
光明日报记者 / 马姗姗

初夏时节，山东威海凉爽宜人。记者随国家海洋局组织的2016“海疆生态行”活动采访团来到这里。这座海滨名城近年通过区域科学规划、生态海域利用、严格保护管理等措施，加强海洋生态文明建设。

科学规划海洋生态建设

威海市三面环海，海洋国土面积11449平方公里，海岸线985.9公里，占山东省的1/3，全国的1/18。在海洋开发的过程中，面对海洋环境恶化的巨大压力，当地人认识到，只有把资源优势转化成生态优势，才能获得可持续发展。

威海市海洋与渔业局局长马瑞兴介绍，2004年威海市编制了《威海市海岸带分区管制规划》，将全市1046平方公里的海岸带全部纳入规划范围，确定了“阳光海岸”“自然海岸”“发达海岸”的规划目标。此后又逐渐编制了《海洋环境保护规划》《蓝色经济区建设总体规划》，形成了系统、科学的海洋区划规划体系。

2013年，威海市被国家海洋局授予首批国家级海洋生态文明建设示范区，目前自然岸线保有率达60%，远高于全国平均水平，近海海域水质达标率100%，是全国海水水质最好的区域之一。“把最好岸线还给自然，把最美海景留给市民”，威海市委书记孙述涛表示。威海市对涉海项目实行严格的环评审批和节能评估审查制度，先后拒绝了总投资280多亿元的投资项目，否决了鲁东造船、中石化成品油储运基地等海岸带建设项目，腾出有限的海洋资源，发展优质海洋产业。

修复生态系统，提升景观质量

随着城市发展，近海养殖业破坏了沙滩岸线，一些海域海岸遭到侵蚀、沿海构筑物遭到海浪破坏。为改变这一局面，威海开展了威海湾养殖设施清理整治工程、九龙湾岸线整治修复项目等，在威

摄影 / 张海勇

海湾清理了养殖筏架4万多亩、养殖网箱近2万个，在九龙湾岸线新建引堤200米、补沙复滩30万平方米、河道清淤1万平方米，整治修复后，海域水质、沙滩生态得到恢复与保护，整体景观质量得到提升。

登上刘公岛，映入眼帘的是满岛覆盖的绿色。工作人员介绍，岛上森林覆盖率达87%，近年来通过设置重点保护区、适度利用区、预留区以及生态资源修复区，对自然岸线、景观及历史遗迹进行了保护修复。

生态系统的保护修复为多样物种的生存提供了良好的环境。2007年批准建立的荣成大天鹅国家级自然保护区是国家二级保护动物大天鹅在国内最大的种群越冬栖息地，为大天鹅等濒危鸟类提供了栖息地。

从荣成成山头西北海域乘坐10几分钟的船即可到达海驴岛。每年4月到10月，数以万计的海鸥等海鸟在岛上孵卵育雏、生息繁衍，还有近2000只世界级珍稀鸟类黄嘴白鹭在这里繁衍生息。

共享海洋生态治理经验

海洋垃圾处理是国际性难题。2015年，防治海洋垃圾列入第七轮中美战略与经济对话，威海市与美国纽约市缔结为“姐妹城市”，分享在减少垃圾流入海洋的治理经验。威海市编制了《威海—纽约海洋垃圾防治合作威海市实施方案》，针对海洋垃圾源头治理、建立交流共享机制、重点项目支撑等方面提出了明确要求。

在2015年巴黎气候大会上，中国政府向大会提供的专题片《应对气候变化——中国在行动》中，将威海大乳山滨海旅游度假区作为生态修复的典型向国际社会介绍。从2005年开始，景区改造盐碱滩涂1000亩，恢复沙滩5000米，景区内污水全部经过处理，还建设了湿地系统来降解处理中水。

经济日报：

山东威海坚持陆海统筹生态管海，建设国家级海洋生态文明建设示范区——不让威海变“危海”

刊发时间：2016-06-02

经济日报记者 / 沈慧　郭静原

(左图)威海市荣成海驴岛上，数千只海鸥自由地翱翔于天空

(右图)威海市文登区大乳山休闲旅游胜地，郁郁葱葱的绿植与金色沙滩自然地融为一体

山东威海，三面环海，拥有近千公里的海岸线，185座海岛、11449平方公里的海洋国土面积，独特的地缘优势形成了威海特色海洋产业。然而，同其他沿海城市一样，伴随海洋开发进程的加快，威海的海洋环境也一度恶化，险成“危海”。

是要碧海金滩，还是要金山银山？威海市委书记孙述涛的回答很坚决，“必须把最好岸线还给自然，把最美海景留给市民”。

日前，《经济日报》记者跟随国家海洋局的“海疆生态行”采访团走进威海这一国家级海洋生态文明建设示范区，就当地如何实现陆海统筹、人海和谐、生态管海展开调研。

把最好岸线还给自然

威海自然岸线保有率60%以上，近海水质达标率100%，全市工业污水直排口达标排放率100%、城镇污水处理率100%、河流入海口环境达标率100%……这些数据来之不易。

上世纪90年代，快速发展的渔业养殖一度成为威海保护海洋环境最“头疼”的事。“以前往海上一看，全是养殖浮漂物，养扇贝的、养牡蛎的，密密麻麻铺满海面，像个垃圾场。”威海市海洋与渔业局海洋管理科科长蔡德泉回忆说。

-快速发展的渔业养殖不仅影响景观，更加剧了海湾生态环境恶化。由于长期超负荷养殖，鱼类排泄物、残饵等大量沉积海底，部分海区富营养化。

“海洋是威海得天独厚的发展优势，美丽的沙滩、独具风情的海湾、蜿蜒迤逦的岸线是威海宜居城市、文明城市最鲜明的特色。”孙述涛说，保护海洋环境不能再等下去，必须把最好的海岸线还给人们。2012年威海市海洋环境监测中心对辖区海岸线分布、冲淤变化及岸滩侵蚀状况展开全面摸底式普查，同时启动海湾养殖设施专项整治工作。

拆除网箱、看护房、生产平台6875个，清理养殖筏架近7000亩，拆除违法建设项目10万多平方米……随着修复工程的实施，“受伤”的海岸线一点点恢复了起来。

找回原生态海岸线是威海严守海洋生态红线的第一步。坚持陆源污染排放总量和排放标准“双控”制度，以容量定排量；先后铺设改造城市污水管道400多公里，新建、改造万吨级以上污水处理厂10座，封堵排污口500多个；培育河道及入海口湿地12万亩……严把海岸带项目审批关，严守生态红线和“产业红线”，威海先后拒绝了总投资280多亿元的投资项目。

“那些动辄好几亿元的项目确实能让城市快速发展，但倘若以牺牲海洋生态为代价，那么所谓的经济增长注定是不可持续的。”威海市海洋与渔业局局长马端兴说。

就在去年，威海与美国纽约市缔结为“姐妹城市”，共同推进海洋垃圾防治工作。马端兴透露，下一步，两市还将深化海洋国际交流合作，加快实施生产生活垃圾处置、河道治理和生态岛礁建设、沿海防护林建设等16类23个重点项目。

把最美海景留给市民

漫步在金色沙滩，阵阵海风裹挟着凉意吹来。已在此定居的曹庆梅，2013年从曲阜一家煤矿退休后，在南海新区购置了一套房子安了家，也眼见这些年威海环境的改善，“2009年我刚到南海新区，遍地是滩涂和虾池，游客开车到十多公里外的高速公路出口，就能闻见海上飘来的一阵阵腥臭。现在经过治理、修复，踏上这座美丽的海滨城市就不舍得离开了”。

在南海新区，一场荒滩变身城市花园的华丽转型初见成效。几年前，受五垒岛湾海水养殖及附近涉海工程的影响，南海新区经历了海洋生态环境恶化的“阵痛期”，海岸侵蚀日趋严重。为了让昔日受损的荒滩变身花园城市，近年来，南海新区在人工湖入海口东侧建设300米堤坝、清除海滩建筑垃圾及清淤逾11万立方米、回填优质细沙1500立方米、沿岸防护林绿化11800株，完成对沙质岸线总投资达1265万元的整治修复工程。

“从修复沙滩到建成休闲公园，防止海岸受到二次破坏，南海新区现已安排专人负责沙滩保护、卫生管理和维护游客秩序等。”南海新区公用设施管理处主任刘新庆介绍。

这样的修复项目在威海不是个案。威海市海洋与渔业局副局长陈丕松告诉记者，全市修复海岸带60余公里，整治沙滩1000多亩；通过加强沿海防护林带修复，全市森林覆盖率达到42.2%以上，增强了海岸带防风抗灾能力。

海风清爽，沙净如玉，海水清澈。如此美景也推动了威海市旅游业、房地产业发展。

如今，位于荣成市西霞口风景区的海驴岛，每年都有数万只黑尾鸥、黄嘴白鹭等珍稀鸟类驻足嬉戏。西霞口旅游有限公司经理梁军告诉记者，自2004年西霞口村村民自发组织海驴岛人工保护

摄影 / 陈晨

后，岛上绿化面积不断扩大，海鸥繁殖区域日益扩展，慕名前来的游客络绎不绝。“前几年，西霞口村找准旅游经济发展点，做大做强海洋旅游产业，现在每年仅旅游一项就能带来1000万元的纯利润。”梁军说。

传统海洋产业升级

正如许多沿海城市从海水养殖业起步一样，荣成市也曾在很长一段时间内重复着“捕捞+出售”的老路。然而，由于过度捕捞，荣成的近海渔业资源面临着衰竭的窘境。

传统海水养殖业如何转型升级？荣成市的做法是：将传统海水养殖逐步让位给生态名优养殖，将浅海养殖海域集中划分，建立农业部及省级水产健康养殖示范场、省级现代渔业示范园区；加快人工鱼礁、海洋牧场等项目建设；大力发展远洋捕捞。绿色发展理念的注入使威海海洋经济焕发蓬勃活力。以海水养殖业为例，得益于“浅海多层次生态健康养殖”模式的推广，去年荣成市海水养殖产量达到71.5万吨，亩均增值5000多元。

类似传统海水养殖业的产业升级还有很多。荣成市海洋与渔业局副局长陶明韬告诉记者，荣成不断加大海洋低端产业的整合力度。近年来，威海严禁新上小冷藏、小鱼粉等加工项目，先后引导150多个低效项目退出，腾出空间重点发展滨海生态旅游业。与此同时，鼓励企业对海产品进行精深加工、综合利用，并向海洋医药保健品、功能性食品和化妆品、生物新材料等高端领域发力。多措并举之下，目前荣成形成了海产罐头、海藻食品等8大系列3000多个品种的产业规模，开发出深海鱼油胶囊、海洋胶原蛋白、海参胶囊等上百种海洋医药保健品，海洋生物食品产业集群规模突破千亿元。

“‘十二五’期间，威海市海洋生产总值年均增长10.9%，2015年达到1010亿元，其中旅游总收入达455.3亿元。”孙述涛说，下一步威海将进一步调整优化海洋渔业产业结构，加快发展海上休闲、垂钓等产业，推动传统渔业向现代渔业转型升级，打造独具特色的滨海休闲旅游品牌；充分发挥科技在海洋产业发展的作用，全力做好海洋经济大文章。

CHINA DAILY:

Weihai tightens efforts to control marine pollution

刊发时间：2016-12-25
By Zheng Jinran

摄影 / 张海勇

摄影 / 张海勇

Weihai in Shandong province has strengthened efforts to reduce waste generated from the land that affects the coastal region and oceans to ensure coastal waters are not polluted.

Since the 1990s the city in Eastern China witnessed severe pollution in the coastal region and ocean due to the fast-growing fishery industry.

But the city has given more attention to the marine environment and enacted restrictions on the fish farms since 2012, when they removed over 6,800 fishing cages.

Also, the government has put tougher restrictions on coastal construction to reduce the waste; illegal buildings, some as large as more than 100,000 square meters, were demolished.

Addressing another major source of waste contamination all the sewage from industrial production is now treated and 10 new sewage treatment plants were built to achieve this goal, the city government said.

Over 500 sewage outlets that were illegally used to discharge sewage into the ocean were sealed off.

"The huge projects, which may attract millions of yuan, could facilitate the city's growth, but if they contaminate the coastal regions and the ocean, that fast growth is not sustainable," said Ma Ruixing, head of the ocean and fishery bureau in Weihai.

To protect the good quality of coastal areas and ocean, the city has rejected many projects, with an estimated total investment in recent years of about 28 billion yuan.

Cao Qingmei, who lives near one of the city's beaches, said she enjoys the great changes in the improving environment. In 2009 residents in the area suffered the floating garbage and its foul odor in the water, but now she said she likes to walk along the beautiful coast.

To further protect the environment and reduce marine debris, Weihai signed a cooperative agreement with New York in 2015, designed for controlling marine pollution.

Marine debris is negatively affecting more than 800 animal species and causing serious losses to many countries' economies, according to a recent United Nations report.

The most common types of marine debris are: food wrappers, bottle caps, straws, grocery bags, beverage bottles and cigarette butts.

中国新闻社：

中国发力海岸带保护：将最好岸线还给自然

刊发时间：2016-05-16

中新社记者 / 王恩博

摄影 / 张海勇

山东省威海市是中国著名海滨旅游城市之一。初夏时节，漫步于该市南海新区的“万米金滩”，海风拂过脸庞，细沙抚慰脚踝，颇让人心旷神怡。然而就在几年前，此地远不是这番光景。

48岁的退休煤矿工人曹庆梅2010年从100多公里外的家乡迁居来此，成为南海新区海岸线变迁

摄影 / 张海勇

的见证者。她告诉中新社记者，彼时的南海新区海岸线与现在相比是“一个天上一个地下”。“海岸边大多是滩涂和虾池，游客开车到十多公里外的高速公路出口，就能闻见海上飘来的一阵阵腥臭。”

海岸带生态治理已成为当前中国海洋环境保护的重要课题。中国国家海洋局发布的《2015年中国海洋环境状况公报》显示，中国部分近岸海域污染严重，面积在100平方公里以上的44个大中型海湾中，21个海湾全年四季均出现劣四类海水水质，陆源入海污染亦居高不下。

中新社记者近日随中国国家海洋局“海疆生态行”采访团采访时发现，海岸带生态保护正愈发受到中国地方政府重视。在威海市南海新区，当地近年来持续开展海岸线修复工程，对长达12公里的沙滩进行保护性开发治理，恢复生态地貌。

海水养殖业是沿海城市经济的重要组成部分，如今却在一定程度上成为破坏海岸带生态环境的“罪魁祸首”。以威海为例，该市市区海水养殖业起源于上世纪60年代，为繁荣当地经济、促进渔民就业增收贡献颇大。然而随着城市发展，近海养殖业与滨海旅游业等新兴产业产生矛盾，更对沙滩岸线造成一定破坏。

“几年前，眼前这片威海湾海域布满4万亩养殖浮漂、2万多个养殖网箱，乍一看像个海上垃圾场。”站在如今修葺一新的威海公园海岸边，威海市海洋与渔业局海洋管理科科长蔡德权指着眼前的万顷碧波感慨道。

蔡德权介绍说，过度养殖的行为不仅破坏了海洋景观，更造成海水严重富营养化，破坏了生态环境。此外，养殖业无序发展也挤占了威海湾等天然良港的港口业发展空间。

为改变这一局面，威海海洋渔业主管部门近年来实施“最严”海洋保护管理制度，对新上项目严格实行环保审批和节能评估，累计否决总投资额逾280多亿元人民币的各类项目；与此同时，实施海洋生态修复和海岸带整治工程项目20多个，整治修复岸线60多公里、沙滩1000多亩。

威海等中国各沿海城市正用实际行动，履行其“将最好岸线还给自然，把最美海景留给市民”的承诺。而国家层面的一系列举措，更反映出中国发力保护治理海洋环境的坚定决心。

“十三五”规划纲要提出，要加强海岸带保护与修复，自然岸线保有率不低于35%。去年第七轮中美战略与经济对话期间，两国确定威海、厦门分别与纽约、旧金山建立伙伴关系，分享在减少海洋垃圾方面的实践经验，力图掐断海洋污染源头。

中国海洋环保立法也日趋完善。由国家海洋局会同有关部门起草的海洋环境保护法(修订草案)将力争在年内提请全国人大常委会审议。据国家海洋局生态环境保护司有关负责人介绍，此次修订拟明确地方政府海洋环境保护责任，加强对各级政府考核；并将生态补偿、生态红线、区域限批等已经实施且成效显著的政策写入法律，强化法律责任，提高对污染行为的处罚力度。

中国网：

海疆生态行荣成
海滨城市不拼颜值将OUT

刊发时间：2016-05-12

中国网记者/冯竹

环山、环海路上移步换景，海岛、海岬、沙滩如诗如画。来到荣成好运角旅游度假区的那香海国际海滨浴场，不远处的海面上蓝色渔船桅杆林立，不时还有白色游艇划破海面，别是一番景象。

好运角旅游度假区养殖场的变迁是荣成市主动淘汰落后产能，腾出空间发展第三产业的一个缩影，也是荣成市推动经济和生态融合发展的典型案例。

拼资源的时代已过
城市需要拼颜值

荣成是全国第一渔业大市，海洋是荣成最大的比较优势。荣成经济从传统渔业起家，走了很长时间资源依赖型发展路子。近年来，荣成深刻认识到，传统产业面临着环境约束和转型升级的双重压力，特别是很多低端行业，长期依赖“拼资源”生存，污染问题非常严重，必须通过环境约束倒逼产业转型升级，否则美丽的荣成迟早会沦为烂泥潭。

荣成市在产业转型上优化提升传统渔业，在海洋生态修复上，严格执行涉海项目环境影响评价、海域使用论证等制度，坚持“扶大压小”，重点支持骨干渔业企业发展名优养殖、深海养殖和生态健康养殖，逐步淘汰没有加工能力的小型低端近海养殖。同时，该市严控近海渔船更新改造审批，大力发展远洋渔业，鼓励近海渔民转产转业。

据了解，去年荣成市的专业远洋渔船突破300艘，远洋渔货回运比例超过了75%。在加工环节，荣成市提高产业准入门槛，整合低端项目，禁止新

滨海公园一角

海上牧场

上小型食品、小冷藏、小鱼粉、小饲料等加工项目，鼓励企业对海产品进行精深加工、综合利用，提高海洋产品的高新化率和附加值。

鱼粉污染不除
老百姓戳脊梁骨怎么办？

荣成市为彻底根治鱼粉、石材等行业环境污染，启动了全方位、深层次的行业整治行动，推动产业向中高端转型提升。“我们投资1亿多元，引进4套先进生产设备，建设一座污水处理厂，锅炉废气除尘率99%以上，彻底解决了环境污染问题，再也不怕周围老百姓戳脊梁骨了。”某鱼粉厂老板自豪地说。而在几年前，这家企业生产设备老旧落后，生产方式原始粗放，污染治理技术不高，废水、废气给周边环境造成了污染，周围老百姓意见很大。

荣成市一方面关停部分证照不齐的作坊式鱼粉企业，要求参与整改的企业同步实施设备更新、厂房改造和污染治理设施配套建设，确保生产废气零排放、废水达标排放。另一方面通过政策引导扶持、引进外来资本等模式,推动鱼粉加工向海洋蛋白、鱼油等提取物开发转型，提高产品的附加值。

中韩边贸城

荣成天鹅湖
仙子凌波

目前全市186家鱼粉企业整合至61家，所有企业完成新改扩建厂房，全部更新了生产设备和配套污染治理设施，并通过综合验收。三年前，位于石岛管理区与人和镇交界处的威石路南侧区域，还是冷藏厂、鱼粉厂、养貂场林立。现在这里一个省级农业高新技术产业示范区海洋高新产业园拔地而起,园区将被打造成荣成重要的现代海洋优势产业集聚区、现代海洋农业科技创新引领区和海洋商贸物流集散区。

不淘汰落后产能
产业升级如痴人说梦

荣成除了先后引导150多个小加工、小冷藏等低效项目从沿海一线推出，腾出空间发展滨海生态旅游业外，这里还抓住中韩自贸区建设和城际铁路、荣乌高速公路开通的有利契机，把繁荣和发展现代服务业作为转方式、调结构的用力方向，立足资源和区位优势，建设了海洋食品博览中心、中韩边贸城、社会福利中心等一批高端项目，培植壮大了商贸物流、电子商务、健康养老、滨海旅游等现代服务业，构建起生态优质高效、绿色循环低碳的新型生产力布局。

“荣成地处暖温带季风性湿润气候区，四季分明，气候宜人。拥有成山头、法华院两处国家4A级景区，两个国家级森林公园，一处国家级海洋公园，森林覆盖率达到41.2%，空气质量优良天数100%”这是一段关于荣成的介绍文字，希望这些百分百纯净天地能够长久保持下去，让荣成真正成为一座“有颜且任性”的美丽城市。

[相关链接]由国家海洋局办公室副主任王斌带队，包括国家海洋局新闻宣传处、环保司生态保护处、海域司海域管理处干部，以及人民日报、新华社、中央电视台、中央人民广播电台、光明日报、经济日报、中国日报、中新社、中国网、中国海洋报、《海洋世界》杂志等媒体记者组成的“海疆生态行”宣传报道组首站来到了山东威海采访，“海疆生态行”媒体团还将共同走访辽宁盘锦、河北秦皇岛、天津、江苏南通、浙江嵊泗、广东惠州等地。

中国网：
海疆生态行走进威海
探究海洋垃圾防治难题

刊发时间：2016-05-11
中国网记者/冯竹

“近年来，专家称塑料污染物正在导致大量海鸟、海生哺乳动物、海龟和其他生物死亡，并破坏海洋生态系统。中国每年入海的塑料污染物最多，估计为240万吨，占全球的30%左右。”短短几句话，相信读者的内心戏还是很足的，这样的海洋如何承载我们国人的蓝色梦想？不过好在2015年，习近平主席访美期间签订了中美海洋垃圾防治“姐妹城市”，至此，威海与纽约、厦门与旧金山建立了伙伴关系。关系建立后威海的城市面貌是否发生了大变化呢？答案是变化并不明显，因为威海这座城已经用超过十年的时间让“烂泥滩”变成了金沙滩，让海滨花园成了城市最美的表情。

中美海洋垃圾防治“姐妹城市”合约签订后，如何真正有效地防治起来呢？威海海洋与渔业局局长马瑞兴向海疆生态行记者团成员介绍说，威海与海洋的历程就是人类与海洋的历史。威海地处山东半岛最东端，三面环海，海岸线长达986公里，占山东省的1/3，占全国海岸线的1/18。拥有较大海湾30多个，海岛168个。对于垃圾处理问题，威海率先建立了“村收集、镇转运、市处理”的生活垃圾处理模式，建设了12处建筑垃圾消纳场，建筑垃圾“入场率”达到100%。此外，威海还在全国率先开展了海水养殖场、育苗场、渔港码头综合整治，先后清理了厂区垃圾8万多立方米。

如何控制住污染源的问题，威海市采取了对城市河流的管控推行河道分段管理的办法。通过采取培育河道湿地和增上拦水坝、栅栏、打捞设备等措施，消减入海污染物、拓展环境容量。截至目前，威海已建成国家级湿地公园两处、升级湿地公园五处，培育河道及入海口湿地12万亩。念好“山海经”的威海，依托国家森林城市，兼顾生态需求和景观需求，采取公益绿化和义务植树相结合的方式，沿千公里海岸线建设集绿化带、山林、沿海防护林、河道护岸林等于一体的生态廊道，提升生态效益，消减垃圾入海。

曾几何时，烂泥滩是沙滩没落的背影，现如今烂泥滩早已不见了踪影，随之而来的海滨公园成为这座城市最美丽的表情。

据悉，由国家海洋局办公室副主任王斌带队，包括国家海洋局新闻宣传处、环保司生态保护处、海域司海域管理处干部，以及人民日报、新华社、中央电视台、中央人民广播电台、光明日报、经济日报、中国日报、中新社、中国网、中国海洋报、《海洋世界》杂志等媒体记者组成的“海疆生态行”宣传报道组首站来到了山东威海采访，“海疆生态行”媒体团还将共同走访辽宁盘锦、河北秦皇岛、天津、江苏南通、浙江嵊泗、广东惠州等地。

海疆生态行记者团成员在刘公岛采访

雨中的威海海滩

中国网：

荣成西霞口村资产60亿的造富梦 人与自然本无矛盾

刊发时间：2016-05-11

中国网记者/冯竹

中国十佳小康村——威海西霞口村

从码头到海驴岛的往返船只上赫然写下的“西霞口”三个字引起了记者的注意，这样一个久负盛名的村子到底隐藏着多少造富梦？村民梁军党与记者一路同行，告诉我们不为外人道的“财富村”之谜。

“读书、就医、养老这三大难问题在我们村全部从根本上解决了。西霞口村是一个村企合一、实行企业化管理的村庄，全村500户，1300人，下辖企业17家总员工共1600人，总资产超过60亿元。2015年，实现总收入28亿元，纯收入3.5亿元，人均创纯收入28万元。”34岁的王军党被海风晒得黝黑的脸上幸福洋溢。

偏僻渔村如何靠海吃海?

西霞口过去是一个以农为主的偏僻穷村。改革开放后，村子抓住水产品价格放开、工业产品短缺、社会消费升级三大机遇，发展港口物流、海珍品养殖、旅游三大特色项目，当时的一穷二白反倒成就了这个海边渔村。

俗话说“靠山吃山，靠海吃海”，只是如今人们“吃海”的方式有了不同，无序养殖已为生态养殖所替代。在长达30余公里的海岸线上，西霞口拥有25万亩天然海域，这是中国最大的野生刺参自然生长、繁育基地。西霞口野生刺参因品质独特、纯天然、营养价值高获得消费者的好评，2010年9月在中国国际海参文化节上大出风头，不仅一举获得了海参金奖，同时还以12.6万元的天价拍出，荣获“海参王”的称号。

在港口贸易和国际海运上，从1995年开始，

海驴岛上美丽的海鸥
摄影/ 陈晨

西霞口先后投资4.5亿元，成立了全国第一家村办SMS认证的国际海运公司。从1996年开始，投资3亿多元，把龙眼港扩建成全国第一家村办一类对外开放口岸，2001年开通了至韩国平泽港的客货班轮航线，目前即将开通西霞口龙眼港至韩国大山港的国际旅客航线和龙眼港至韩国白翎岛的高速渡轮航线。综合开发的龙眼港东区工程在原有6.5万吨级和3.5万吨级干船坞的基础上，又建造了10万吨级和20万吨级干船坞各一座。

旅游业是西霞口认准了的“朝阳产业”，在推进社会主义新农村建设的时代浪潮中，西霞口村坚

海驴岛全景

持以生态文明为引领，从良好的生态环境出发，以文化为特色、产业为支撑，形成了以成山头国家级风景名胜区、神雕山野生动物自然保护区、海驴岛风景区、摩天岭生态旅游风景区为核心的好运角国际旅游度假区。2015年景区全年共吸引游客220万人次，旅游收入达4亿多元。

集体经济真的可以还富于民?

在集体经济不断扩张的同时，把改善群众生活作为跨越发展的追求目标。西霞口的领导把村民的利益放在了首位。自80年代中期开始，村里逐步建立了涵盖医、食、住、学等各个方面的保障体系，现在，每名村民每月可以领取700元生活补助，水、电、暖气、医疗费、闭路电视费全免。从幼儿园至研究生提供每年200元至20000元不等的奖学金，服兵役的义务兵每年发给20000元的补助，军官和志愿兵则发给6000元的补助。对病灾户等困难家庭，实行最低生活保障线，每人每年7000元。60岁以上的老人每月再发放300元养老补助金，70岁翻一番，退休金每月500元至800元不等。当然，钱并不能说明一切，但是村民最基本的保障在这个村实现得精细而有序。

海驴岛日出

海鸥自由自在的翱翔
摄影／冯竹

成山头日出

为了使村民始终拥有良好的生活环境，村里先后投资5000多万元对村内及连景区道路全部进行了硬化，对道路两侧及周边空地进行了高标准的绿化美化，组成了专业的园林队伍和清洁队伍，实行全天候绿化保洁。同时，投资1600万元建成了两座高标准的污水处理厂，生产、生活污水完全达到国家排放标准。自2003年起，西霞口先后投资6000多万元，进行旧村改造，拆除旧房2600多间，新建楼房16万平米。为了完成统一的建设规划而拆掉的旧屋草房，一律按原价给予经济补偿。而且新房以低于成本价10%优惠出售给村民，对经济能力较弱的老人和病残户等弱势群体，全部免费供给楼房居住。从而全面完成了总体规划，全村居民全部住进了别墅楼、公寓楼，人均住房达到65平方米，并提供了购房和免费居住的两种自由，家庭轿车普及率达到80%。

游船从海驴岛开回到岸边之时，村民梁军党也要跟记者团成员再见了。“海鸥好吃么？”记者提出了一个比较“挖坑”的问题，“我们村的人从来不吃海鸥，渔民都知道有海鸥的地方一定有鱼，这是我们老渔民赖以生存的根本，我们怎么会吃了它们？”是啊，中国如同西霞口村一般的海边渔村不胜枚举，但随着经济的发展“渔村的没落”仿佛成了一个颠扑不破的魔咒，但西霞口村用尊重自然、崇尚创新的新渔民生活方式，给了“人与自然和谐发展”这句话最生动的诠释。

中央人民广播电台：

威海科学整治修复海域海岛海岸带 把最好岸线还给自然

刊发时间：2016-05-20

中央人民广播电台记者 / 刘颖超

记者随国家海洋局组织的“海疆生态行”采访团来到威海的南海金滩时，沙滩上矗立着的一排排精美的沙雕引来许多游客驻足观赏，拍照留念。沙雕题材丰富多样，有神话故事，有风景名胜，每一座都各有特色，栩栩如生。

“南海金滩”位于威海南海新区小观镇沿岸，拥有12公里长的优质沙滩和天然海水浴场，沙净如玉，海水清浅；岸边有绵延数十里的万亩翠绿松林，素有“黄金海岸”之称。淡水和海水在这里交汇造就了丰富的海洋资源，盛产鱼、虾、蟹、贝、参等50多种海珍品。

48岁的曹庆梅女士也跟家人一起在沙滩上悠闲地散步，晒晒太阳，吹吹海风。老家山东曲阜的她几年前偶然来到威海，一下子就爱上了这座美丽的海滨城市，退休后就来到南海边买房定居。目前，她已经在这里长住了两年有余，是个不折不扣的“新土著”。据曹女士介绍，2009年刚来到南海时，海边还遍布着养虾池子，滩涂杂乱失修，空气中弥漫着一股腥味。而现在海边整治发展得越来越好，她就把自己大学刚毕业的儿子也带来这里寻找发展机遇。

文登12公里沙滩整治修复现场前

2008年起，当地开始对南海沙质海岸进行系统修复整治，一期工程主要建设内容是建设堤坝300米，清除建筑垃圾及清淤112000方，回填优质细沙15000方，沿岸防护林绿化11800株。工程总投资1385.2万元，其中省级海域使用金扶持825万元，地方投资560.2万元。

2010年起，又依托美丽的海滩资源在南海金滩举办了多场沙雕文化艺术节、采贝节、樱桃节、螃蟹节、啤酒节等节庆旅游活动，承办全国沙滩排球巡回赛、模特大赛、“我爱威海向前冲”等大型比赛活动，吸引大量人气，初步打响旅游品牌，先后被评为“联合国人居奖中国优秀示范新区”和“中国最佳旅游开发区”、“山东省十大生态旅游景区”等称号。2011年1月4日山东半岛蓝色经济区发展规划获国务院批复，正式上升为国家战略，威海南海新区同时被列为山东省三大海洋经济新区之一。

文登12公里沙滩整治修复现场后

据了解，在海域保护修复方面，威海市始终坚持按照陆海统筹、人海和谐、开发利用与管理保护并重的思路，科学制定各类海洋规划，坚持最生态的海域利用、最严格的保护管理、最积极的涵养修复，宁可少开发、不开发，也可慢发展、缓增长，也不能破坏海洋资源，损害海洋生态环境。威海曾先后拒绝了鲁东造船、中石化成品油储运基地等总投资280多亿元的投资项目，腾出有限的海洋资源，发展优质海洋产业，提高海岸带资源的综合利用效益。正如市委书记孙述涛所说的，“把最好岸线还给自然，把最美海景留给市民”。

2005年，威海市被列入国家海域使用管理示范区，下辖三市一区均成为海域使用管理示范县，是全国唯一一个海域使用管理“一片红”的地级市。2013年，被国家海洋局授予首批国家级海洋生态文明建设示范区。2015年，在第七轮中美战略与经济对话和习近平主席访美期间，确定威海与纽约建立海洋垃圾防治“姐妹城市”关系。威海市编制通过了《威海-纽约海洋垃圾防治合作威海市实施方案》，重点围绕海洋垃圾源头治理、建立长效机制、交流共享机制等方面提出了明确要求，力争构建城乡一体统筹、海陆全域覆盖、广泛交流提升的防治格局，进一步深化海洋国际交流合作。

文登12公里沙滩整治修复现场前

文登12公里沙滩整治修复现场后

中国海洋报：

心旷神怡生态蓝

——2016年“海疆生态行”走进威海

刊发时间：2016-05-24

中国海洋报记者 / 赵建东

摄影 / 张海勇

记者近日参加由国家海洋局组织的2016年“海疆生态行”采访来到山东威海，通过实地考察、聆听介绍、采访，真正认可了那句广告词：走遍四海，还是威海。

摄影 / 张海勇

原来这就是传说中的美

走进威海，来到刘公岛国家级海洋公园，四处可见优美的自然风光。岛上峰峦叠起，植物茂密；远望松涛翠柏，郁郁葱葱；近观鹿群结队，鸟语花香。岛上地势北高南低，北坡海蚀崖直立陡峭，如刀削斧劈；南坡海滩绵延，水清沙亮；道路宽阔，海堤整洁。岛上的甲午战争博物馆、钓鱼岛主权馆平添了历史的厚重感。

威海公园位于威海湾西侧，大海、树林、绿地、鲜花、雕塑、山石有机结合，相互辉映，构成了一幅优美的生态海滨城市画卷。恰巧有一位年轻人正在海边垂钓，记者了解到，他是外地来威海打工的，闲暇时间常常来钓鱼。他告诉记者，这里水质不错，鱼很多，每次来钓鱼都会有收获。

沙滩，是威海一道别样风景线。不管是在九龙湾、南海金滩，还是在五垒岛湾国家湿地公园、大乳山海洋公园，美丽的沙滩都有着优美的线条，与碧波相映，与花树相衬，令人心旷神怡。

未到海驴岛，关于它的美景和传说已经听闻很多。记者乘坐小艇在微微的春雨中渐渐靠近海驴岛，成群的海鸥翩翩飞舞，似乎在欢迎远来的客人。

西霞村村民梁军党告诉记者，因为生态环境保护得好，每当岛上芙蓉盛开的时节，许多海鸟在此孵卵育雏、生息繁衍，白鸟与红花美不胜收。据不完全统计，岛上仅世界级珍稀鸟类黄嘴白鹭就有近2000只（全世界仅3000只左右），且全部属于野生自然状态。

千里海岸线，一幅山水卷。威海市副市长傅广照说，威海去年“蓝天白云”天数达342天，森林覆盖率达42.2%，自然岸线保有率超过60%，近岸海域水质全部达到相应功能区标准，清洁和较清洁海域达100%。

威海为什么这么美?

威海市强化生态立市、海洋强市理念，立足打造蓝色休闲之都、世界宜居城市，坚持陆海统筹、市域一体、环海发展，突出海的特色、发挥海的优势、做足海的文章，大力加强海洋生态文明建设，形成了海洋经济发达、海洋环境优良、海洋文化繁荣的良好格局。

威海市海洋与渔业局局长马端兴介绍，坚持最科学的区划规划、坚持最生态的海域利用、坚持最严格的保护管理、坚持最积极的涵养修复、坚持最有效的组织协调，是威海生态兴海的主要做法。

威海市先后制定科学的区域规划、海域专项规划、海洋产业规划。2004年，《威海市海岸带分区管制规划》编制出台，将全市1046平方公里海岸带全部纳入规划范围，确定了"阳光海岸""自然海岸""发达海岸"的目标，把海岸资源划分为12类，形成了由政策管制、分岸段管制、用地管制和重点管制区强制性管制等组成的体系，保证了海岸资源保护开发与全市发展战略、产业布局的一致性。组织编制了《海洋功能区划》《海域使用规划》《海岛保护利用规划》等，形成了系统、完整、科学的海洋区划规划体系。威海还分别制定了《蓝色经济区建设总体规划》《渔业振兴规划》《港口建设与海洋运输发展规划》等，形成了科学的海洋产业发展规划体系。

马端兴介绍，威海采取海域资源保护性利用、海洋产业园区化布局、海域资源市场化配置等方式使海域达到最生态的利用。比如，严格控制滩涂围垦和围填海等改变海洋自然属性较大的项目；引导海洋产业项目向园区和基地聚集，实现园区化布局、集群化发展，先后培育了12个特色园区；制定相关规范性文件，引入市场定价机制，大力推行海域使用权抵押贷款业务，提高海域资源使用效益。

宁可少开发、不开发，宁可慢发展、缓增长，也不破坏海洋资源、不损害海洋生态环境，这是威海发展的基本理念。对用海项目限制性进入，使环评审批和节能评估审查更加严格，威海先后拒绝了总投资280多亿元的投资项目。推行陆源污染排放和排放标准"双控"制度，实现了总量控制、达标排放，使得工业污水直排口达标排放率、城镇污水处理率、河流入海口环境功能达标率均为100%。通过综合整治、植树造林、修复湿地、恢复植被等方式，建设了200多公里的清洁沙滩、上千公里生态廊道和30多个公益性海滨公园，有效保护改善了海洋生态，拓展了发展容量。

威海还对海岸带资源实行全区域、全方位、全过程保护、修复和提高，采用"拆一块、修一块、保一块、增一块"的方式，增强海岸带区域的生态承载能力。将与规划不相符的近海养殖、低端制造项目等逐步搬迁、拆除，对遭到破坏的岸线资源积极修复，严格保护生态脆弱区、禁止开发利用区，通过工程、生物等技术手段，增加海洋生物资源量……一系列做法取得了天蓝、海美、滩净的实效。

治理海洋垃圾重在防控

在海洋垃圾治理上，威海有着独特的方式。马端兴介绍，威海从抓源头管理、抓屏障建设、抓综合管理、抓无害处置等方面防控海洋垃圾。

为了防控陆源垃圾入海，威海推行强化市域一体的垃圾清运处理做法，建立了"村收集、镇转运、市处理"的模式，村居每10户配备一个垃圾桶、100户配备一名保洁员、每座转运站配备两台运输车，实现城乡环卫一体化全覆盖。同时，威海建设了12处建筑垃圾消纳场，总容量达50万立方米，建筑垃圾入场率达100%。威海还多次开展海水养殖场育苗场渔港码头综合整治，制定环境卫生评级标准，实施动态管理，出台激励措施。

威海突出生态防控，加强沿海、沿河生态屏障建设，对全市381条河流进行综合治理，推行河道分段管理，并采取公益绿化和义务植树相结合的方式，在沿海建设绿化带、山林、沿海防护林、河道护岸林等于一体的生态廊道，消减垃圾入海。

在防控海域垃圾侵害方面，威海建设了30多处滨海公园，杜绝沙滩烧烤等行为，配备了2000多名管护员，对总长度300多公里的滨海公园、沙滩，实施规范化、精细化、常态化管理，对船舶垃圾严格管理，有效应对黄海南部浒苔侵袭。

威海十分重视防控二次污染，先后投资40多亿元，增建1处大型综合垃圾处理厂和6个生活垃圾焚烧处理点，对从城乡及海上收集的垃圾筛检、分类、焚烧，能回收的回收，不能回收的全部进行无害处理。

2015年，威海与美国纽约建立合作关系，力争在海洋垃圾防治方面取得新进展。

"威海是一个充满活力的创新城市、优势明显的海洋城市、风光宜人的旅游城市、环境优美的生态城市，我们要在此基础上坚持生态优先的发展理念，打造海洋强市。"傅广照说。

海洋世界：

把最好岸线还给自然，把最美海景留给市民

——海疆生态行走进威海

刊发时间：2016-06

海洋世界记者 / 沈婷婷　摄影 / 沈婷婷

港湾之秋
摄影 / 秦炳建

5月9日，由国家海洋局主办的2016“海疆生态行”系列主题宣传采访活动在首站威海启动。活动以“坚持绿色发展、实施生态管海”为主题，将重点报道海洋生态保护方面的特色和亮点。

威海市委书记、市人大常委会主任孙述涛曾指出，要把最好岸线还给自然，把最美海景留给市民。海洋是威海得天独厚的发展优势，美丽的沙滩、独具风情的海湾、蜿蜒迤逦的岸线是威海宜居城市、文明城市最鲜明的特色。合理保护和开发滨海资源，高水平规划建设城市海岸带，是提升城市品位和内涵的重要举措。

威海市三面环海，海洋国土面积11449平方千米，海岸线985.9千米，占山东省的1/3，全国的1/18。近年来，威海市强化生态立市、海洋强市理念，立足打造蓝色休闲之都、世界宜居城市，坚持陆海统筹、市域一体、环海发展、大力加强海洋生态文明建设，形成了海洋经济发达、海洋环境优良、海洋文化繁荣的良好格局。2005年，威海市被列入国家海域使用管理示范区，下辖三市一区均成为海域使用管理示范县，是全国唯一一个海域使用管理“一片红”的地级市。2013年，被国家海洋局授予首批国家级海洋生态文明建设示范区。

科学的区划规划

建设海洋生态文明，核心是处理好开发和保护的关系，而开发和保护的前提是科学的区划规划。威海按照陆海统筹、人海和谐、开发利用与管理保护并重的思路，科学制定各类海洋规划和涉海规划，为海洋生态文明建设打下坚实的基础。

2004年，威海在全国率先编制了《威海市海岸带分区管制规划》，将全市1046平方千米的海岸带全部纳入规划范围，以促进资源的可持续利用为目的，确定了“阳光海岸”、“自然海岸”和“发达海岸”的规划目标，将全市海岸资源划分为12大类，制定针对性的用地管制规划和政策，形成了由政策管制、分岸段管制、用地管制和重点管制区强制性管制等构成的管制体系，保证了海岸资源保护开发与全市发展战略、产业布局的一致性。各区市也分别制定了各自的《海岸带控制性详细规划》，提高了海岸带规划管理的完整性和可操作性。市政府配套出台《海岸带管理与保护意见》、《海岸带执法巡查办法》等，建立了联席会议、岸段负责等10多项工作制度，构建“日常巡查+重点布控+技术监控+协管员”四位一体的网格化执法监管体系，确保规划落到实处。

生态的海域利用

威海立足科学的区划规划，本着在开发利用中保护、在保护中开发利用的原则，集中、集约、高效地使用海洋资源，以期通过最小的海洋资源占用获取最大的经济效益和最佳的生态效益，实现人与自然、经济社会与海洋资源环境的和谐。

威海严格控制滩涂围垦和围填海等改变海洋自然属性较大的项目，凡不符合海洋功能区划、海域使用规划和国家产业政策的项目一律退办。对海洋生物的自然产卵场、繁殖场、索饵场和鸟类栖息地和破坏沙滩、礁石、岛屿资源造成较大影响的，或用海面积和占用岸线超过实际需求的，责令调

大乳山景区
摄影 / 王晓光

五垒岛湾国家湿地公园

大乳山美景

整，符合要求后方予以受理。优化围填海工程平面设计，坚持保护自然岸线、控制人工岸线、限制顺岸平推式填海，鼓励建设离岸人工岛群，畅通水交换。凡不符合设计要求或造成岸线和海域资源浪费的平面设计方案，一律重新设计。

严格的保护管理

海洋既是不可多得的宝贵财富，又是不可再生的宝贵的资源。因此，威海积极实施最严格的海洋保护管理制度，宁可少开发、不开发，宁可慢发展、缓增长，也不能破坏海洋资源、损害海洋生态环境。用海项目限制性进入、污水排放双向化控制、垃圾防治国际化合作、海岸景观生态化建设都是威海保护管理的亮点。

去年，在第七轮中美战略与经济对话和习近平主席访美期间，决定威海与纽约缔结为“姐妹城市”，分享减少垃圾流入海洋方面的实践结果，拉开了两地开展多层次、全方位的交流与合作的帷幕。威海成立市长挂帅的防治海洋垃圾领导小组，召开了专题会议，印发了详实的实施方案，大力推行收集利用、生态消减、群防群治同步开展的防治模式，着力构建城乡一体统筹、海陆全域覆盖、广泛交流提升的防治格局，力争将其打造成为国际合作的样板。

积极的涵养修复

威海始终坚持保护优先、适度开发原则，以创

威海湾云--
2010年11月8日
威海港
摄影 / 陈世杰

建国家生态市为抓手，对海岸带资源实行全区域、全方位、全过程保护、修复和提高，增强海岸带区域的生态承载能力。

对与规划不相符的近海养殖、低端制造、违法建设项目等，逐步予以搬迁、拆除。对遭到破坏的岸线资源积极修复。不断加大滩涂资源修复力度，运用工程技术手段恢复沿海生态及沙滩资源，先后恢复桑沟湾、乳山河口、黄垒河口等近岸植被，有效增强了海岸带生态承载能力。去年，大乳山生态修复项目作为全国3个代表之一登上联合国气候大会舞台。对生态脆弱区、禁止利用区实行最严格保护措施。通过工程、生物等技术手段，增加海洋生物资源量。

有效的组织协调

威海将海洋生态文明建设作为生态城市建设的主要内容，成立了由市长任组长、分管市长任副组长的国家级海洋生态文明建设领导小组，制定了《威海市海洋生态文明示范区建设规划》，落实了海洋生态文明示范区建设的经费投入等保障措施，保障了示范区建设的顺利进行。

威海完善海洋综合管理制度体系。在全国率先出台了《沙滩保护管理办法》、《海域使用权转让出租管理办法》、《海岸带执法巡查办法》、《关于规范市区近岸海域养殖管理，保障市民及游客正常亲海活动的通告》等管理制度，形成了系统完整、实用高效、创新领先的海洋综合管理制度体系。目前《威海市海岸带保护条例》、《关于加快推进威海市海洋生态文明建设的意见》等正按相关程序推进。同时完善海洋综合管理组织体系，构建了威海市海岸带综合协调管理框架。维护和谐的市民、游客亲海秩序。

南海金滩

大乳山美景

海洋世界：

海驴岛，我和黑尾鸥有个约会！

刊发时间：2016-06

海洋世界记者 / 沈婷婷　摄影 / 沈婷婷

海驴岛位于在山东省威海市成山头西北的大海中，形状甚为独特。隔海望去，悬崖陡壁，怪石嶙峋，整个岛屿状似一只瘦驴卧于海中，所以得名海驴岛。由于岛上海鸥很多，而当地人称海鸥为海猫子，所以海驴岛又被称为海猫岛。海驴岛是一座融神话传说和美妙自然风光于一体的仙山海岛，也是中国领海方位点之一。

海驴岛的得名还有另外一个神话传说。相传，当年二郎神奉玉皇大帝的旨意，担山填海，百鸟欢跃，嗃石为助。二郎神挑着两座大山行至成山头附近时，忽听东海之中有驴嚎、西海之岸有鸡鸣，一惊之下，扁担骤折，两座大山坠入海中，化为两座海岛，东边为海驴岛，西边为鸡鸣岛。折断的两截扁担化为两根数十丈高的石柱，一截竖于鸡鸣岛后，一截栽于海驴岛后，两柱对接正是一条扁担的模样。而那些跟随二郎神嗃石填海的鸟儿也就成了海岛仙山的主人，它们年复一年、生息繁衍，便有了今天几十万只海鸥定居于此的奇观盛况，海驴岛也因此被称为海鸥王国。

海驴岛上长有成片的芙蓉丛、芦苇、野枣树，每年春夏芙蓉盛开的时节，海鸟们就会在此繁衍生息，白鸟红花相映成趣。据不完全统计，岛上仅世界级珍稀鸟类——黄嘴白鹭就有近2000只（全世界仅有3000只左右），且全部属于野生自然状态。

海驴岛被称为中国的黑尾鸥之乡，每年4月到10月都有数以万计的黑尾鸥来此繁殖，场面浩大。还未上岛就能听见嘈杂的海鸥叫声，抬头远望，岩石上空飞翔着数不清的鸟影，有遮天蔽日之感，蔚为壮观。岛的四周都是高耸的崖壁，供游人参观的栈道就修在崖壁之上，从码头开始几乎绕岛一周，继而再沿台阶登上山顶的观鸟台，俯瞰整个小岛。

山崖经过海水与海风的常年洗礼，已经变得满目疮痍，却成为黑尾鸥喜爱的筑巢地。每年4月开始，它们就陆续来到这里，在崖壁、崖缝中筑巢产卵，直到小黑尾鸥能够飞翔之后再离开。黑尾鸥是种非常聪明的鸟，会找寻生态环境好的无人岛。目前它们的领地逐年在增加，小黑尾鸥的数量也在增长。

爬到海驴岛半山腰的平台回望，一个马蹄形的小海湾会完整呈现在眼前。看着黑尾鸥成群飞起，在小海湾上空翱翔，风景如诗如画。山顶的观鸟台景色开阔，能够看到整个码头，山顶另一端还有一座白色的灯塔。

西霞口村对海驴岛的旅游维护非常用心。游客多了会带来大量垃圾，所以每天下午海驴岛都会有专人进行集中清理，然后全部人工背下岛。雇用村里劳动力的同时也带动了周边就业。每年从3月份到11月份海驴岛会停航。附近海域海产品养殖也只投苗，没有任何的投饵和人工干预，让它们在大海里自然生长。因为海驴岛没有黑尾鸥的天敌，鹰和蛇都不是很多，幼鸟完全可以自然孵化。

海驴岛的美丽与自然让人流连忘返，没有过多的人工设施，没有对岛上的自然地貌进行太多破坏，人们就可以近距离的观赏这些野生黑尾鸥，清楚地感受到海驴岛真正的主人是鸟。游客在岛上沿固定的步道参观，沿途可以看到成群的黑尾鸥密密麻麻地聚集在山坡上孵化着小宝宝。据说每年4月中旬，岛上就会开满黄色的油菜花，那会是一幅更加美丽的画面。

保护国际基金会：

Marine Ecological Civilization, Sustaining a Healthy Ocean

Press Release, "Travel across Ecological Marine Territory", Weihai Stop

Weihai, a beautiful coastal city

People and Nature, People living on a healthy ocean

How do we define a healthy ocean?

How do human beings manage the largest resource system on Earth?

How does China, the nation with the largest population, sustainably explore its marine resource, and protect its ocean?

How does the nation balance between its population pressure and vulnerable marine environment?

The ongoing "Travel across Ecological Marine Territory" communication program is revealing the above questions, through showcasing function and value of our ocean, livelihoods of people relying on the ocean, and actions from the government.

Conservation International (CI) was invited to attend the first stop of "Travel across Ecological Marine Territory" in Weihai, as an NGO delegate. "Travel across Ecological Marine Territory" is hosted by the State Oceanic Administration (SOA) of China, with the theme of "balancing green development, and sustainably managing the ocean". The program will be site-visit seven sites along the coastal area of China, focusing on the marine ecological civilization development of the demonstration sites, restoration and integrated management of the sea areas. Media partners and NGO representatives are invited to press release throughout the seven stops of the communication program.

First stop of the program is the City of Weihai. Weihai possesses a coastline of 985.9 kilometers, which is 1/3 the coastline of Shandong province, and 1/18 the length of the whole of China. As a well-regulated coastal city, Weihai impresses its visitors with its clean and tidy city appearance. However, just over ten years ago, as a result of the opening-up policy and economic development in China, Weihai suffered from unregulated aquaculture and improper ocean use, leading to severe sea water quality decline and costal wetland habitat loss issues. Fortunately, government's effort of the past ten years has largely recovered the marine and coastal environment, as well as the ecosystem services that the environment sustains.

The objective of the work of CI is to promote the whole society to manage nature resources sustainably, towards the goal of healthy, sustainable societies (HSS). The successful mode of Weihai can be replicated and profoundly promoted in China towards the goal of HSS.

Successful experience

Coherent and solid policy

Since 2004, two terms of governments of Weihai issued a number of sea area use regulations, namely, 'Marine Function Zoning', 'Sea Area Use Planning', 'Island Protection and Utilization Plan', 'Marine Environment Protection Plan', 'Coastal Area Zoning Management Plan'. 'Coastal Area Zoning Management Plan', for example, includes the whole of 1046 square kilometers of coastal zone in Weihai into the plan, and clearly defined its marine function zoning and sea area use plan. In addition, as a long term process, environmental conservation and ecological restoration requires a high level of consistency in government policies and actions, while the government term changes. The success of Weihai is also credited to the consistency in policy of the past term of governments, that large projects that may change the nature of the environment, such as wetland and sea reclamation, are strictly controlled. In this case, natural coastline of Weihai is maintained as high

as 60%, far more than the China's average.

Effective Enforcement

Rigorous enforcement is crucial to the implementation of environmental conservation. Government of Weihai strictly controlled large projects that may change the nature of the environment, such as wetland and sea reclamation. The government also refused investment projects valuing 28 billion CNY in total, and rejected large coastal construction projects, such as shipbuilding, and petrochemical project development, etc. Protected areas, namely Sanggouwan Park, Nanhai New District, Darushan Marine National Park, were largely recovered from previous pressure factors, such as sea reclamation, disordered construction projects, bank erosion, and unregulated aquaculture.

Community Involvement

Darushan Marine National Park, for example, was transformed from a sand sedimentary stone mountain, to the current green covered tourist attraction. The disordered sea reclamation situation and barren mountain landscape were managed and reformed, and indigenous aquaculture sites of the local community were planned. In addition, sustainable alternative livelihoods for the local community were developed; three villages with a population of nearly 1000 were transformed. Currently, most of the villagers work either at new aquaculture farms, or at tourist resorts.

Hailv Island, beautifully isolated from the mainland, is the habitat and breeding site for thousands of sea birds. Remarkably, Hailv Island tourism site is managed entirely by the local community. The name of the local community is Xixiakou Village. With a

population of 1300, Xixiakou Village motivated over 20,000 employments for the surrounding area, with an effective mode of government-community co-management. Similar with the other sites in Weihai, Hailv Island was also stressed by disordered aquaculture. After the implementation of the co-management mode, on one hand, villagers receive benefits from Hailv Island tourist site tickets; on the other hand, they actively protect and manage the recreation resource within the tourist site, by carrying out works such as, garbage disposal management, tourist flow control and management, etc. In this case, local community conserves the environment of the island, through benefit motivations from the actions.

Garbage Treatment

The city of Weihai highly values the efficiency in garbage treatment. A number of investigations and studies on the ecological environment capacity of the coastal area were conducted during the past few years. The discharge capacity was formulated based on the carrying capacity of the environment. Land based pollutions were strictly controlled both by the quantity and the quality of discharge, all discharge must be under the total amount limit, and reach the emission standard. During the past few years, over 400 kilometers of municipal sewer system were constructed, 10 sewage treatment plants with a discharge of over 10,000 tons were either closed or transformed, over 500 riverway drainage outfalls were blocked, 120,000 mu (80 million square meters) of wetland were cultivated and restored. During the visit to US of President Xi Jinping, Weihai and New York were twinned as 'sister cities', regarding to the marine garbage subject. One of the key future plans of the 'sister cities' scheme is the better classification and treatment of marine garbage.

The main subject of this visit is the construction of marine ecological civilization. The construction of marine ecological civilization is listed as an important subject in China's 13th Five-Year Plan. The idea of **marine ecological civilization and HSS of CI** are similar in many ways, **in that both initiatives are proposing a better resource management mode, to promote more sustainable resource use, and to better support human society development.** CI has been working with SOA on Ocean Health Index (OHI) China adaptive study since 2012. Aiming at a more advanced China marine resource management system, this collaboration facilitates a better understanding to the current

People and Nature, People living on a healthy ocean

status of China's ocean, and helps improve the marine monitoring and management approaches. OHI evaluates the health of the ocean, while considering the development of human society relying on the ocean, supporting both the idea of HSS and marine ecological civilization. The OHI methodology is also corresponding with the need of Weihai government. Both parties are expecting collaboration on the study and demonstration of OHI in Weihai.

The successful mode of Weihai shows the hope for China's ocean sustainable management. With the same goal of a healthier ocean, the collaboration among government, NGO and public proves that, the ocean is not dying.

国家海洋局政府网站：
“海疆生态行”系列主题宣传采访团走进山东威海

5月8日至10日，由国家海洋局办公室、生态环境保护司和海域综合管理司共同组织的以“坚持绿色发展，实施生态管海”为主题的2016年“海疆生态行”系列主题宣传报道活动走进了国家级海洋生态文明建设示范区——山东省威海市。

在为期三天的采访中，来自人民日报、新华社、中央电视台、中央人民广播电台、光明日报、经济日报、中国日报、中国新闻社、中国网、中国海洋报、海洋世界杂志及保护国际基金会等多家中央媒体和环保公益组织组成的报道团，走访了刘公岛国家级海洋公园、钓鱼岛主权馆、威海公园、九龙湾岸线整治修复项目、海驴岛、荣成大天鹅国家级自然保护区、桑沟湾滨海公园岸线整治项目、文登五垒岛国家湿地公园、南海金滩、乳山市大乳山国家级海洋公园。采访报道了威海市近年来在促进海洋生态文明、维护海洋生态环境的发展成效和经验做法。

威海因海得名，依海而兴。威海市三面环海，海洋国土面积11449平方公里，海岸线985.9公里，占山东省的1/3，全国的1/18。海洋既是全市最大的经济优势，又是最大的生态优势。近年来，威海市委市政府强化生态立市、海洋强市理念，提出了“把最好岸线还给自然，把最美海景留给市民”，积极贯彻落实国家海洋局及省海洋与渔业厅要求，开展了海域海岛海岸带整治及海洋资源修复、海洋保护区建设、海洋环境检测等一系列工作，形成了海洋环境优良、海洋文化繁荣、海洋经济发达的良好格局。2013年，威海市被国家海洋局授予首批国家级海洋生态文明建设示范区。2015年，威海市区中心海岸、乳山银滩—大乳山、荣成桑沟湾3处海岸入选“齐鲁最美丽海岸”。

据悉，2016年“海疆生态行”系列主题宣传报道活动下一站将于5月下旬在江苏南通开展。

摄影 / 张海勇

摄影 / 张海勇

2016

海疆生态行

坚持绿色发展·实施生态管海

江苏·南通

国家级海洋生态文明建设示范区

连云港海岛

Jiangsu Nantong Lianyungang

人民日报：

江苏南通
探索盐碱地绿化有效方法

茫茫荒滩变身葱郁绿地

刊发时间：2016-07-16

人民日报记者 / 刘诗瑶

摄影 / 张海勇

从寸草不生到树木葱郁，江苏南通启东滨海工业园用了近8年时间，探索出一套盐碱地绿化的有效方法。盐碱地如何变绿地？近日，国家海洋局组织的“海疆生态行”采访团来到当地，一探究竟。

“2005年以前，这里到处都是白茫茫的荒滩。”启东滨海工业园工作人员曲延超介绍。这个园区规划面积30平方公里，11平方公里由围海造地形成，其余由盐场改建而成。土壤平均含盐量在15‰以上，有机质含量低，板结严重。“再加上海风海雾侵袭，苗木很难成活。”

原本区位极佳的启东，因为环境荒凉，一度无法吸引投资者。

为此，园区工作人员到全国各地取经，摸索出了一套适合本地气候、环境的生态种植办法，简单来说就是“降盐碱、选植物、精养护”。

降盐碱，传统方法是填换客土。“就是把盐土挖走，把好土运过来填上。”曲延超说，但是在盐碱地上每绿化1平方米，需从耕地上挖取1立方米优质种植土作为客土，这会极大破坏现有耕地。而且这种方法返盐率高，2007年园区尝试过一次，后来土壤返盐严重。

此路不通，园区工作人员就另辟蹊径，采取“用水洗原土，用秸秆养原土”的物理化学结合方法，取得了极佳效果。首先，在盐碱地上把盐土挖出来，挖出沟槽并进行平整处理，底槽平整有利于盐水顺利排出。再挖掘一道排水的盲沟，随后铺设石子形成淋层。然后再把挖出的盐土掺上油菜秸秆填回去，最后围堰灌水。上层灌下的水溶解了原盐土中的可溶性盐，向下渗透进淋层，然后汇集到盲沟，最终流入市政道路的雨水井，把盐分排了出去。

曲延超说，“看似是物理的降解过程，这其中增加了秸秆养土的化学办法。”原来，园区工作人员之所以要在盐土中掺拌粉碎的油菜秸秆，是因为秸秆腐烂产生腐殖酸，酸性正好中和土壤的碱分。再添加一些硫酸亚铁和生物菌剂，就能从根本上改良土壤成分。

掺拌秸秆的方法，还能极大缓解因秸秆焚烧产生的生态压力。当地老百姓种植的经济作物主要是油菜，每4亩油菜会产生1吨秸秆。改造盐碱地工程要用数百吨秸秆，能解决上千亩的秸秆焚烧问题。

土壤改造好了，种植树木的品种也很关键。园区尽量选择耐海风海雾、对土壤适应性广的植物。俗话说“三分种，七分养”。园区工作人员精心养护，严格遵守水盐运动的规律进行科学操作。“水下去盐下去，水上来盐上来。”曲延超说，春秋易返盐的季节，他们会主动灌溉或者进行绿地覆盖，避免返盐引发的植物死亡。

截至目前，园区累计投资约4亿元，完成200余万平方米绿地建设。滨海大道绿地建成于2008年，经过近8年的科学管理，土壤盐分普遍降至1‰以下，苗木成活率达到98%。良好的生态配套对园区的招商引资来说是如虎添翼，目前园区已投产企业达200家。

摄影 / 张海勇

摄影 / 张海勇

经济日报：

陆海协调之路不“难”通

——南通市海洋生态文明建设调研

刊发时间：2016-06-20

经济日报记者 / 沈慧

摄影 / 张海勇

“污染在海里，根子在陆上”，如何从源头控制住污染？“环保不下海，海洋不上陆”，如何打通海洋环保和陆地环保之间的分割局面？作为全国唯一的国家海域综合管理创新示范市，江苏省南通市近年来在这方面进行了诸多探索，走在国内前列。

日前《经济日报》记者随国家海洋局“2016海疆生态行”采访团来到南通，看南通如何让陆海协调发展之路不“难”通。

生态补偿增添保护动力

算一算账，如东县委书记潘建华高兴了：去年上半年，如东县境内的如泰运河入海水质稳中趋好，并优于上游入境水质，在流域生态补偿中成为受益方，拿到补偿金900多万元。

同样尝到入海河流生态补偿甜头的还有南通市代管的县级市海门市。通吕运河西起南通，向东途经崇川区、港闸区、通州区、海门市至启东市，最终汇入黄海。去年，南通市环境监测中心站会同通州、海门、启东三地环境监测部门对通吕运河水质监测结果进行了测算。根据补偿标准，通州补偿海门115.39万元，海门补偿启东67.48万元，海门市净“赚”38.28万元生态补偿费。

南通市海洋与渔业局局长邵怀德说，为了强化源头控制，2014年通吕运河等5条内河实行入海河口双向生态补偿。按照规则，若入海河流上游市、县出境的监测水质没达标，由其按照低于水质目标值部分和规定的补偿标准，向省财政缴纳补偿资金，对下游市、县进行补偿；若上游水质好于断面水质目标，则由下游市、县按照相应规则补偿上游市、县。

“有了硬约束，海洋环境保护更有力。”邵怀德感叹。这样的感慨背后是一个令人尴尬的现实——陆源污染物是海洋污染的“罪魁祸首”，其对近岸海域污染贡献达到80%左右。根据《2015年中国海洋环境状况公报》，监测的77条主要河流携带入海的污染物总量约为1750万吨。

减少陆源污染，守护蔚蓝星球，实行入海河口双向生态补偿只是第一步。南通市17条入海河流全部建立“河长制”和“断面交接制”，各级政府分管领导担任“河长”“段长”，强化陆源污染防治责任的落实；海洋工程建设项目按照“海域审批、环保先行”的联动原则从严把关，将是否符合海洋环境评价制度作为海域确权发证的前置条件……

“铁腕”治污，一个投资额6000万元的化工项目因潜在环境风险被婉言拒绝，坚守环保这条“硬杠杠”，南通市否决项目近百个，总投资近百亿元。

对于地方经济发展与生态环境保护之间的关系，邵怀德看得很清，也讲得很实。“经济很重要，但以牺牲环境为代价的发展长久不了。”他说，坚持海洋环境保护优先原则，近5年落户南通的185个海洋工程项目，环评执行率、环评公示率、围填海工程听证率均达100%。

统筹陆海一体化管理

“一半是海水，一半是火焰。”国家海洋局副局长房建孟描述过去海洋执法状况时，曾引用过这样一句流行语。

此言不虚。海洋环保和陆地环保分属海洋渔业、环保两个部门，此前由于管理格局和行政区域分割的障碍，部门之间信息不畅，各执各的法。陆源污染物排海控制和监管遭遇监管困境：海洋管理部门只能监管到“入海排污口”和“海洋倾倒区”，对来自上游的河流难以监管；各地的环保部门则只能监管当地河流，不能下海。甚至一些企业偷设暗管将污水排放到海里，海洋部门即使发现，没有处罚权也只能干着急。

为打破“环保部门不下海，海洋部门不上岸”的怪圈，几年前，南通开始探索建立陆海生态环境一体化管理体系，建立多部门联合监管陆源污染物排海工作机制。与此同时，联合海洋、环保两部门出台《关于共同加强统筹陆海一体化环境管理的实施意见》，签署《关于推进陆海生态环境一体化管理合作备忘录》，实行环评审批互备。

如今，走进南通市海域动态监管中心，宽大的屏幕上，17条河流入海口和环境敏感用海项目的实

摄影 / 张海勇

时状况随时显示，相关生态数据一目了然。“监测数据共享，海洋、环保部门互相监督，陆海联合执法，有利于形成陆海生态环境保护的合力。”南通市环境保护局总工程师李建东表示。

据介绍，截至目前南通已建立覆盖全区域的海洋环境监测网络，开展主要入海河口水质监测、省重点紫菜和贝类养殖区预警监测、重大海洋工程海洋环境影响监测、近岸海域海洋环境趋势性监测等155个站位环境监测，年平均获取各类监测数据5000余个，为地方发展海洋经济提供了重要决策依据。

盐土绿化创新生态修复

初夏的启东滨海工业园绿树成荫、草木茂盛。若不是工作人员介绍，很难想象这个风景如画的地方曾是片滩涂。

启东滨海工业园规划面积30平方公里，东临黄海，南依长江，北有吕四大港，地理位置得天独厚。然而过去，一道难题摆在了面前——土地盐碱化严重。

这样的土地如何绿化是个世界性难题。“园区内土壤平均含盐量在15‰以上，PH值9以上。”工业园管委会相关负责人曲延超介绍，因为土壤中有机质含量低，板结严重，再加上海风海雾侵袭，叶面蒸腾作用强烈，植物根系吸水困难，苗木很难成活。

起初，园区采用“换土”的方法，把盐碱土壤移走，直接换成正常土壤，结果没多久，土壤中的含盐量又高了起来。但园区没有放弃，一次次试验，终于摸索出一套适合本地气候、本地环境的生态种植方法：首先降盐碱，一般通过物理化学方法降低土壤中的盐分和碱分；其次选植物，尽量选择耐海风海雾，对土壤适应性广的植物；第三精养护，严格遵守水盐运动规律浇水、施肥。

事实证明，这一办法行之有效。截至目前，园区累计完成绿地面积200余万平方米，以滨海大道为例，经过近8年科学管理，土壤盐分普遍降至1‰以下，苗木成活率达到98%。值得一提的是，与传统换填客土相比，启东市盐土绿化的方法不仅收获了生态效益，呵护了海洋生态环境，还节约成本约30%。

除了启东滨海工业园，南通还有多个海洋生态修复示范工程项目，如东滨海湿地便是其中的一个。微风中芦苇轻轻摆动，不远处白色的风力发电机静静矗立，走进如东滨海湿地，仿佛置身世外桃源，心旷神怡。

“如东县素有‘黄金海岸’之称，境内的沿海滩涂自然湿地总面积约232.37万亩。”邵怀德告诉记者，得益于如东县一系列湿地保护措施的实施，如今湿地内约有维管植物240种，浮游植物23种，贝类鱼类132种，鸟类300多种，就连列入《世界自然保护联盟》濒危物种红色名录的勺嘴鹬，在如东滨海湿地每年也可发现上百只。

“大批野鸟的栖息，说明如东海洋生态在修复中持续好转。”邵怀德透露，“十三五”期间，如东县拟投入启动资金105万元，对如东滨海湿地进行科学调查、重新规划、升级保护，确保滨海湿地保有率达到100%，保护率达到50%以上。

中国新闻社：

江苏连云港：海洋生态修复与保护扮靓美丽海岛

刊发时间：2016-05-23

中新社记者 / 于从文

海岛绿树成荫，道路平整，山体植被覆盖，遗存修葺一新，登临其上宛若进入人间仙境。5月21日至22日，记者随国家海洋局“海疆生态行”媒体采访团在江苏连云港采访，所到之处深切感受到，该市的海洋生态修复与保护，将美丽海岛扮得熠熠生辉。

连云港海域分布着20个大小海岛，是江苏省海岛聚集区，近年来，该市实施海岛海岸线整治修复项目，投入2亿余元实施了秦山岛、竹岛、连岛、羊山岛、西墅湾、临洪河口以及连云新城等海岛和岸线修复示范工程，累计修复岸线近10公里、人工清危1万余平米、回补海沙面积18万余平米，完成绿化面积12余万平米。

2011年，秦山岛被列入国家第一批可开发利用无居民海岛名录，几年来，通过对环岛路建设、山体治理、海岛绿化、污水处理、海岛供电、海岛供水、人文景观、海岛生态环境影响评估等工程的实施，使秦山岛的生态和旅游资源得到有效保护。这里设有江苏全省首个海岛环境在线全天候自动监测站，监测数据实时上传，为监管部门决策提供技术支撑。

连云港无居民海岛秦山岛经过整治修复，呈现出优美的自然风光

连云港连岛海岸修复工程使环岛道路栈桥平整通畅

摄影 / 陈晨

海州湾海洋牧场是江苏省目前唯一的海洋牧场示范区，从2003年起，这里以人工鱼礁为载体，海面吊养与底播增殖为手段，增殖放流为补充，开始实施海洋牧场示范区项目。经过10多年的建设，形成人工鱼礁区面积150平方公里，为海洋生物提供了良好的产卵场和栖息地。连云港市海洋与渔业局局长桂迎宝说，近几年的生态环境与渔业资源监测和绩效评估表明，海洋牧场示范区的环境状况有明显改善，营养盐结构比例更趋合理，渔业资源增殖效果明显，游泳生物资源量达到江苏海域平均水平的2倍以上。

海洋生态修复与保护使连云港海岛焕发出勃勃生机，成为远近闻名风景区旅游目的地。21日，尽管当地细雨霏霏，但在连岛大沙湾海滨浴场景区，仍游人不断，尤其是拍摄婚纱照成为一景，当天就有10对新人在这里取景拍照，好不热闹，一对山东临沂的新人不远几百公里来到这里拍他们的婚纱照，他们说是这里的优美风景吸引他们把人生最美好的瞬间定格在这里。而有着神话传说的无居民海岛秦山岛经过整治修复，呈现出优美的自然风光，奇特的地质地貌，厚重的人文历史，成为人们探秘寻古、祈愿祝福的海上仙境。今年五一开岛旅游以来，面积约0.14平方公里海岸线约2.6公里的弹丸小岛，每天吸引二三百游客登岛观光。

中国新闻社：

修旧如旧恢复原生态
连云港海洋生态修复让海岛焕发生机

刊发时间：2016-05-31

中新社记者／于从文

生态修复后的连云港连岛到处郁郁葱葱

“秦山岛上种植的一百多种树木，都是从方圆100公里以内找来的，因为这些树木的生长环境基本与秦山岛相同，更容易成活生长。而为了找到与秦山岛相类似的修复石材，也是找遍了全国，最终在北京房山才找到类似的石材。”江苏连云港赣榆区住建局李安局长，向国家海洋局“海疆生态行”

连云港秦山岛上的江苏首个海洋环境全天候自动监测站

媒体采访团这样介绍海岛生态修复。中新社记者采访发现，这几年来，该市在海岛海洋生态修复中，坚持修旧如旧，还原海岛与海洋原生态，使多年荒芜的海岛重新焕发出生机。

秦山岛是连云港海域的一个无居民小岛，相传秦始皇曾登临此岛，徐福曾从这里东渡日本，并在岛上掘井取水，这个0.14平方公里的小海岛有着厚重的历史，2011年，秦山岛被列入国家第一批可开发利用无居民海岛名录，几年来，通过对环岛路建设、山体治理、海岛绿化、污水处理、海岛供电、海岛供水、人文景观、海岛生态环境影响评估等工程的实施，使秦山岛的生态和旅游资源得到有效保护。

“修旧如旧，还原海岛原来的生态，是海岛修复坚持的一条原则。”李安说。记者漫步秦山岛，找不到现代气息的道路、房屋、景观，徐福井仍是一口旧井，使用多年老旧的井绳，房屋是用石头垒砌而成，甚至是上世纪60年代驻岛官兵在防御掩体上的标语都保护完好。

在秦山岛上，一个海岛环境全天候自动监测站引起了采访记者的兴趣。江苏省海洋与渔业局副局长夏前宝说，海州湾海洋牧场是江苏省目前唯一的海洋牧场示范区，这个监测站是全省首个海洋环境全天候自动监测站，相关监测数据实时上传，为监管部门决策提供技术支撑。

连云港市海洋与渔业局局长桂迎宝介绍，从2003年起，这里以人工鱼礁为载体，海面吊养与底播增殖为手段，增殖放流为补充，开始实施海洋牧场示范区项目。近几年的生态环境与渔业资源监测和绩效评估表明，海洋牧场示范区的环境状况有明显改善，渔业资源增殖效果明显，游泳生物资源量达到江苏海域平均水平的2倍以上。

据了解，连云港海域分布着20个大小海岛，是江苏省海岛聚集区，近年来，该市实施海岛海岸线整治修复项目，投入2亿余元实施了秦山岛、竹岛、连岛、羊山岛、西墅湾、临洪河口以及连云新城等海岛和岸线修复示范工程，累计修复岸线近10公里、人工清危1万余平米、回补海沙面积18万余平米，完成绿化面积12余万平米。

如今，海洋生态修复与保护使连云港海岛焕发出勃勃生机，成为远近闻名的风景区。在连岛大沙湾海滨浴场，记者遇到一对从山东临沂来这里拍婚纱照的新人，他们说是这里的优美风景吸引他们把人生最美好的瞬间定格在这里。

“海岛保护永远在路上，”赣榆区住建局局长李安说，“秦山岛今年五一开岛旅游以来，每天有二三百游客登岛观光，但是，我们设定接待上限是500人，超过的不予登岛，这样才能有效地保护海岛。”

中国新闻社：

海洋生态文明建设的“南通实践”：陆海统筹促可持续发展

刊发时间： 2016-06-02

中新社记者 / 于从文

启东滨海工业园实施盐碱地降碱绿化，完成绿地面积200多万平方米，绿化成活率达到98%
图为滨海大道绿化

宽大的屏幕上，17条河流入海口和环境敏感用海项目的实时状况随时显示，相关生态数据一目了然。这是记者随国家海洋局“海疆生态行”媒体团在江苏南通市海域动态监管中心看到的情形。记者了解到，这种陆海统筹全域联网的生态监管模式，确保了污染物不被排到海洋，保护着海洋生态环境。

“环保不下海，海洋不上陆”，在我国，海洋环保和陆地环保分属海洋渔业和环保两个部门，过去部门之间信息不畅，各执各的法。南通市海洋与渔业局局长邵怀德介绍说，几年前，南通开始探索建立陆海生态环境一体化管理体系，建立多部门联合监管陆源污染物排海工作机制，海洋渔业和环保两部门实行环评审批互备，监测数据共享，陆海联合执法，形成了陆海生态环境保护合力。

在南通，河流排放的“断面交接制”特别引人注目。这种机制是指流经不同县市区域的河流，在区域交接的“断面”对河水环保生态检测，上游交下游，如果河水环保生态指标出现下降情况，则所流经的县市区要以经济的形式进行生态补偿。邵怀德介绍，“断面交接制”强化了流经区域的环保责任，实施以来取得很好的效果。他坦言，如果这种“断面交接制”能在跨市跨省河流环境治理中实施，可以有效破解河流下游的“尾水之痛”。

启东圆陀角滩涂实施海岸线综合整治工程，已打造成旅游度假区。图为恒大海上威尼斯项目地，呈现出清澈的海水、凉爽的海风、金色的沙滩，一派夏威夷的海岸风情

如东“渔光一体”项目，通过底排污技术将鱼塘饲料残渣和鱼类排泄物排入沉淀池，经过沉淀处理回收利用，真正实现零排放

南通地处黄海之滨长江入海口，海岸线206公里，海域面积8701平方公里，沿海滩涂307.25万亩，每年新增滩涂近万亩，海洋生态保护和海域集约利用是重大课题。记者在南通采访发现，该市走出了一条“生态优先，集约利用”的海洋生态文明之路。

启东圆陀角是33平方公里的滩涂，几年前开始实施海岸线综合整治工程，打造旅游度假区。在该片区的领头项目恒大海上威尼斯项目地，原来9000亩的滩涂已经建成大型综合生态旅游度假区，充沛的阳光、清澈的海水、凉爽的海风、金色的沙滩，完全是一派夏威夷的海岸风情。而如东县投资5000万元实施海岸生态保护与生态廊道建设工程，重建海滨人工湿地，改善近岸海域和滨海湿地的生态环境。该县的232.37万亩沿海滩涂自然湿地内，维管束植物、浮游植物、浮游动物、贝类鱼类、潮间带生物、底栖生物、游泳生物、鸟类等种类繁多，生物多样性丰富，成为重要的沿海自然湿地保护区。

在采访中，南通的海淡水生物多样性保护和海洋滩涂集约利用给记者留下深刻印象。海安县的中洋集团针对河豚鱼等水生动物濒临绝迹状况，开始开发性保护养殖，先后成功进行了河豚鱼、鲥鱼、刀鱼、松江鲈鱼、胭脂鱼、中华鲟、扬子鳄、娃娃鱼等物种的人工繁殖。如东的500亩“渔光一体”零排放项目也给人耳目一新之感，养殖池建在滩涂上，上面是太阳能光伏电板，下面池塘养鱼，实现智能养殖，智能复合增氧，智能风送精准投喂，电化杀菌，同时，定期通过底排污技术将鱼塘饲料残渣和鱼类排泄物排入沉淀池，经过沉淀处理回收利用，真正实现零排放。

盐碱地绿化造林是世界性难题，然而在启东滨海工业园，这里的盐碱地上却长出郁郁葱葱的林荫大道。工业园管委会相关负责人曲延超向记者介绍说，把盐碱地上层土挖开铺设淋层，回土后灌水有效降低土壤盐分，种植耐海风海雾，对土壤适应性广的植物，按照水盐运动规律进行浇水和施肥，用这种方法，园区内已完成绿地面积200多万平方米，绿化成活率达到98%。

中国网：

连云港：
严守海洋生态红线
发展经济也可以美丽如画

刊发时间：2016-05-27
中国网记者 / 葛蕾

美如仙境的
秦山岛
摄影 / 葛蕾

连岛岛中偶遇的小螃蟹
摄影 / 葛蕾

风景秀丽的连岛，美如仙境的秦山岛，一派天然野趣的竹岛……一个个美丽的海岛成为了连云港的城市名片，展示了连云港卓有成效的海洋生态修复工作。

近日，记者跟随由国家海洋局组织的“2016海疆生态行”记者团来到了连云港，通过实地探访，看到了连云港生态环境保护工作的实际成果。

投入2亿余元修复海岛、海岸线

连云港投入2亿余元实施了秦山岛、竹岛、连岛、羊山岛、西墅湾、临洪河口以及连云新城等海岛和岸线修复示范工程。累计修复岸线近10公里、人工清危1万余平方米、回补海沙面积18万余平方米，种植各类植物6万余棵、完成绿化面积12余万平方米。通过这些整治修复项目的实施，海域环境状况显著改善，一、二类海水面积逐年递增（+0.7%），海岸沿线景观形象得到改观，自然岸线保有率达到37%，海域、海岛资源价值得到大幅提升。

探索海洋生态补偿机制

2010年，连云港被国家海洋局列为全国首批3

连岛全貌
摄影 / 葛蕾

海州湾（图片来源：网络）

个海洋生态补偿试点城市之一。以此为契机，连云港开展了海洋生态补偿试点研究工作，着力建立海洋生态补偿的法律、技术与标准支撑体系，探索多样化的生态补偿方式和解决海洋生态补偿关键问题的方法和途径。近几年，先后研究制定了《连云港市海洋生态补偿资金管理暂行办法》（征求意见阶段）等生态补偿配套制度，编制完成《连云港港30万吨级航道一期工程生态修复项目实施方案》等技术报告，为生态补偿项目的规范实施奠定了基础。

按照“以点带面，典型示范”的思路，连云港依法落实海洋工程生态补偿。先后与田湾核电站、连云新城等重大用海项目签订了补偿协议，依法落实海洋生态补偿资金3.6亿元，位居江苏省首位。

着力建设海州湾海洋牧场

连云港从2003年起开始实施海洋牧场示范区项目。经过10多年的建设，已累计投入8000余万元，投放各类混凝土鱼礁、旧船礁等，总规模18万空方，形成人工鱼礁区面积150平方公里，为海洋生物提供了良好的产卵场和栖息地。同时，与人工鱼礁建设相结合，不断加大增殖放流的实施力度，2011年以来累计投入资金2200余万元，扩大增殖放流规模，增加放流品种。通过近几年的生态环境与渔业资源监测和绩效评估，连云港海州湾海洋牧场示范区的环境状况有明显改善，营养盐结构比例更趋合理，渔业资源增殖效果明显，游泳生物和底栖生物的种类和生物量明显增加，游泳生物资源量达到江苏海域平均水平的2倍以上。

近年来，连云港的生态修复工作取得了显著的成效，有效保护了海洋生态环境，确保了依法、科学、环保用海之路越走越畅。“连云港的海洋资源开发要建立在生态环境保护的基础上，我们一定要严守海洋生态红线，”连云港海洋与渔业局局长桂迎宝说。

摄影 / 陈晨

中国网：

秦山岛生态修复经验：精心谋划 精准建设

刊发时间：2016-05-30
中国网记者 / 葛蕾

秦山岛自然奇迹“神路”
摄影 / 张海勇

近日，记者跟随由国家海洋局组织的“海疆生态行”记者团来到了连云港秦山岛，揭开了秦山岛由荒凉的无人岛变成极具魅力的旅游小岛的秘密。

秦山岛是江苏省为数不多的近岸海岛，面积约0.14平方公里，岸线长度约2.6公里。岛虽小，景点却不少，有棋子湾、秦山神路、受珠台等20余处景点，享有“秦山古岛，黄海仙境”的美誉。

2015年1月，围绕“一岛一城一海湾”滨海开发主题，连云港强力推进秦山岛生态保护和开发利用项目建设工作，使秦山岛焕发了新春。

前期精心筹划，谋篇布局

健全组织，聚力启动。为了加快推进秦山岛生态保护与开发利用，自2015年5月起，赣榆区委、区政府设置拆迁安置、市政建设、园林绿化等6个项目推进组，抽调20名专项人才充实到项目推进组，选用专业队伍干实事。同时，健全了工程招标、采购、监理、资金使用、财务管理制度。2015年9月，赣榆区政府成立了连云港秦山岛投资发展有限公司，按照景区管理的要求配置了相关部门与人员，正式接收并管理运营秦山岛旅游工作，从机构设置与人员配置上，保障了秦山岛保护与开发工作的正常运行。

规划先行，绘就蓝图。赣榆区委、区政府委托北京土人景观公司，编制了秦山岛生态保护和旅游开发规划，规划定位以保护为主、开发为辅，重点实施山体防护、人文景观以及环岛道路、海水淡化、污水处理、海岛供电等基础配套工程，着力打造“生态之岛、人文之岛”。为了快速推进各项工程，在申报国家海洋渔业局专项建设资金成功前期，组织青岛地质勘察院、日照园林设计所等多家专业设计单位，全面开展秦山岛山体防护、景点节点改造、旅游服务设施以及相关基础配套工程详细设计工作。先后完成了全岛地质危险地带山体防护、岛上绿化系统、海水淡化、污水处理、供电系统等基础配套工程方案设计和施工图设计，为秦山岛各项工程的顺利实施打下了基础。

江苏省唯一的海洋环境综合岸基自动监测站
摄影 / 葛蕾

建设者们能吃苦肯奉献

秦山岛生态保护和开发建设过程中，400多名参建干部职工，敢于担当，勇于负责，不等不靠，视经费下达为批复，组建6支施工队伍，发扬“吃三睡五干十六”精神（一天吃饭3小时、睡觉5小时、干事16小时），抛别家庭，背井离乡，长期吃住工地，冒寒暑顶风雨，想方设法克服建设任务繁重、天气环境恶劣、海洋潮汐制约、生活缺水少电等实际困难，多路推进，快马加鞭，强力突破工程建设，保证了按时开岛运行。

岛上原有道路狭窄、破损严重，很多施工区域机械无法进场，工人只能通过肩扛手抬的方式一点点把水泥、砂石、石块等施工材料运到施工现场，用最原始的手段进行工程施工建设。园林绿化苗木栽植时间紧张，园林施工人员选购苗木、轮船运输、抢时栽植、浇水养护一体化作业，有时为了赶任务，一天24小时轮流干，保证苗木栽一棵、活一棵。

秦山岛处于海域当中，不产淡水，就通过租用船只由岸上运送淡水上岛；岛上没有电，就通过使用柴油发电机的方式对岛上临时供电，工人抬着小型发电机到处跑更是岛上常见的一景。为了确保海岛开发顺利进行，项目推进人员长期吃住在岛，顾不上洗澡、没办法换洗衣服，所有人都晒黑了、累瘦了。尽管存在各种各样的困难，广大秦山岛建设者迎难而上，根据工程建设进度计划，推进工程快速高质量完成，查漏补缺，保障工程的质量安全和山体美观。

解决好最根本的问题

淡化海水保供水安全。由于秦山岛特殊的地质条件，地下岛水味道既苦又咸，不能直接饮用，岛上生活用水长期依赖从陆地远距离调运，不仅运输工序复杂，成本费用高，而且常受恶劣天气的影响，用水安全长期得不到有效保障。在秦山岛开发建设过程中，该区投资377万元，建成投用日产淡水100吨的海水淡化生产系统，设取水泵房、综合池和综合车间，采用电膜法海水淡化先进技术，能源综合利用水平高，与传统淡水补给方法对比，大幅度减少了用水成本，保证了岛上居民生活饮用、绿化浇灌、道路浇洒、公建用水和景观用水,有效保护岛上地质结构，避免过量开采岛水资源对地质的影响和破坏，将从根本上解决秦山岛用水难的问题。

生态施工促节材节能。推行污水处理系统，按照“相对集中、就近处理、方便回用”的原则，因地制宜地使用不同处理技术将产生的污水按照中水回用标准全部进行深度处理。首先投资71万元，基本建成神路广场、生活区污水垃圾处理系统，并进行中水回用配套工程建设；其次雇佣驳船将岛上施工及生活垃圾运离海岛，确保不污染岛屿及周边海域环境。因地制宜利用石材，坚持就地取材，利用海岛原有的石材，铺装岛上道路，实现岛体开发节能节材。

经过两年的保护开发，秦山古岛重获生机，她宛如镶嵌在黄海碧波上的一颗美丽“明珠”，绽放出熠熠光彩。

摄影 / 张海勇

摄影 / 陈晨

中国网：

江苏南通盐碱地绿化：从一片荒芜到郁郁葱葱

刊发时间：2016-05-31
中国网记者 / **葛蕾**

近日，记者跟随由国家海洋局组织的“海疆生态行”记者团来到了江苏南通，实地考察了江苏南通启东滨海工业园盐碱地绿化实际有效的先进方法。

南通启东滨海工业园规划面积30平方公里，东临黄海，南依长江，北有吕四大港，地理位置得天独厚，发展势头强劲。然而一个难题摆在了面前：土地盐碱化严重。

启东滨海工业园11平方公里由围海造地形成，其余由盐场改建而成，土壤平均含盐量在15‰以上，PH值9以上，有机质含量低，板结严重，再加上有海风海雾侵袭，叶面蒸腾作用强烈，植物根系吸水困难，苗木很难成活。

面对这一难题，启东市经过多次的失败和总结，摸索出了一套适合本地气候本地环境的生态种植方法：第一是降盐碱，一般通过物理化学方法降低土壤中的盐分和碱份；第二是选植物，尽量选择耐海风海雾，对土壤适应性广的植物；第三是精养护，特别是浇水和施肥，必须严格遵守水盐运动规律科学操作。

截至目前为止，园区累计完成绿地面积200余万平方米，投资约4亿元；以滨海大道绿化为例，该绿地建成于2008年，经过近8年的科学管理，土壤盐分普遍降至1‰以下，PH8以下，苗木成活率达到98%。盐碱地绿化，启东收获了生态效益，与传统换填客土相比，不仅节约造价至少30%，而且保护了有限的耕地资源免遭破坏，而且在进行土壤改良时，我们会利用大量油菜秸秆，能极大缓解秸秆焚烧压力；此外，还收获了发展效益，良好的生态环境对招商引资工作如虎添翼，目前在投产企业200家，远远超过了其他兄弟县市沿海开发区。

盐碱地绿化造林是一个世界性难题，园林植物的生死及长势是由很多种因素决定的，要想彻底解决这一难题，还需要更多的实验和探索，目前启东滨海工业园区和中科院南京土壤研究所、南京林业大学共建盐碱地科研基地200亩，力求总结出成本更低、效率更高的方法。

滨海大道原貌

滨海大道现状

科技日报：

一枚贝壳如何长出七千元的紫菜

刊发时间：2016-06-10

科技日报记者 / 高博

一枚扇贝值什么钱？在南通却堪比黄金。5月中旬，记者随国家海洋局“海疆生态行”活动考察江苏海岸修复，看到江苏人因地制宜，在保护环境的同时还做起海洋生意经。

贝壳里养紫菜

江苏的大部分海岸线是黄海的浅滩涂，这里也是世界最大的紫菜养殖地。紫菜不仅营养丰富，还可从海水中吸收多余的氮磷。近几年，江苏附近的海水没有因为富营养化发生赤潮，正是紫菜的功劳。而江苏人也在这紫菜的科研上下了功夫。

位于南通的兰波紫菜基地里，比篮球场大一些的温棚中有二十多个水泥池。池内浅浅的水底整齐排满了单枚的扇贝壳，它们是紫菜幼体的孵化池。

紫菜是一种藻，幼年是丝状体，藏身于贝壳，然后释放出孢子附着于礁石或悬浮物才能长成。

我们看到，一枚枚贝壳内黏着不起眼的微黄色的絮絮，就是紫菜丝状体了。发育到后期，贝壳里就长满了“黑发”。这时人们就把网框挨个在池子浸泡，让它粘附孢子。网框最后被放在浅滩上的竹架上，在海里长成紫菜。技术人员告诉我们，每一枚贝壳里的幼体，最后能长出价值7200元的紫菜。

紫菜养殖是从日韩传入的，而江苏的紫菜育种后来居上，现在制成零食海苔和寿司用的条斑紫菜已经大量出口。养殖基地的人给我们尝了尝晒干的条斑紫菜，不用加调料就很鲜美，没有杂味。

河豚无毒更便宜

“‘拼死吃河豚’那是过去，吃我们的河豚一点危险没有。”在南通的中洋集团养殖基地里，技术人员拿起一只河豚，揪它的下巴，河豚嗤嗤涨成了球，表面是小刺，看起来完全是普通河豚。实际上它是中洋集团选育出来的无毒河豚。

“内脏没毒、血液没毒、皮肤没毒，一点毒没有。”技术人员说，无毒河豚已经空运到全国各地，而且比过去的河豚便宜多了，将来会更便宜。

很难想到这家绿树成荫的养殖基地是三十年前填海而成的。基地利用海水搞养殖，把整个长江的部分珍稀水生动物都纳入其中,建成了“长江珍稀鱼类繁养殖基地”，进行物种保护性开发。

垃圾岛变旅游岛

在江苏海岸线北端的连云港，小山和礁岩耸起，打破了漫长黄海滩涂的无聊。

“我第一次来秦山岛的感觉是脏乱差。”连云港赣榆区住建局局长李安说，几年前，0.14平方公里的秦山小岛没有固定居民，只有驻军，还有搞养殖的渔民们暂时居住。岛上铺满了酒瓶、烂网和垃圾，一股腥臭气。没有厕所，大小便随地。乱搭建的砖房周围，一棵树也没有。

连云港的20来个海岛，大多如此，近年的海岛海岸线整治修复，投入2亿多元。清洁了海岛的面貌，增添了旅游景点。

如今的秦山岛，到处是两人高的树木，有松树也有阔叶树，一些已经结了果。一百多种树木都是连云港本地树种。岛上还建了一些旅游用的住宿房，外墙贴着石片。李安说，为了找到与秦山岛岩石外观一致的石片，他们找遍全国，最后在北京房山找到了。而景区的木房、木家具大多使用了旧渔船上的木头。

连云港整治后的连岛，可能入选即将公布的中国十大美丽海岛。现在已经遍布了沙滩、鲜花、绿树和拍婚纱的新人。当地人说，这些岛屿限制每日游客数量，好保护生态。

摄影 / 张海勇

中国海洋报：
海岛“美容” 再现美景
——江苏省连云港市开展海岛整治修复工作纪实

刊发时间：2016-06-07
中国海洋报记者 / 兰圣伟

5月的江苏连云港，秦山岛上树木葱茏、鸟语花香，远处海天一色海鸥飞翔，近处繁花似锦蝶舞翩翩，一幅海岛美景尽显眼底。而就在几年前，受自然环境影响，这座无居民海岛岛体和岸线侵蚀严重，景观和资源遭受严重破坏……

通过实施海岛整治修复项目，秦山岛等多个海岛实现华丽转身，并取得了生态效益和经济效益的双赢。近日，中国海洋报记者参加由国家海洋局组织的2016年海疆生态行采访活动，探寻连云港海岛保护开发背后的故事。

秦山岛重新焕发生机

素有“秦山古岛，黄海仙境”美称的秦山岛，是江苏为数不多的近岸无居民海岛，经过2000多年的历史积淀，岛上保存了徐福井、奶奶庙、古炮台等大量历史遗迹，具有良好的历史人文底蕴和优越的自然条件。

连云港市海洋与渔业局局长桂迎宝告诉记者，秦山岛属基岩近岸海岛，这种典型的海蚀地貌，既体现了大自然的鬼斧神工，也给海岛的开发和保护带来了难度。

2011年4月，秦山岛被国家海洋局列入我国首批176个可开发利用的无居民海岛名录。同年，国家海洋局批复秦山岛海岛整治修复项目，并下拨中央海域使用金1825万元，主要用于修复海岛岸线、新建防波堤等工程。这是江苏首个获批的海岛整治修复项目。由此，一场规模宏大的整治修复工程在秦山岛拉开帷幕。

2014年10月，秦山岛无居民海岛保护与利用示范项目获国家海洋局批复，下拨中央海域使用金1.1亿元，重点实施环岛路建设、山体治理、海岛绿化、污水处理、海岛供电、海岛供水、人文景观、海岛生态环境影响评估等工程，实现生态环境及旅游资源的有效保护和监管，提高海岛开发利用潜力。

2016年4月，经过近两年保护性开发，秦山岛正式开岛，并迎来首批百名登岛参观游客。曾经默默无闻的秦山岛重新焕发生机。

连云港市赣榆区住房和城乡建设局局长李安告诉记者，在秦山岛保护与利用示范项目建设伊始，赣榆区切实遵循“生态保护优先”理念，编制秦山岛生态保护和旅游开发规划，让秦山古岛焕发新春。“为了防止游客破坏岛上的生态环境，根据相关规定，目前每天上岛的游客不得超过500人。同时，岛上还建起海洋环境综合岸基监测站，为海岛和周边海域生态环境监测装上了‘千里眼’。”

据赣榆区海洋与渔业局工作人员孟祥实介绍，作为江苏首个海岛环境在线全天候自动监测系统，该站监测项目涵盖了硝氮、亚硝氮、总氮、磷酸盐、总磷、化学需氧量、气象等多项数据，可对周边海域水质和海岛生态环境进行多参数、连续自动快速监测。实现了边整治修复、边监视监测、边分析评价的一体化管理模式，为研究秦山岛周边海域水质变化规律，以及水质安全科学预警提供了数据保障。

海岛整治修复“多点开花”

5月21日，连岛大沙湾海滨浴场，十多对新人正在沙滩上取景拍照。一对来自山东临沂的新人告诉记者，连岛风景优美，适合把人生最美好的瞬间定格在这里。

连岛是江苏省第一大基岩海岛，面积6.1平方公里，集海、岛、林、石、滩、渔村等景观于一体，旅游资源丰富。然而，近年来受岸滩演变、山间洪水冲刷影响，连岛大沙湾沙滩生态环境遭到破坏，大量碎石裸露。同时，由于自然风化和建设施工，岛上出现多处山体滑坡及滑坡隐患。为确保岛上居民和游客的安全，整治连岛山体滑坡刻不容缓。

“在连岛整治修复过程中，国家海洋局拨付中央海域使用金1700多万元，对海岛沙滩、山体滑坡等进行集中整体修复。连岛沙滩养护和山体滑坡区域加固处理，改善了海岛人居环境，提高了海岛旅游价值，2015年连岛共接待游客380万人次。良好的生态环境使连岛日渐成为当地生态保护和旅游开发利用的重要平台。”连岛海滨旅游度假区管委会主任周鹏说。

桂迎宝告诉记者，近年来，在国家海洋局、江苏省海洋与渔业局的大力支持下，连云港市围绕“美丽海岛”建设，先后投入2亿多元，实施了秦山岛、竹岛、连岛、羊山岛、西墅湾、临洪河口、连云新城等海岛和岸线修复示范工程，目前秦山岛（一期、二期）、竹岛、连岛等海岛整治修复项目，以及西墅湾、连云新城海岸线整治修复项目均

已完工，累计修复岸线近10公里，回补海砂面积18万平方米，种植各类植物6万余株，完成绿化面积12万平方米。

连云港市大手笔为海岛“美容”，取得了良好的生态效益、经济效益和社会效益。数据显示，通过实施这些整治修复项目，全市海域环境状况显著改善，一、二类海水面积逐年递增，海岸沿线景观形象得到改善，自然岸线保有率达37%，海域、海岛资源价值得到大幅提升。

生态优先 民生至上

连云港共有20个海岛，是江苏海岛聚集区，其中有居民海岛两个，无居民海岛18个，岛上海洋生物资源种类繁多。如何在保护海岛生态环境的基础上进行科学有序的开发利用，至关重要。

“在推进沿海开发和‘一带一路’交汇点建设过程中，连云港市始终坚持生态文明理念，正确处理海洋资源开发与生态环境保护的关系，通过实施海岛海岸线整治修复项目，探索海洋生态补偿机制，开展海洋牧场修复等工程，有效保护海洋生态环境。”连云港市副市长吴海云说。

连云港市在实施海岛和海岸线整治修复过程中积累了哪些值得推广和借鉴的经验?

江苏省海洋与渔业局海域处副调研员林兵告诉记者，实施海岛海岸带整治修复与保护项目是贯彻落实海洋生态文明建设的重要举措，对于推动地方各级海洋行政主管部门履行海洋生态保护职责意义重大。我们坚持把法律法规挺在前面，探索出一条把法前用岛纳入到法治化管理轨道的新路子，坚持生态优先，坚持民生至上，严把项目申报关、建设关、质量关，为江苏省乃至全国开展海岛整治修复积累了大量行之有效的经验和做法。

“以秦山岛整治修复为例，我们坚持‘生态优先、示范打造、争创全国一流’的理念，从项目规划、设计、选材到施工各个环节，充分保留原生态。在项目施工过程中，及时清理岛上施工和生活垃圾，先后将6万吨各类垃圾运离海岛，确保岛屿和周围海域环境不受污染。同时，因地制宜、就地取材，利用海岛原有废石料铺设道路，实现岛体修复节能节材。”林兵说，群众利益高于一切，同样在秦山岛修复项目中，我们在岛上新建渔民避风避雨用房2000平方米，并陆续建设了海水淡化生产系统和海底电缆铺设工程，从根本上解决了秦山岛用水难的问题。

摄影／陈晨

中国海洋报：

新实践 新探索 新经验

——江苏省南通市海洋生态文明建设纪实

刊发时间：2016-06-07

中国海洋报记者 / 兰圣伟

摄影 / 张海勇

翻开中国地图，江苏南通正处于沿海经济带和长江经济带T型结构交汇点上。南通海域面积8701平方公里，沿海滩涂307.25万亩，海岸线长206公里。近年来，南通市因地制宜坚持绿色发展理念，探索出一条陆海统筹、江海联动推进海洋生态文明建设的新路。

日前，中国海洋报记者随国家海洋局2016年海疆生态行采访团走进南通，实地了解该市海洋生态文明建设的新实践、新探索和新经验。

集约利用海洋资源

【镜头一】如东县辽阔的沿海滩涂上，远远望去成片的白色风机高高矗立，硕大的三角风叶在海风的吹拂下不停旋转着……这里拥有全国最大的海上风电基地，风力发电居全国前列。

【镜头二】在海安县兰波实业有限公司条斑紫菜生态养殖基地，育苗池一字排开，水底密密麻麻的贝壳上已经布满了苗种丝状体。从育苗养殖，到加工销售，条斑紫菜已经成为南通沿海地区重要的支柱型产业。

海洋产业的兴盛是南通“向海而生”的一个缩影。

近年来，南通与众多沿海城市一样，随着经济的快速发展，土地资源紧张、环保压力增大等“成长烦恼”开始凸显。如何用好有限的海洋资源，加快发展海洋产业，实现经济转型升级，成为南通人面临的新选择。

南通市副市长单晓鸣告诉记者：“南通滨江临海，得天独厚的区位优势，为海洋产业带来了巨大发展空间。在促进海洋经济发展过程中，南通市正确处理好保障发展与保护资源的关系，集约节约利用海域资源，优化用海布局，调整用海结构，实行集中适度规模开发，提高单位岸线和用海面积的投资强度，促进海洋经济转型发展，海洋新兴产业加快聚集。”

为进一步推进海域资源市场化配置，2012年，南通市在全国地级市中率先实施海域使用权“直通车”制度。2013年，南通市在全国率先编制发布《南通市海上构（建）筑物抵押管理暂行办法》，盘活上千亿元海上沉睡资产，为实现海洋资源资产化、资本化和证券化奠定基础。同时，该市还出台了《建设用海海域基准价格评估技术规范》，推进成陆海域与相邻土地“同权同价”。数据显示，目前全市海洋资源资产抵押融资达135亿元，占江苏省的70%以上。

南通市海洋与渔业局局长邵怀德表示，在集约节约用海理念的引领下，经过数年发展，目前南通市已经形成了以石油化工、临港工业、海工装备、海洋食品、滨海旅游等产业为主的五大发展板块聚集区。海工产业规模居全国第二位，占据全国1/3市场份额；建成全国最大规模的海上风电基地，装机容量133万千瓦，年发电量37亿千瓦时。2015年，南通实现海洋经济生产总值1684亿元，比“十一五”时期末增长92.9%，年均增长14%，海洋经济生产总值居全国地级市首位。

守住海洋生态红线

【镜头一】通州湾江海联动开发示范区沿海的一片工地上，随处可见工人忙碌的身影，一座规划面积500亩的海洋主题公园将很快建成。

【镜头二】5月的如东沿海滩涂湿地，成群的水鸟时而展翅，时而停落，一望无际的滩涂上充满勃勃生机。

伴随着大量涉海工程的上马，加强海洋生态环境保护尤为迫切。

邵怀德说，发展海洋经济绝不能以牺牲环境为代价。长期以来，南通市始终坚持生态管海，把沿海城镇发展、产业发展、生态保护、港口建设等重点规划整合到一张图纸上，形成“一轴、三港区、八作业区、十二功能区”总体规划，作为沿海地区发展的指导意见和蓝本。

2014年1月，《南通市生态红线区域保护规划》正式出台，划定10类共60个生态红线保护区，规划总面积1845.92平方公里，江海生态保护成为重中之重。同时，南通市还在全省率先启动编制了《海洋生态红线区保护规划》《海洋生态环境应急预案》，建立以生态建设为导向的海洋保护激励机制。

针对海洋工程实施，南通市相继出台《海洋工程环保监管暂行办法》《海洋临时保护区管理暂行办法》等规章制度，保障海洋环保工作落实。

邵怀德对记者说，南通市海洋工程建设项目按照“海域审批，环保先行”的原则，从严把关，将是否符合海洋环境评价制度作为海域确权发证的前置条件。“十二五”期间，落户南通的185个海洋工程项目，环评执行率、环评公示率、围填海工程听证率均达到100%。

“在此基础上，南通市坚持依法审批用海，进一步规范并优化用海项目申请、审查、审批程序，缩短审批时间，切实维护用海者的合法权益。”邵怀德说，对不符合功能区划的用海项目不予受理，对不能开发或不具备开发条件的不允许开发，通过“碧海”“海盾”等专项执法，坚决查处违法用海行为，严守海洋生态红线。

陆海联动治理污染

【镜头一】在如东沿海经济开发区小洋口陆海一体化监管系统暨应急指挥中心，一组组监测视频和数据在大屏幕上滚动播放，入海排污口、交通安全等实现在线实时监测。

【镜头二】初夏的启东滨海工业园绿树成荫、草木葳蕤。而10年前，这里是一片盐场，土壤含盐量高，有机质含量低，苗木很难成活。

加强陆源污染物治理和生态修复是保护海洋环境的重要手段。

作为全国海洋生态文明建设示范区，南通市不断强化陆源污染控制和动态监管。全市17条入海河流全部建立“河长制”和“断面交接制”，实行入海河口生态补偿，强化陆源污染防治的责任落实。在全国率先将海洋生态保护纳入沿海地区党委政府大考核体系，将滩涂围垦利用率和近岸海域水质情况纳入领导干部资源环境责任审计，落实海洋环保领导责任。

为进一步强化陆海联动治理海洋环境污染，南通市海洋与渔业局联合市环境保护局出台《关于共同加强统筹陆海一体化环境管理的实施意见》，签署《关于推进陆海生态环境一体化管理合作备忘录》。

南通市环境保护局总工程师李建东告诉记者，根据合作安排，两部门实行环评审批互备，监测数据共享，陆海联合执法，进行事中、事后监管，形成陆海生态环境保护工作合力，彻底结束了“环保部门不下海，海洋部门不上岸”的历史。

邵怀德表示，目前，南通市已经建立起覆盖全海域的海洋环境监测网络，开展主要入海河口水质、重点紫菜和贝类养殖预警、重大海洋工程海洋环境影响和近岸海域海洋环境趋势性监测，为地方各级政府发展海洋经济提供了重要决策依据。

与此同时，南通市积极实施生态修复工程，建设以贝类和紫菜为主的碳汇生态渔业基地148万亩。全市海洋生态修复规模不断扩大，落实海洋生态补偿资金近2亿元，建设了两个国家级海洋公园和4个海洋类保护区，面积达1137平方公里，占管辖海域的13%。

“南通市围绕建立陆海统筹的生态系统保护修复和污染防治区域联动机制，实现陆海生态环境建设、陆海管理相衔接，形成了人与自然和谐发展的新格局，走出一条陆海统筹、江海联动推进海洋生态文明建设的新路。”邵怀德说。

摄影 / 张海勇

海洋世界：
美若连云

刊发时间：2016-06

海洋世界记者 / 金希　**摄影** / 金希

“邓小平和人民在一起”雕塑公园

（左图）景区吸引了大量游客前来旅游

（右图）大沙湾浴场经过彻底整治，清理了大量沙滩碎石，并且从外地采购细腻海沙进行填补与养护，使其恢复自然原貌。为了保证补沙工程切实有效，补沙方案曾经进行了严格的论证，确保补沙不会出现水土流失的情况。美丽的海滩也吸引了临沂、日照、徐州等地的游客专程来大沙湾拍摄婚纱照

2016年5月，国家海洋局组织的“海疆生态行”首次走进江苏省。连云港，则是考察团的第一个目的地。连云港市因面向连岛、背倚云台山，又有连云港港而得名。

作为国家首批沿海开放城市之一，连云港现在已经多了很多的“头衔”：全国重点海港城市、新亚欧大陆桥经济走廊首要节点城市、中哈物流中转基地、上海合作组织出海基地……在众多政策不断为连云港的经济发展助力的同时，连云港始终坚持生态文明建设理念，正确处理海洋资源开发与生态环境保护的关系，严守海洋生态红线，通过实施海岛海岸线整治修复项目、探索海洋生态补偿机制、开展海洋牧场修复等工程，有效保护了海洋生态环境，确保了依法、科学、环保用海之路越走越畅。

连岛——美在海中央

连岛是连云港重要的城市名片，不只是因为连云港因它得名，更是因为它秀美如画的海岛风情。连岛为江苏省第一大基岩海岛，又因为它是由东西数岛相连而成，又叫东西连岛。东岛风景优美，西岛则有渔民居住。它是江苏连云港云台山国家风景名胜区海滨景区的主体，面积6.07平方千米，集海、岛、林、石、滩、渔村人文景观于一体，有“春看雾，夏

看海，秋看树，冬看路”之说。岛上居民的楼房瓦舍多建于海边、山脚处，掩映在山坞翠色之中。渔民们推窗看日出，出门便是海；卧床听涛声，屋外浪花溅。海岛风光浓郁，渔村景色迷人。

为保护好连岛“山水之美、自然之美、绿色之美”，景区管委会在开发建设过程中始终坚持“保护第一，谨慎开发”，在最大限度保护自然环境的前提下，有序推进旅游开发，实现了资源保护与旅游开发的同步推进。

卓有成效的生态保护和修复

在适度推进硬件建设的同时，为保护连岛环境，减少噪音、汽车尾气排放，提升旅游服务质量，连岛度假区投入2.5亿元，于2014年7月动工建设综合服务区（包括占地约0.34平方千米的大型生态停车场和占地0.06平方千米的游客服务中心及其他服务配套设施）。项目建成后，旅游车辆统一停放在岛外，游客乘坐连岛景区提供的低污染、环保型景交车进入景区。

连岛景区还投入资金近2000万元，开展连岛整治修复及保护项目。通过对大沙湾浴场彻底整治，修复挡浪墙、清理沙滩碎石、清淤补沙进行沙滩修复与养护，使其恢复自然原貌；对连岛山体滑坡区域加固处理，对连岛南侧和东侧影响较为严重的区域进行清危和清坡处理，同时使用挂网喷播技术进行绿化，以最大限度的保护海岛生态环境和减少山体滑坡事件发生。并对连岛长约11千米的环岛路进行配套绿化。

连岛景区6千米长的生态滨海栈道

秦山岛——黄海仙境

秦山岛是江苏省为数不多的近岸海岛，距离连云港市赣榆滨海新城区约 8千米，面积约0.14平方千米，岸线长度约2.6千米。秦山岛的面积要比连岛小得多，相比连岛的旅游生态一体化，秦山岛显然要更偏重于对岛上历史古迹的修复重现与保护。

秦山虽小，古迹却相当丰富。有千年古亭、李斯碑、徐福井、棋子湾、奶奶庙、古炮台等20余处主要景点。2011年4月，被国家海洋局列为中国首批176个可以开发利用的无居民海岛名录。同年秦山岛海岛整治修复项目获国家海洋局批复，这是全省首个获批的海岛整治修复项目。

2014年，秦山岛整治修复项目共完成300多米海岛岸线修复、新建120米防波堤和趸船1艘、修复徐福井和2个水池、修复1个碉堡和2个防空洞等工程。同年，秦山岛无居民海岛保护与利用示范项目获国家海洋局批复。

经过精心的规划，赣榆区对秦山岛实施以保护为主、开发为辅，突出祈福主题，充分发掘秦文化、神路及海岛生态等特质，重点实施山体防护、植被栽植、人文景观以及环岛道路、海水淡化、污水处理、海岛供电等基础配套工程，着力打造“生态之岛、人文之岛”。

迎难而上，修复秦山

秦山岛是无人居住岛屿，位于黄海近海之中，没有生活淡水,这给秦山岛的生态修复工作带来了很大的困难。岛上不产淡水，通过租用船只由岸上运送淡水上岛；岛上没有电，通过使用柴油发电机的方式对岛上临时供电。广大的秦山岛建设者们迎难而上，为保证施工质量与进度，长期吃住在岛，保障修复工程的质量安全和山体美观。

生态施工，节材节能

在秦山岛开发建设过程中，投资了377万元建成投用了日产淡水200吨的海水淡化生产系统，保证了岛上居民生活饮用、绿化浇灌、道路浇洒、公建用水和景观用水,有效保护岛上地质结构，避免过

远处的房屋，石料来自于北京房山，修复过的房屋与原貌别无二致

量开采岛水资源对地质的影响和破坏。

上千个工人吃住在岛上，产生了大量的施工和生活垃圾以及污水，这是秦山岛修复遇到的另一个难题，秦山岛在生态施工时推行污水处理系统，按照“相对集中、就近处理、方便回用”的原则，因地制宜地使用不同处理技术将产生的污水按照中水回用标准全部进行深度处理。其次，雇佣驳船将岛上施工及生活垃圾运离海岛，确保不污染岛屿及周边海域环境。因地制宜利用石材，坚持就地取材，利用海岛原有的石材，铺装岛上道路，实现岛体开发节能节材。

不怕麻烦，力求原貌

为了保证秦山岛修复后贴近原貌，秦山岛的建设者们想尽了办法。在修复山体植被方面，就回填绿化种植土5000余立方米，共栽植各类乔灌木10000余棵，地被20余万株。所选树种，都是在秦山岛附近生存的。在修复房屋时，为了保证修复后的房屋与之前的相似，施工人员在全国范围内寻找与房屋旧石头颜色大小材质相近的石料，最后，终于在北京房山找到了石料，并想尽办法运上秦山岛，完成施工。

（左图）高精度水中油分析仪

（右图）秦山岛海洋环境综合岸基监测站

秦山岛

坚持检测，杜绝污染

在施工过程中，秦山岛始终坚持着生态施工的原则，建立了秦山岛海洋环境综合岸基监测站，并从英国引进了高精度的水中油分析仪，确保施工不污染岛屿及周边海域环境。

在“生态为主，开发为辅”的生态理念下，秦山岛结合自身实际情况，在旅游资源开发过程中，大大减少了客房规划，目的是减少在岛的生活垃圾，防止游客超出秦山岛接待负荷，造成对生态的破坏。此外，在秦山岛码头，配有电子检测设备，游客在秦山岛，可以带走美丽的风景和记忆，但无法带走岛上的景观实物，哪怕是棋子湾的一颗石子也禁止带出岛。这样的双重保险，可以有效防止人为对秦山岛生态的破坏。

1964年6月23日，我驻岛部队在岛上用贝壳和鹅卵石嵌出了保家卫国的决心

秦山岛的修复和生态保护工作还在继续。秦山岛计划集中开展海岛绿化维护、垃圾清除整治、功能配套完善等三大提升行动，以整洁优美、绿色生态的旅游环境迎接八方游客，用2年时间将秦山岛打造成4A级海岛旅游景区，展现连云港市旅游产业新亮点；远期在保护性开发的基础上，充分利用秦山岛特有的海岛、海洋、秦文化等资源要素，着力建设融旅游观光、渔业体验、科普教育和休闲度假等于一体的综合性原生态旅游岛和低碳旅游示范基地。

海洋世界：

生态南通，“通”向美好未来

——国家海洋局“海疆生态行”南通站

刊发时间：2016-06

海洋世界记者 / 金希

恒大海上威尼斯项目园区盛景

滚滚长江和浩瀚大海在这里竞相拥抱，海边岸线绵长，滩涂广阔，沙洲众多。这里分布着大禹神像、渔港风情、牡蛎礁群、洋口温泉等自然人文景观，这里就是集“黄金海岸”和“黄金水道”优势于一身的美丽城市——南通。南通市资源禀赋优越，区位优势独特。沿海辖启东市、如东县、海门市、海安县和通州湾江海联动开发示范区，海域面积8701平方千米。海岸线长206千米，海洋生物、滨海旅游、海洋风能、潮汐能以及港航资源丰富，拥有全国四大渔场之一的吕四渔场。国家海洋局“海疆生态行”考察团来到这里，不但领略了这座城市的美景，也了解了一直以来南通市海洋生态文明的建设情况。

江海联动，海陆统筹，生态环境管理一体化

如东县洋口经济开发区有100多家企业，其中还有江苏省环保厅、南通市人民政府依法批准设立并重点发展的“危险化学品生产储存专门区域”——洋口化学工业园。随着沿海开发得不断深入，进区企业不断增多，为了有效监管企业污染物排放情况，保证污染物得到有效处理，洋口经济开发区建立了全国第一个特征污染物在线监测系统和陆海一体化监管系统暨应急指挥中心。陆海一体化监管系统利用视频监控，对100多家企业、进出园区卡口、园区内主干道路、重要河道水系、海岸线、园区各类基础设施等进行实施监控，架设摄像1100余个，并具有跨地域视频监控、视频轮巡、图像自动存储、录像回放等功能，严密监控企业重大危险源、脆弱性目标、公共区域等重要场所。

此外，针对沿海经济开发区洋口化学工业园，采用了封闭式管理的创新举措来监管园区危化品。对园区9条道路设立6个卡口，3条道路全封闭，实现园区的封闭管理。共投入600多万元，安装了卡口智能道闸运行设备，成立了50名专职安保人员的园区安保中心，通过确定危险化学品进出专用车道、主要客流通道，有效规范园区的车流、人流和物流，强化了企业运输原料、产品的运行秩序，有效杜绝了安全、环保漏洞。并建立了综合信息管理

建设中的美乐迪海洋主题公园效果图

平台，进行园区信息数据的及时收集与发布，可以让监管工作人员及时了解各企业污染物处理情况以及为应急处置提供决策辅助。

不仅在洋口经济开发区，南通市在江苏省率先实现了县县都有海洋监测站目标，全市17条入海河流全部建立了“河长制”和“断面交接制”，实行入海河口生态补偿制度，强化了陆源污染防治的责任落实。

“海洋不上岸，环保不下海”。这一不成文的惯例，一直是环保部门和海洋执法部门之间的小“默契”，原因是避免环保部门与海洋部门交叉执法，产生不必要的差错。然而，南通市为了强化生态环境管理，探索建立了陆海生态环境一体化管理体系，建立了多部门联合监管陆源污染物排海工作机制。市海洋与渔业局和市环保局签署了关于共同加强海洋生态文明建设工作的合作备忘录，实现海陆联合治污。2014年5月，又联合印发《关于推进陆海生态环境一体化管理合作备忘录》，建立了陆海生态环境一体化管理的长效合作机制，两部门实行环评审批互备，监测数据共享，陆海联合执法，形成了陆海生态环境保护工作的合力。

强化海洋生态保护，注重生态修复，打造生态南通

在启东县滨海工业园，考察团看到了一条风景如画的滨海大道。工作人员告诉我们，这条大道所在的地区原来都是土壤平均含盐量在15‰以上，pH值大于9的盐碱地，土壤有机质含量低，板结严重，加上海风海雾的侵袭，叶面蒸腾作用强烈，植物根系吸水困难，苗木很难成活。

启动滨海工业园规划面积30平方千米，竟有19平方千米都是由这样的“不毛之地”改建而成。这样的土地，如何变成了生机勃勃，绿树成荫的“滨海公园”呢?

工作人员向我们介绍，面对这样的土地，启东市一直在摸索解决盐碱地土壤的办法，起初，采用“换土”的方法，把盐碱土壤移走，直接换成正常土壤，结果过了不久，土壤中的含盐量就又高了

滨海大道原貌

滨海大道现状

起来。经过多次失败和总结，启东市摸索出了一套适合本地气候本地环境的生态种植方法；第一是降盐碱，一般通过物理化学方法降低土壤中的盐分碱分；第二是选植物，尽量选择耐海风海雾，对土壤适应性广的植物；第三是精养护，特别是浇水和施肥，必须严格遵守水盐运动规律科学操作。

到目前为止，园区累计完成绿地面积200余万平方米，投资约4亿元；以滨海大道绿化为例，该绿地建成于2008年，经过近8年的科学管理，土壤盐分普遍降至1‰以下，pH8以下，苗木成活率达到98%。值得一提的是，与传统换填客土相比，启东市盐土绿化的方法不仅节约造价至少30%，而且保护了有限的耕地资源免遭破坏，而且在进行土壤改良时，利用了大量油菜秸秆，能极大缓解秸秆焚烧压力。

在如东县，政府投资5000余万元，进行了如东县海岸生态保护与生态廊道建设工程，针对如东的沿海开发活动特点和滨海湿地现状，通过实施滨海人工湿地景观重建工程，达到恢复滨海湿地的生态系统服务价值，全面提升沿海生态景观的效果，改善近岸海域和滨海湿地的生态环境，保障沿海经济的可持续发展。

国家海洋局“海疆生态行”考察团团长，国家海洋局办公室副主任王斌与河豚“亲密接触”，不过小河豚看起来有点紧张啊！

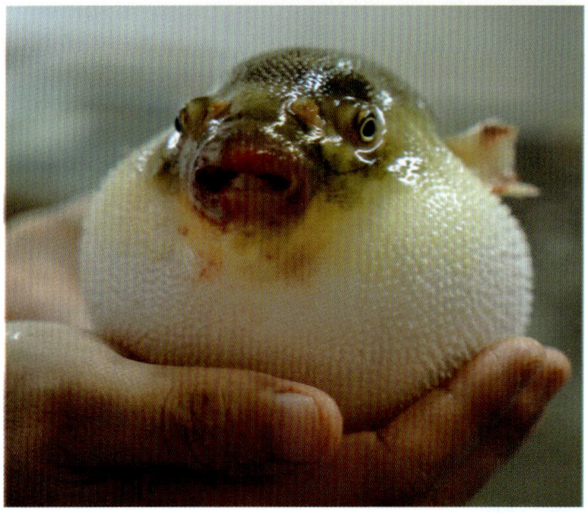

如东沿海属于典型的近海与海岸滨海自然湿地，区内生态系统复杂，生物多样性丰富，具有重要的保护价值。对于自然湿地和鸟资源，如东县也进行了充分的保护。在保证湿地景观不被破坏的前提下，对周边环境进行生态旅游方面的有限开发，实现人与自然和谐相处，培养公众海洋文化和环保意识。

南通对珍稀物种的保护也非常重视，中洋集团海淡水生物多样性保护基地是中国从事沿海滩涂开发，保护珍稀物种，形成完整产业链的典型代表。

中洋集团从1988年开始进军黄海滩涂，从事水产养殖。1993年中洋集团看到河豚鱼野生资源日益减少，濒临绝迹，中洋集团有责任担当社会责任，从事河豚鱼的抢救，繁殖，存活，扩大种群。自此，中洋集团开始了探索河豚养殖之路。经过20多年的努力，目前，中洋集团河豚鱼的存池量超亿尾，是世界上最大的河豚鱼繁养中心，建有国家级河豚原种场以及长江珍稀鱼类繁殖中心。

不仅是河豚，中洋集团海淡水生物多样性保护基地还人工养殖着胭脂鱼、中华鲟、扬子鳄、娃娃鱼等国家一、二级保护动物。随考察团一同考察的世界自然保护联盟中国代表处项目总监张琰告诉记者：中华鲟是国家一级保护动物，野生的中华鲟目前仅长江尚有分布，其他江河均已绝迹。中华鲟栖息于近海水域，繁殖则要上溯至水流湍急的三峡附近进行。最近几年，就连长江也难以觅得野生中华鲟的活动迹象了。（或许以后恢复野生中华鲟种群的重任，真的要落在中洋集团的身上了呢！）

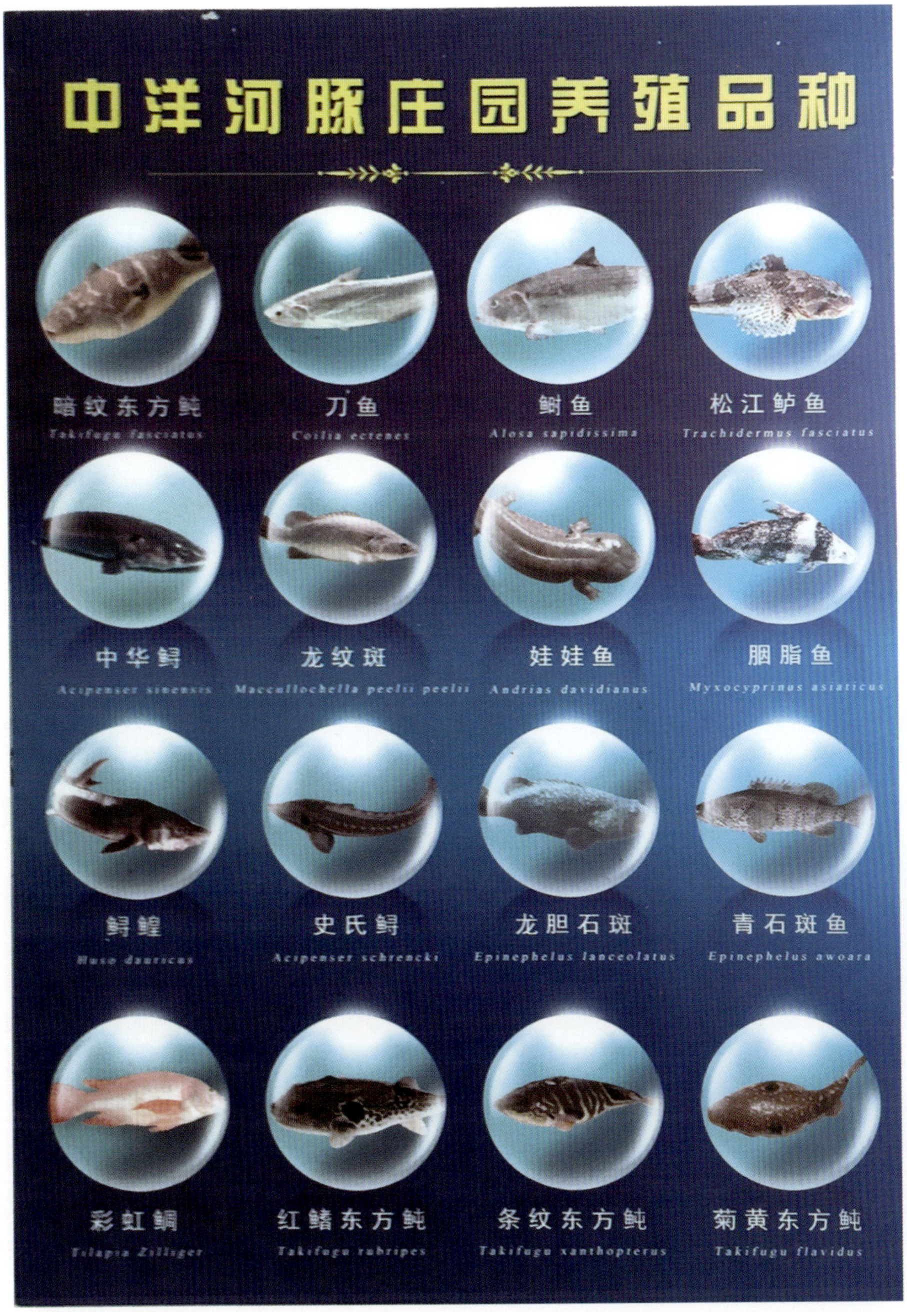

中洋海淡水生物多样性保护基地养殖品种

科技兴海，让海洋产业闪光

听说过既能发电又能养鱼的养殖池么？听说过零污染、零排放的养殖池么？听说过足不出户，手机一点，就能完成自动供氧、自动喂食的养殖池么？在如东县通威渔光一体有限公司，这一切都神奇地实现了。“渔光一体”项目通过在养殖池水面架设光伏组件，实现“水上产出清洁能源，水下产出优质通威鱼”的创新模式，与未安装光伏发电板的池塘相比，通威“渔光一体”池塘通过配套智能养殖技术、智能复合增氧技术、智能风送精准投喂技术等多项智能科技，给鱼儿生长创造了良好的水域生态环境。配套组装的现在智能渔业设施设备，一切都可以通过与机器相连的手机完成自动投食、自动增氧、自动排污等操作。此外，“渔光一体”池塘利用独特的“底排污”技术，将养殖过程中产生的鱼体排泄物、残饵移出养殖水体，移出的养殖废水进入旁边的固液分离池处理，上层清液进入湿地净化后循环至养殖池塘二次利用，固体沉积物用作有机肥料，实现零污染、零排放，不仅大大促进了养殖效率，还可以达到“渔、电、环保”的三丰收。

2014年5月，南通市被国际自然医学会、世界长寿乡认证委员会授予“世界长寿之都”称号。南通人民也切实地感受到了海洋生态文明建设对百姓的好处。“强富美高”的新南通，可不仅仅是一句口号而已！

整治后海上威尼斯项目的海岸

中国四大渔场之一的吕四渔港，渔船正缓缓驶入扩建整修过的新渔港

世界自然保护联盟：

Yellow sea, moving towards Marine Eco-civilization

——A report of field visit to Nantong Municipality, China

刊发时间：2016-06-16

"Over the past 50 years, losses of up to 51% of coastal wetlands (including marshes) have occurred in China, 40% in Japan, 60% in the Republic of Korea, and more than 70% in Singapore."

This is a stunning piece of information highlighted by the "IUCN situation analysis on East and Southeast Asian intertidal habitats, with particular reference to the Yellow Sea (including the Bohai Sea)" (IUCN Yellow Sea Report), commissioned by IUCN's Species Survival Commission and IUCN Asia Regional Office in 2012. The Yellow Sea is one of the world's most biodiversity-rich areas and provides for rich fishing grounds and an important site for migratory birds, particularly those traveling along the East Asian-Australasian Flyway (EAAF). However, the IUCN Yellow Sea Report also suggested that the fast pace of coastal land reclamation is the most pressing threat leading to mean losses of 35% of intertidal habitat area since the early 1980s across the six key areas of the Yellow Sea, one of which is Jiangsu and Shanghai coasts.

Key areas of Yellow Sea as per IUCN Yellow Sea Report

One can never fully believe in something if he or she has never personally seen it. This is an old Chinese saying that suggests only reading documents may not be adequate to fully understand what is going on in the Yellow Sea. But luckily, an opportunity appeared. The International Union for Conservation of Nature (IUCN) China Office, as an International

Organization delegate, were invited to participate in a media field reporting campaign named "Travel across Ecological Marine Territory" sponsored by the State Oceanic Administration of China, to visit Nantong Municipality of Jiangsu Province, a city located on the south coast of Yellow Sea, right to the north of Yangtze Estuary.

Nantong Municipality manages over 8,700 km2 marine area and about 205,000 ha intertidal flats, and has a coastal line of 206 km. As a city enjoying rapid industrialization and urbanization, Nantong is the one of the most economic developed cities in China. In recent years, the municipal governmental has put ecological development as a cornerstone of the municipal development, and started to implement a set of policies and projects to improve the maritime ecology, including pollution management, maritime environmental monitoring, ecological restoration, fishery enhancement etc.

The 3 day visit in May 2016 included visits to over 10 demonstration sites across coastal lines of the Nantong Municipality and numerous meetings and discussions with local stakeholders, including governments, companies, researchers and community people. We were hence to able to obtain a much clearer understanding of situation and conservation efforts of this coastal city of Yellow Sea.

Integrated Coastal Management (ICM): good start with great potential to develop

ICM, sometimes also called Integrated Coastal Zone Management, was born in 1992 during the Rio Earth Summit. It is a process for managing the coast with an integrated approach, regarding all aspects of the coastal zone, including geographical and political boundaries, to achieve sustainability.

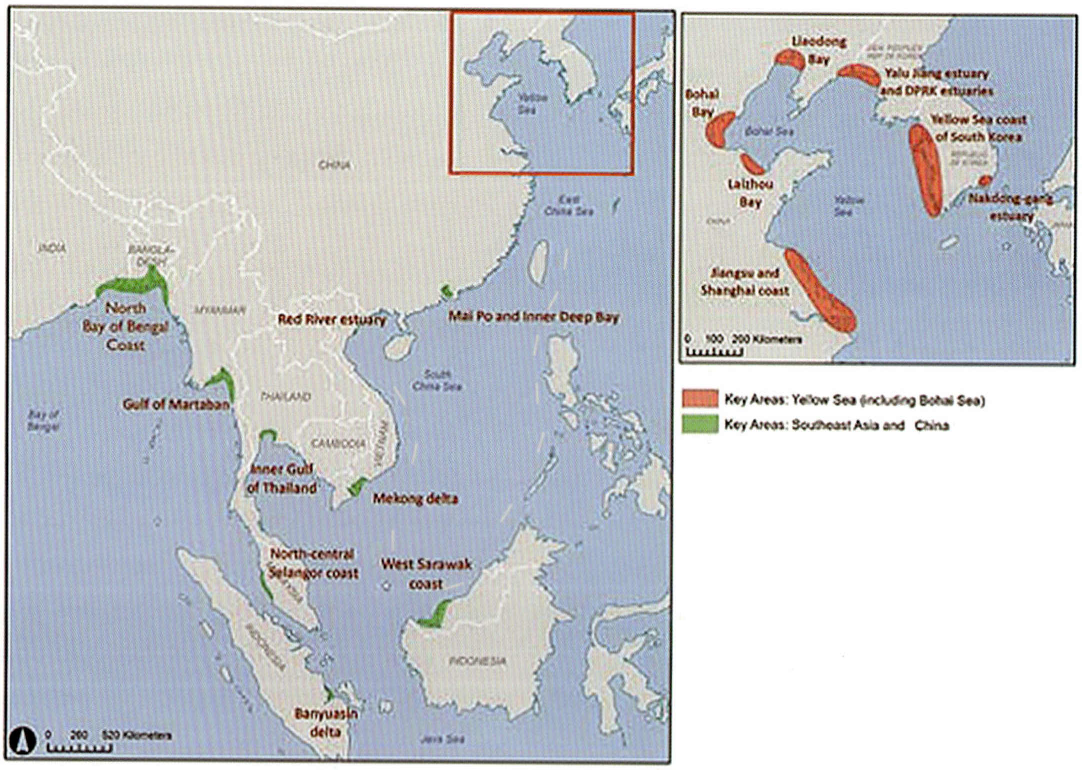

Many good practices have been undertaken in Nantong in recent years towards the ICM:

- Greater inland and coast integration, and closer terrestrial and maritime coordination: has been adopted as one of key principals by the municipal government of Nantong. Guided by this principal, the Municipal Marine and Fishery Bureau and the Municipal Environmental Protection Bureau have formally signed a MOU since 2014 to strengthen and formalize the cooperation of the two bureaus on inland and marine environment protection. Joint pollution monitoring and management, environmental impact assessment of infrastructure projects, information sharing and joint law enforcement etc. have all been undertaken since then. This is a good advance of cross-sectoral coordination. For a long time these two sectors, as the major environmental protection agencies for inland areas and for coastal and marine areas respectively, had been working solely within their administrative boundaries and not collaborating with each other.
- Decision support systems and performance based maritime pollution management: have been established in Nantong. Marine monitoring stations have been established in all coastal counties within the municipality. River monitoring stations have also been established for all 17 inland rivers flowing into the sea. Marine and water monitoring data are exchanged and cross referred, in order to support the performance based water quality management that also includes PES (or Eco-compensation in China) mechanisms, with clarified upstream and downstream mandates. This has effectively managed the marine pollution from land sources, which is identified as a major threat to intertidal flats by the IUCN Yellow Sea Report.
- Business sector participation in coastal management: has been significantly developed in Nantong. As a rather industrialized municipality, companies and industrial parks are playing a key role in Nantong but also on restoration and conservation, supported by municipal government. The Yangkou Economic Development Area in Rudong County of Nantong, an industrial park located on the coast with over 100 companies, has established the first real time pollution monitoring system in the province and developed associated management arrangements, to oversee the pollution loads of all its companies and to respond to any emergencies. The Coastal Industrial Park of Qidong County has invested over 400 million RMB, to establish over 2 million m2 green spaces, to restore river channels, and to restore saline-alkali soil through physicochemical and biological approaches. The Zhongyang Group, a leading Chinese fishery company, has established a Rare Fish Breeding Center within its big production site in Nantong and been helping with the ex situ conservation of Yangtze Alligator and Chinese Sturgeon etc.

While these are good ICM practices and should be encouraged and disseminated, there is still great room for further development. Within the Nantong Municipality, other government departments, such as the land management bureau, the forestry bureau, the agriculture bureau, and the communications and transportation bureau could be further involved in the ICM processes, as they also have responsibilities related to the coasts and marine. Local communities, though mostly employed by industries now and no longer famers and fishermen, may play a big role in certain ICM related activities, such as restoration. Also in a long term, collaboration could be sought with the neighboring municipalities of Nantong.

Blue economy: promising but to be well managed

The coastal zone has long provided a wealth of services to humans. Intertidal habitats are amongst the most productive ecosystems on earth. They provide safe spawning areas and nurseries for countless species of fish and crustaceans on which coastal fisheries depend. Beautiful shorelines offer wonderful and inspiring recreational and tourism opportunities, based on which local economics can develop. Green development and blue economy have been the priority of Nantong, in addition to industrial and manufacturing development. The visit to Nantong observed a few very interesting examples:

- Coastal recreation and tourism: due to its adjacent location to Shanghai, the largest and most developed city in China, Yuantuojiao Recreation Area (YRA) in Qidong County of Nantong Municipality has been developing fairly rapidly. Besides building of hotels, restaurants and recreational facilities, ensuring a good environment and ecology is a top priority and considered as a comparative advantage by the YRA and its investors. A few big projects have been implemented to protect and restore the shorelines. Strict pollution management, employment of locals, environmental education for visitors have all been well practiced. The area is now generating three times more income for local economy, than fish farming in the past.

摄影 / 陈晨

Visit a tourism site in Nantong

- Integrating solar power generation and fish farming: is a very interesting practice being undertaken by Tongwei Fish-Solar Company in Rudong. Solar PVs are established above coastal fishponds after a careful, scientific based design, so that fish farming and solar power generation could be simultaneously conducted. Advanced technologies are adopted to apply the feed and add oxygen to the fishponds, which could be controlled by a smart device according to monitoring data from sensors in the ponds. Wastewater management system has been established and used to mitigate the pollution and facilitate nutrient recycling. Through such an integrated system, a gross output of 750,000 RMB per ha could potentially be achieved.

Solar power and fishpond

There are also other good practices in Nantong, like developing seaweed products. However, green development and building blue economy should not be measured in economic terms. The externality is to be identified and carefully managed. The wind power generation for example, a major nation-wide initiative, is posing threat to birds, and many economic activities taking advantage of the provisional and cultural and recreational services of coastal areas shall not result in environmental deterioration, in terms of pollution, invasive species and habitat destruction. Marine fishery, though already managed through seasonal fishing ban normally from June to September each year, is still at stake. According to local stakeholders, there were significantly less birds after wind power stations were established, and the harvest of small yellow croaker (Larimichthys polyactis), for which the Yellow Sea used to be famous, is still very limited, as a result of past years' over-fishing.

Wind power facilities along the shoreline

Intertidal flats: conservation improving yet challenges remaining

Intertidal flats provide ecosystem services such as food, shoreline stabilization, protection from storm events, maintenance of biodiversity and are often at the center of social activities. The intertidal flats of the Yellow Sea are particularly of international importance, as important habitats for a lot of globally threatened waterbirds migrating on the EAAF. However, this was only in the 1990s that the ornithological importance of the Yellow Sea became clear, when a lot of such areas had already been destructed due to land reclamation, a process of creating new land from ocean, riverbeds, or lake beds, practiced worldwide.

There have been considerable reclamation activities implemented in Nantong Municipality. For example, in Rudong County from 1950's, almost 40,000 ha land has been created from reclamation. This on one hand to great extent helped solve economic constraints of limited lands, but on the other hand posed ecological problems, such as destruction of the habitats of birds and other coastal species, and degradation of ecosystem functions and services.

Coastal wetlands to be protected

The local stakeholders, especially the municipal government of Nantong fortunately has increasingly recognized the importance of intertidal flats and started to conserve them in a much more careful manner. Small Protected Areas have been established in Rudong county to protect critical habitats for threatened birds, including the Spoon-billed Sandpiper (Eurynorhynchus pygmeus), a bird categorized as Critically Endangered (CR) by the IUCN Red List of Threated Species. The planning of the Tongzhou Bay Development Area has particularly set aside the costal wetland as untouched area.

However, great challenges remain, as land reclamation will mostly likely continue. According Jiangsu Coastal Development Plan (2009–2020), over 180,000 ha reclamation is planned, relevant to intertidal flats. Where

摄影 / 陈晨

and how this new reclamation is going to be implemented remains an uncertain and could potentially be challenging to intertidal flats of the Yellow Sea and its ecosystems.

Towards Marine Eco-civilization in China: how could IUCN help

Eco-civilization development, an approach seeking great harmony between human and nature, has been regarded as a national priority of China in its pursuit of sustainable development, and therefore gained nation-wide support. In the 13th Five Year Plan (FYP) of SOA, Marine Eco-civilization development is also a top priority. Managing resources sustainably, pushing for green development, regulating economic activities have all been listed in the FYP. It presents a good opportunity and backstop for establishing ICM and development the blue economy in Nantong and other coast Chinese municipalities in Yellow Sea and other seas.

Cascading the national policy to on the ground actions is always not easy, especially for a big country like China. Knowledge and capacity gaps, hierarchical layers and institutional boundaries, local interests in economic development, lack of strong evidence base for good practices all require time and efforts to address. The international organizations like IUCN, however, are well positioned to help, given their experiences in linking science, policy and practice worldwide.

IUCN, the largest and oldest global conservation network, considers three programmatic priorities in its programmatic strategies to achieve its mission, a just world that values and conserves nature: value of nature, nature's governance and nature-based solutions. All these approaches could play a big role to support to achieve marine eco-civilization in China:

- Valuing nature: filling the knowledge gap of stakeholders at all levels in terms of the value and services that the coasts and oceans provide for us;
- Nature's governance: exploring practical models of ICM;
- Nature-based solutions: demonstrating and building the evidence base for stakeholders.

IUCN defined the term "Sustainable Development" in 1980's and brought it to the world. We are now happy to work with Chinese stakeholders and partners, including SOA, to further define Eco-civilization and again, bring it to the international audience. The work is challenging, but important for this planet at crossroad.

About the "Travel across Ecological Marine Territory"

"Travel across Ecological Marine Territory" is a campaign sponsored by the State Oceanic Administration (SOA) of China, with the theme of "Promoting Green Development and Ecological Managing the Ocean". The campaign will organize media and conservation groups to site visit seven municipalities along the coastal area of China in 2016, to experience marine ecological civilization development on the ground, and to collect field stories of coastal restoration and integrated marine management. The visit to Nantong Municipality was the second of such visits, following the first one to Weihai, Shandong Province and followed by the third visit to Huizhou, Guangdong Province.

国家海洋局政府网站：

“海疆生态行”系列主题宣传采访团走进江苏南通与连云港海岛

刊发时间：2016-05-30

5月21日至24日，由国家海洋局办公室、生态环境保护司和海域综合管理司共同组织的以“坚持绿色发展，实施生态管海”为主题的2016年“海疆生态行”系列主题宣传报道活动走进了江苏南通国家级海洋生态文明示范区与连云港海岛。

在为期四天的采访中，来自人民日报、新华社、经济日报、科技日报、中国新闻社、中国网、中国海洋报、海洋世界杂志及世界自然保护联盟等多家中央媒体和环保公益组织组成的报道团，走访了南通瑞雪海洋文化（紫菜）馆、恒大海岸线综合整治工程、盐碱地绿化示范项目、吕四中心渔港、海上运动文化中心、海洋主题公园、海洋生态规划展示馆、通威渔光一体零污染零排放项目、小洋口陆海一体化监管系统、生态廊道及湿地、鸟类栖息地、围垦博物馆、中洋海淡水生物多样性保护基地、碳汇渔业工业化产品基地。报道团还走访了连云港“十大美丽海岛”连岛的综合服务区、滨海栈道、苏马湾生态园，修复示范区秦山岛的地质灾害治理工程、垃圾污水处理工程、植被恢复及绿化工程。采访报道了南通市与连云港市近年来在促进海洋生态文明、维护海洋生态环境的发展成效和经验做法。

南通位于黄海、东海、长江三水交汇处，资源禀赋优越、区位优势独特。全市管辖海域面积8701平方公里，沿海滩涂面积307.25万亩，每年可新增滩涂近万亩。海岸线长206公里，海洋生物、滨海旅游、海洋风能、潮汐能以及港行资源丰富，深水港口规划103公里，拥有全国四大渔场之一的吕泗渔场。近年来，南通市委市政府坚持绿色发展理念，加强组织推动、突出工作重点、创新机制体制，形成了陆海统筹、江海联动、部门协同推动海洋生态环保新格局。2015年，南通市列为全国海洋生态文明建设示范区。

连云港是新亚欧大陆桥东桥头堡、国家首批沿海开放城市和全国重点海港城市。全市管辖海域面积7516平方公里，海岸线长211.587公里，有江苏省唯一的基岩海岸40公里和砂质海岸30公里。全市共有海岛20个，是江苏省海岛聚集区。近年来，在推进沿海开发和“一带一路”交汇点建设过程中，连云港市委市政府始终坚持生态文明建设理念，正确处理海洋资源开发与生态环境保护的关系，通过实施海岛海岸线整治修复项目、探索海洋生态补偿机制、开展海洋牧场修复等工程，有效保护了海洋生态环境，确保依法、科学、环保用海之路越走越畅。

据悉，2016年“海疆生态行”系列主题宣传报道活动下一站将于6月中旬在天津开展。

摄影 / 张海勇

摄影 / 张海勇

2016

海疆生态行

坚持绿色发展·实施生态管海

Tianjin

天津

临海新区

人民日报：

天津地处“九河下梢”，海洋环保压力巨大

渤海之滨盼蔚蓝

刊发时间：2016-07-09
人民日报记者 / 孙秀艳

作为北方最大的港口城市之一，天津因海获益。但天津人又有些“恨”海。

天津地处“九河下梢”，天津海域是京津冀地区几条跨界河流的入海口，也就是说，大量污染物从这里流进大海。而提起梦中的海，周边省份的居民最先想到的肯定是北戴河。“从这排污，没人游览”的尴尬让天津人对家门口的海感受非常复杂。“小学的时候学校组织到塘沽，本想能看到蔚蓝的大海，心里很激动。结果到了所谓海边，看到的是一滩泥汤子。”40多岁的秦女士提起小时候的经历，一个劲地摇头。

由于自然条件及过度取用，海河流域水质常年在劣五类，已经在拖累自净能力差的渤海。面对这样的海洋环境形势，又该如何行动？近日，记者跟随国家海洋局“海疆生态行”采访组赴天津，深刻感受了天津人加强海洋生态环境保护的决心。

科学规划围填海，改变了一片烂泥滩，造出了海岸新生态

天津滨海新区跟市内大不相同，地域开阔，绿化带纵横交错，成片的花园洋房，让人感受到一派“现代范儿”。

“我们脚下的土地十多年前还是一片烂泥滩，前面是大海。”天津市海洋局副局长高明兴口中的“前面”，如今已变成土地，绿影婆娑，一排排办公楼矗立其中。为使有限的自然岸线资源得到开发和利用，缓解城市建设和工农业用地紧张状况，围海造陆一直是沿海地区的“常规动作”，天津也不例外。采取取土、吹填、掩埋等方式造陆，容易导致海域环境变化，生物多样性降低。因此，围填海一直为海洋保护专家所诟病。

“天津潮间带面积大、坡度缓、适于进行围

填海活动，而且成本也比较低。我们统筹规划科学用海，努力将负面影响降至最低，新的海岸生态建设与原有堤岸保护同步，如今的岸线真是大变样了。”高明兴说。

造绿是海岸带生态建设的重要组成部分，别看就是植树种花，在盐碱滩涂和围填海地块上绿化，可真不是简单的事。“换土、排盐，一棵树的种植成本是普通地区的三倍，钱都花在地底下了。”天津市海洋局海域管理处处长王正江笑着说。在永定新河河口整治项目工地，一些小苗身上挂着“吊针”，工作人员告诉记者，这是给长势不好的树输的特殊营养液。好在经过专业人员的养护，绿化成活率较高，紫叶李、西府海棠等树种很快适应了新环境。

临港经济区区域，完全由围填海“制造”，一样的围填海，却有不一样的生态策略。置身占地面积63万平方米的临港工业区生态湿地公园，一座座小岛分割大片水域，水中芦苇摇曳，岸上各色小花开得正盛。如果不是天津临港投资控股有限公司总工程师胡军介绍，记者根本不会想到这样一个人工湿地的水源，完全来自污水处理厂的排放。在利用外围河流、湿地、海洋等自然生态条件的前提下，通过构建“蓝脉绿网”的园区生态网络，临港经济区密集的工业园区间，造出这样一片城市公园，改善了整个临港经济区的生态。

“污水经过调节池、潜流湿地、表流湿地和生物栅，通过物理、化学及生化反应三重协同作用得到净化。”环境工程专业出身的胡军讲起公园的处理系统，头头是道。据估算，临港生态湿地公园每年可削减化学需氧量（COD）约349吨、氨氮约129吨、总磷约7.9吨。大量入海污染物减排，尤其是富营养化物质的大幅削减，对改善渤海水质和保护海域生物多样性具有重要意义。

“围填海的负面影响不可避免，但如何以新的方式反哺海岸生态建设，天津的实践很有意义。”正如国家海洋局办公室副主任王斌所言，在发展中保护，在保护中发展，海岸生态才会更健康。

妈祖文化底子厚，弘扬海洋文化，让公众爱海护海

到天津，很多人会去逛逛古文化街，这条街上的天后宫是必到之处。可即使是生活在天津、常到天后宫游玩的百姓，可能也没把这位“天后”跟妈祖联系上。妈祖文化肇于宋、成于元、兴于明、盛于清、繁荣于近现代。自古作为商埠的天津，毗邻大海，妈祖文化在此盛行本不足为奇，这也是天津与内陆城市文化的区别所在。新时代下，天津把妈祖文化作为重要的海洋文化资源加以弘扬。在大神堂国家级海洋特别保护区附近，一座高大的妈祖石像面朝大海，在阳光下分外耀眼，以此为中心，天津妈祖文化园配套建设已经完工。

几公里之外，国家海洋博物馆工程正在紧锣密鼓地推进，馆舍主体结构已经完工。据国家海洋博物馆筹建办主任何川介绍，博物馆计划明年7月开馆，首期开馆的有中华海洋文明、海上丝绸之路、魅力中国海、远古海洋、今日海洋等8大展厅。藏品征集是博物馆建设的基础，也是筹备工作的重中之重。“我们在征集涉海藏品方面真是下了大力气。”何川告诉记者，经过三年多努力，目前已征集入库各类藏品近五万件，涉及军舰、船只、石器、瓷器、金属器、文献等多个种类。

相较于不断增长的海洋生产总值，打造特色海洋文化在天津的涉海战略中不算抢眼，但后劲儿十足。“海洋环境保护、海洋科技创新、海洋公共服

务能力建设，与这些亟待加大力度的工作相比，也许海洋文化很‘边缘’，但我们很看重。”高明兴说，了解海洋、爱护海洋，才会有更全面、更有社会基础的保护，做好海洋文化建设与传播，就是期待厚植海洋文化，让公众更好地参与到海洋的保护中来。

靠水吃不上水，保护与发展难调和，补偿机制待落实

开阔的水面上燕鸥飞舞、苍鹭翱翔，一座座人工岛蓊蓊郁郁，不时有鸟类起落。在天津生活多年的李女士，根本不知道这个城市还有这样一块宝地——七里海。由贝壳堤、牡蛎礁构成的珍稀古海岸遗迹，是世界三大古贝壳堤遗迹之一。由于保护对象是1万年以来渤海成陆的海洋遗迹，随着渤海海退，这些保护对象已经脱离了与海的联系，使得保护区成为全国唯一一个不涉及现代海岸线的海洋类型自然保护区。这个由古潟湖演化而来、区域面积达300多平方公里的湿地，是整个华北地区不可多得的“绿肾”，其独特的自然环境和生态系统，对保护渤海、调蓄京津冀地区气候发挥着不小作用。“七里海的面积、生态效益都不亚于白洋淀。”高明兴说。

守着风景如画的保护区，天津市古海岸与湿地国家级自然保护区管理处副处长于华的日子不轻松，在别人看来每天面对美景是享受，他却觉得肩上的担子沉甸甸的。在通向保护区中心地段的道路两侧，鱼塘、农家乐一字排开，“靠水吃水”已经形成小气候。这里和其他保护区一样，被发展与保护的矛盾困扰，于华愁眉不展。

七里海所在的宁河区，经济总量排名全市倒数第一，区内百姓的生活水平与天津城区差异明显。最近几年，当地很想擦亮海洋湿地旅游的牌子，在几条高速公路上，记者都曾见到七里海湿地公园的路标。但由于旅游开发违反保护区管理条例，这个项目被叫停。“区里原来的投入都白花了，但考虑大局，我们全力配合保护区的工作。”一位当地的同志这样说。

靠水吃不上水，转移支付与生态补偿机制还不健全，这让当地发展与保护的矛盾更为尖锐。“转移支付有，但还是按照项目进行。与河流上下游关系不同，湿地保护的受益者范围广，还跨区域，补偿机制、标准的制定都是难题。”于华说。

于华告诉记者，保护区内的居民世世代代生活于此，无论是耕种、养殖，还是生活排污，势必对保护区环境造成影响。“整个保护区域大约生活着10万人，核心区有1000人以上。保护区成立24年了，按照保护区条例，核心区居民早该外迁，但由于各方面条件所限，这项工作一直难以启动。”

虽然困难重重，但协作正在展开。宁河区成立了相应的保护区管委会，对辖区内保护区工作全力支持配合。专家表示，保护好天津周边这片海，整个京津冀地区都将受益匪浅。这片海的保护，光有一个地方的努力还不够，急需多地、多部门携起手来，密切协作。

新华社：

污水变清流
——天津临港经济区有颗“生态心”

刊发时间：2016-10-03

新华社记者／白国龙

在海河入海口南侧的盐碱荒滩，10年的围海造陆，建起一座工业新城，这就是天津临港经济区。自2011年至2013年，连续3年经济增长率达100%，截至2014年，招商引资额累计达3000多亿元。天津临港经济区收获经济效益的同时，也未曾慢下追寻生态效益的脚步。

这个以重型装备制造为主导产业的工业区，本是污水排放大户，却能“化污水为清流”，全区只有一个污水处理厂，２０１３年年底就实现了污水“零排放”，这是如何做到的呢?

答案得从污水处理的过程说起。在天津临港经济区，污水经污水处理厂处理后并不会直接排入大海，而是进入生态湿地公园进一步净化。

“污水处理厂的日处理能力是３万吨，现在平均每天处理工业排污１．７５吨。处理能力尚未达到饱和。”天津临港经济区管委会副主任杨健对随国家海洋局“海疆生态行”一行采访的记者说。

杨健介绍，污水处理厂处理后的水能达到１级Ｂ排放标准，再经生态湿地公园净化，最终达到１级Ａ标准。

走进生态湿地公园，仿佛置身绿色的海洋，蜂飞蝶舞，鸟语花香。园内的调节池更是碧波荡漾，芦苇摇曳，污水处理厂的水首先进入这里。这是整个湿地公园最高处，落差处设置滚水坝，瀑布一样的水继续排入潜流湿地和表流湿地。

“潜流湿地就是看不到水面，水在植物下面完成污染物的降解和去除。”杨健说，“我们通过设计，让水在这一片植物下面进行３次往复，才会流入表层湿地，目的是增加水在这个区域的滞留时间，更好地完成降解。”

据生态湿地公园总工程师胡军介绍，生态湿地公园面积约６３万平方米，水体面积达１７万平方米左右，污水在这里完成物理、化学、生化三重反应，解决了工业园区污水深度处理难题及濒海工业园区海洋生态建设问题。

胡军解释，物理作用主要是过滤、沉积作用，污水在经过基质层及密集的植物茎叶和根系时，悬浮物被截留并沉积在基质中；化学反应主要指化学沉淀、吸附、离子交换、拮抗和氧化还原反应；生化反应主要指微生物在好氧、兼氧及厌氧状态下，通过开环、断键分解成简单分子、小分子等，实现对污染物的降解和去除。

据估计，天津临港生态湿地公园可削减ＣＯＤＣｒ约３４９吨／年、ＮＨ３－Ｎ约１２９吨／年、ＢＯＤ５约１５９吨／年、ＴＰ约7．９４吨／年，减少大量污染物入海。此外，公园也为临港经济区增添了一座独特的人工生态湿地景观。

生态湿地公园内三季有花、一季有果、四季有景，栽植各类苗木约１２０余个品种、１８．４万余株，有月季园、主题雕塑和科普中心三个人文特色主题区，以及芦荡飞雪、蜿蜒蒲香、长田鹭飞、水荡沽田等八个自然景点，水系、道路、堤岸、桥梁，辅以亭、台、廊等点缀其间，移步易景，形成不同类型的园林空间。

胡军介绍，位于人工潜流湿地中间的三个岛屿，是纯生态保护的地区，游人禁足，减少人为干扰。岛上所种植物主要考虑鸟类的需要，多为鸟类喜欢的浆果类植物。岛屿岸线设置浅滩湿地，便于鸟类觅食繁衍。

生态湿地公园，就像工业区的“生态心”，将污水经二次处理达到１级Ａ标准，用于绿植灌溉等市政用水，最终实现污水“零排放”。如今，这座独特的人工生态湿地景观成为越来越多当地人户外休闲的好去处。

经济日报：

陆海统筹建设碧海金滩

——海洋生态文明建设的天津实践

刊发时间： 2016-08-05

经济日报记者 / 沈慧　**实习生** / 李永文

在陆地资源日渐枯竭的今天，海洋已成为人类繁衍发展的重要生命线。然而，随着海洋开发利用进程的加快，近海污染等不协调音符屡屡出现。围绕统筹海洋保护与开发的主题，记者跟随国家海洋局“海疆生态行”主题采访团走进天津，看其如何点海成“锦”。

破除入海污染沉疴

“夏风裹挟着腥臭味扑面而来，黑色淤泥里几株芦苇随风摆动。”忆及曾经的大沽排污河入海口，天津市海洋局副局长高明兴忍不住皱眉。

位于天津临港经济区的大沽口排污河，是1958年开挖的人工河道，全长67.47公里，主要承担南开、和平、河西等区域的城市污水及农田沥水的排泄任务。历经半个多世纪的沉淀积聚，大沽排污河局部底泥中重金属及难降解有机物等严重超标。更糟糕的是，处理后达到排放标准的工业废水流经大沽河河道时，因河道淤泥上泛，极易造成二次污染。

“陆地污染源是海洋环境污染的主要来源，占海洋污染物总量的80%以上，其入海方式就是河道排污口。”高明兴说。

严防“最后一公里”陆源污染，2013年，在国家海洋局和亚洲开发银行的支持下，大沽口排污河综合整治项目正式启动。河道清淤、修坡、护砌、岸壁改造、绿化……目前，总投资2.2亿元的大沽排污河河口整治项目已清淤疏浚63万立方米，建设连地墙900米，处理污染沉积物2.7万立方米。

“清理出来的淤泥如果任意堆放到其他地方将会形成二次污染，技术人员则能将它变废为宝。”项目施工负责人告诉记者，含有大量重金属的河口表层淤泥经过特殊处理，送到具有环保资质的烧结厂烧成建筑材料和陶粒，废渣则用作路基土、筑坝土等，实现循环利用。

看到昔日浑浊不堪的河口如今重现生机，天津临港投资控股有限公司总工程师胡军按捺不住内心的激动，“污泥疏浚清理后，将大大减轻入海河水给渤海近岸海域带来的污染，现在入海河口附近又能见到鱼了。”胡军透露，在绿化的基础上，天津还会进行海岸景观建设，营造亲水海岸环境，使治理后的大沽排污河口成为风景宜人的休闲娱乐场所。

环境治理必须陆海联动，陆上河口整治看得见，海底的功夫也不少。近年来，天津开展了大量海域生态环境修复工作，综合利用人工鱼礁、人工牡蛎礁及增殖放流等多种海洋生物资源养护修复手段，在大神堂牡蛎礁国家级海洋特别保护区建设人工鱼礁示范区10公顷，投放人工鱼礁4600个，牡蛎礁6万袋。这些新举措在净化水体、稳定海岸线及促进营养物质循环等方面发挥了重要作用。

呵护“世外桃源”

地处宁河县的天津古海岸与湿地国家级自然保护区，是我国唯一的以贝壳堤、牡蛎礁古海岸遗迹和湿地自然环境及古生态系统为主要保护管理对象的海洋类自然保护区。古诗有云，“百道河沽秋水至，烟波七里浩无垠”，说的正是这片湿地。

“古海岸”说法的由来与七里海不无关系。数千年前，保护区内的七里海与渤海相连，是名副其实的海，后几经演变，最终变成了一片辽阔的内陆湖。为找回昔日的古海岸湿地，1992年经国务院批准，天津古海岸与湿地国家级自然保护区正式成立。

经过多年如一日持续不断地修复、治理、保护，如今古海岸湿地慢慢恢复曾经的活力：上万亩水域碧波荡漾，其间芦荡茫茫、百鸟云集。保护区管理处副处长于华告诉记者，湿地负氧离子含量达每立方厘米2500个，俨然一个天然氧吧，随着生态环境的改善，湿地如今成了水鸟的天堂，“每年春夏，芦苇丛中大批水鸟栖息，其中不乏东方白鹳、丹顶鹤等珍稀鸟类”。

类似的可喜变化同样在天津临港经济区生态湿地公园上演。盛夏的湿地公园，草木繁盛、野趣盎然，不过就在4年前这里仍是一片盐碱滩涂，因上游污染物排放等影响生物多样性遭到严重破坏。

2012年年底，占地63万平方米、总投资约2.65亿元的生态湿地公园落成。“这座公园以水处理为主兼具景观效果，解决了工业园区污水深度处理和濒海工业园区海洋生态保护等一系列问题。”胡军说，湿地公园的水源主要来自临港经济区的污水处理厂，污水经过湿地调节池、潜流湿地、表流湿地和生物栅，通过芦苇等植被的物理、生物、化学反应的三重协同作用得到净化。“目前，湿地公园每天引入工业废水约6000吨至7000吨，每年可削减化学需氧量约349吨、氨氮含量129吨，最大限度减少污染物排放入海，对改善渤海水质和保护渤海海域生物多样性具有重要意义。”胡军说。

筑起海洋保护“长城”

客观而言，天津的海岸线不算长，只有153公里。海岸线虽短，天津海洋生态面临的压力却不小。“地处环渤海经济中心，天津既赢得了宝贵的发展机遇，也因陆源污染和繁忙的海上运输一度给渤海湾海洋生态保护造成了困扰。”天津市海洋局局长蔡明玉坦陈。

呵护海洋生态，2012年10月，国家海洋局印发实施《关于建立渤海海洋生态红线制度的若干意见》，并配套印发《渤海海洋生态红线划定技术指南》，以有效保护渤海脆弱的海洋生态环境。2014年，天津海洋生态红线区正式划定。大神堂牡蛎礁国家级海洋特别保护区、汉沽重要渔业海域、北塘旅游休闲娱乐区、大港滨海湿地共计219.79平方公里海域，以及天津大神堂和大港滨海湿地18.63公里自然岸线划定为天津市海洋生态红线区。

海洋生态红线区划定后，天津市明确了自然岸线保有率、红线区面积、水质达标、入海污染物减排等控制指标。在用海项目海洋环境影响报告书核准过程中，严格审查海洋生态红线合规性，严禁与红线区保护与修复无关的开发建设活动。同时，建起了集视频监控、地理信息、环境监测评价等功能于一体的海洋生态红线区管理信息系统，大大提升了天津海洋生态红线区的监管能力。

多措并举，如今天津市海洋环境状况渐渐改善。《2014年天津市海洋环境状况公报》显示，当年全市管辖海域劣四类海域面积逐步减少，与2013年同期相比呈小幅下降趋势。

海洋生态逐步改善的同时，天津海洋经济规模不减反增。“天津的海洋生产总值占全市生产总值的比重达到三分之一。”高明兴介绍，以海洋生态保护为契机，天津海洋产业结构优化升级，2015年天津海洋总产值达到5500亿元。目前，天津的海洋工程装备制造、海水淡化等领域的技术水平保持全国领先，打造了一批海洋科技自主创新平台，拥有省部级以上海洋重点实验室15个，为海洋生态保护提供了先进的科技和智力支撑。

蔡明玉透露，“十三五”期间天津将继续坚持陆海统筹，以海洋资源环境承载力监测预警体系建设、近岸海域污染防治、入海污染河流综合整治、海洋生态保护修复为主要切入点，与有关涉海部门通力协作，全面推进水污染防治工作，还渤海一片蔚蓝。

经过多年保护和修复，古海岸湿地环境明显改善，成为水鸟的天堂。图为七里海湿地一隅
摄影 / 沈慧

目前，总投资2.2亿元的大沽排污河河口整治项目已清淤疏浚63万立方米。图为整治后的大沽排污河道

天津临港经济区生态湿地公园解决了工业园区污水深度处理等一系列问题。图为生态湿地公园一角

中国新闻社：

天津临港公园打造“工业区”的“生态心”

刊发时间： 2016-08-17

中新社记者 / 刘家宇

在多数人的印象中，厂房林立、车辆穿梭、机械轰鸣才是传统“工业区”的标配，然而，在天津渤海边陲，一座名为“临港”的工业区就在紧锣密鼓建设“公园里的工厂”，颠覆人们对于工业区的印象。

日前，中新网记者跟随中国国家海洋局“2016年海疆生态行”记者团一行走进天津临港经济区生态湿地公园，了解工业污水如何通过景观系统由“浊”变“清”、由“死”变“活”。

盐碱滩涂“蝶变”人工公园

天津临港经济区生态湿地公园是中国大型工业区内为数不多的以水处理为主题，兼具景观效果的湿地公园。走进公园，即被其清澈的水系所吸引，很难想象这片生机盎然的土地曾经是一片盐碱滩涂。

众所周知，临海是天津的重要区位优势，海洋是天津的核心资源。为使有限的自然岸线资源得到开发和利用，缓解城市建设和工农业用地紧张状况，天津开展了围海造陆活动，临港经济区生态湿地公园便由围海造陆形成。

该公园从设计之初，便采用“蝶变”概念，从景观效果上看，调节池的小岛是“卵”，潜流湿地是“蝶蛹”，后面的景观湖是“蝴蝶”形状，寓意临港经济区由一片盐碱滩涂变成一个现代化工业新城。

湿地公园的水源全部来自工业污水，因此，临港生态湿地公园最大的功能在于进行水源涵养、生态修复。

水源进行“物化生”三重奏

天津临港经济区生态湿地公园总投资约2.65亿元人民币，占地面积约63万平方米。在这里，工业废水从“污水处理厂——人工湿地公园——景观河或回灌”，实现“零排放”，最大限度减少污染物排入渤海湾，实现水资源的高效循环利用。

“污水通过物理、化学及生化反应三重协同作用得到净化。”据该公园总工程师胡军介绍，这座生态湿地公园解决了工业园区污水深度处理难题及濒海工业园区海洋生态建设问题。

他解释，物理作用主要是过滤、沉积作用，污水在经过基质层及密集的植物茎叶和根系时，悬浮物被截留并沉积在基质中；化学反应主要指化学沉淀、吸附、离子交换、拮抗和氧化还原反应；生化反应主要指微生物在好氧、兼氧及厌氧状态下，通过开环、断键分解成简单分子、小分子等，实现对污染物的降解和去除。

据估算，天津临港生态湿地公园可削减CODCr约349吨/年、NH3-N约129吨/年，BOD5约159吨/年，TP约7.94吨/年，能够减少大量的污染物入海，对于落实渤海碧海行动计划、改善渤海水质和保护渤海海域的生态多样性具有重要意义。

作为建设国家循环经济示范区的重点工程，临港生态湿地公园已被亚洲开发银行列为2010年的贷款项目，同时获得国债资金的资助。

三季有花、一季有果、四季有景

湿地公园内水体面积达到约17万平方米，绿化以三季有花、一季有果、四季有景，突出层次及色彩搭配并辅以大规格苗木点缀，共栽植各类苗木约120余个品种、18.4万余株。

根据不同的景观特色，该公园还打造了“三区八景”，即月季园、主题雕塑和科普中心三个人文特色主题区，芦荡飞雪、蜿蜒蒲香、长田鹭飞、水荡沽田、柳影婆娑、棠海寻幽、烟水雾林、曲水花径等八个自然景点。

各处通过水系、道路、堤岸、桥梁贯穿起来，辅以亭、台、廊等特色小品点缀其间，移步易景，形成不同类型的园林空间和观赏路线，从而使湿地公园成为一个兼具现代西方与中国传统之美的生态园林。

据了解，天津临港经济区生态湿地公园统筹考虑人工湿地工艺中的主题性、自然性与功能性，解决了工业园区污水厂尾水高环境风险与高富营养化风险的问题，构建了“蓝脉绿网”的园区生态网络，补充了园区生态用水需求，对工业园区的生态文明建设起到决定性作用。如今，园区接待游人峰值已达到约每日800人次。

中国网：

诠释海洋人文的“海上故宫”
国家海洋博物馆

刊发时间：2016-06-30
中国网记者 / 舒珺

在中国渤海湾填海而起的这片陆地上，位于京滨发展轴和东部滨海发展带的交汇处，有一座与众不同的博物馆，将成为诠释海洋科学、普及海洋人文的崭新代表。这座博物馆面朝大海，恢弘澎湃。这是国家海洋博物馆，我国首座国家级、综合性、公益性的海洋博物馆，将把海洋自然历史和人文历史展示给大众，重塑中国国家海洋世界观。

海洋博物馆有一个别名，号称“海洋上的故宫”。作为中国第一个海洋博物馆，与故宫比肩，体现的是国家的海洋发展战略。

博物馆位于天津滨海旅游区南湾内侧，2014年10月开工起，将历时33个月完工，正式面向大众开放。近日，中国网记者同人民日报、新华社、中新社、中国日报、经济日报、中国海洋报、海洋世界等多家媒体的记者组成“2016年海疆生态行”记者团，随同国家海洋局办公室副主任王斌、国家海洋

局办公室新闻宣传处副处长张海勇一行来到天津滨海新区，来到了正在建设中的国家海洋博物馆。

博物馆的外形设计非常抽象，既像是鱼跃海面，又像是靠坞船只。资料显示，这座博物馆占地8万平方米，这个数字是什么概念？11个足球场平面铺开所占用的面积等于一个国家海洋博物馆。这么大的博物馆，都展出些什么东西呢？记者带着疑问，见到了国家海洋博物馆筹建处的办公人员。

2014年10月28日，在完成前期各项要件和准备工作的基础上，国家海洋博物馆正式开工，如今，主体结构工程基本完成，今年计划于明年7月开馆运行。

陈列布展是博物馆建设的核心，因此，国家海洋局宣教中心还专门编制了海洋博物馆展陈大纲。在国家海洋局、国家文物局、教育部、海军装备部等多家单位的支持下，国家海洋博物馆迄今为止已面向海内外征集了4.87万各类涉海藏品，可确定三级以上文物的有75件，库藏可定级文物总量不少于460件，已征集上展展品首期开馆满足率达到63%。在开馆前，力争首期开馆展品满足率达95%。

与传统意义上的博物馆不同的是，国家海洋博物馆内部空间构成十分丰富。既有高达30米的大型展示空间，也能给游客提供小型展厅密闭式的游览体验，同时，馆内部分展区还能借助自然光配合，呈现出别样的展示效果。

工作人员告诉记者，国家海洋博物馆首期开馆8个展厅，分别是中华海洋文明、海上丝绸思路、魅力中国海、远古海洋、今日海洋、序厅、儿童厅和全息影响厅。这8个厅占据了20522平米的展陈面积，占到总体展览面积的70%。陈列展览区主要设有基本陈列厅、专题陈列厅、临时展厅、陈列装修储藏室、观众休息处、报告厅等，空间组织也保证了陈列的系统及顺序、灵活及参观的可选择性。

值得注意的是，国家海洋博物馆中的“国家”二字。它不是海洋技术博物馆，也不是海洋生物博物馆，而是海洋文化、海洋文明的综合性博物馆。国家海洋博物馆可以称为“海洋上的故宫”，如果说故宫是中华民族陆地文明的代表性博物馆，那么，国家海洋博物馆则是中华民族海洋文明的代表性博物馆。兵马俑之于西安，故宫之于北京，海洋博物馆之于天津，从西向东，勾勒出中华文明2000多年来陆地黄色文明和海洋蓝色文明交相辉映的人文景象。

中国网：

零污染 零排海“洗白”围海造陆
天津临港生态湿地

刊发时间：2016-06-30
中国网记者 / 舒珺

现在，走进临港经济区，无论走到哪里，都会被满眼的绿色植被和五颜六色的花团所吸引，而在这些植被的后面，才是隐约可见一座座现代化的厂房。从盐碱滩涂到生态湿地，临港生态湿地给围海造陆打上了一个“生态”新标签，也许在不远的将来，这个新标签会迅速贴至中国海疆边陲。

一

天津的海不算蓝，也实在算不上绿，细颗粒粉砂与淤泥沉积物死守在海底，这些年来，渤海湾的生态一直十分脆弱。

十多年来，人们一直没有放弃过对渤海湾的生态整治，鱼苗投放、生态红线、遏制污染、控制捕捞等措施有效遏制了渤海湾生态的进一步恶化，但仅仅不让生态继续恶化远不够用，生态修复仍需200年。

然而，近日，记者却在天津被围海造陆的海边看到了盎然无边的绿意，这片生态湿地公园有一个好听的名字，叫做“临港”。它有一个深刻的寓意，像蝶卵蝶变一样的处理方式将处理到可排海标准的工业污水进一步处理，达到“零排放”可循环利用的景观用水标准，意味着由污水变清水的生态环保概念，更意味着这个由盐碱滩涂变为现代化工业新城的里程碑式的进步。

日前，中国网记者同人民日报、新华社、中新社、经济日报、中国海洋报、海洋世界等多家媒体的记者组成“2016年海疆生态行”记者团，随同国家海洋局办公室副主任王斌、国家海洋局办公室新闻宣传处副处长张海勇一行来到天津滨海新区，见证了渤海湾这片国内为数不多的以水处理作为主题兼具景观效果的湿地公园。

二

临港生态湿地公园总占地63万平方米，总投资约为2.65亿人民币。最早期时候，这里是海滨边界线，临港所处的位置完全是一片盐碱滩涂。而这片湿地公园就是在这片盐碱滩涂的基础上全部围海造地而成。

总工程师胡军告诉记者，这个湿地公园在植物筛选和景观配置上也充分考虑了人工湿地和公园双重因素，同时也考虑了区域水环境改善以及居民的休闲需求，借助环境科学、景观生态学、环境经济学、管理学等理论和方法，解决了工业园区污水深度处理难题及濒海工业园区海洋生态建设问题。

临港公园的建成可以实现三个功能，首当其冲的就是治理渤海湾的生态环保。迄今为止，临港公园是国内最大的用于处理工业废水的纯人工化的生态公园，将整个污水处理厂处理达标废水通过管道引入湿地，经过调节池、潜流湿地、表流湿地和生物栅几级处理，通过物理、化学及生化反应三重协同作用得到净化，达到景观用水标准。这种技术首次被运用于处理大规模的工业废水上来。胡军解释道，潜流湿地节约占地面积，处理效率将对较高，水直接经过植物根系，经过逐级配水，通过重力作用，水从潜流湿地流入表流湿地，增大植物根系对水中有机污染物的吸附，整个过程没有发生任何能耗。在夏季，水中悬浮物较多，有堵塞水重力流通的可能性，为此，临港公园配置了一体除杂机，通过物理作用对水中杂质进行强度过滤。这是整个水环境处理过程中唯一的能耗可能。

污水处理厂处理到已达排海标准的水再进行深度净化，可去除氨氮和总磷，对有机污染物也有一定的去除率。在起步阶段，湿地每天最大污水处理规模达到1.75万吨，服务对象囊括上千家企业。

如今的临港湿地可以把临港经济区所有废水消化，实现局部“零排放”，雨季之外的污水完全在区内循环。

其次，临港湿地可以增加生物多样性，这也是湿地本身所具有的概念。目前正在观测的结果看来，通过植物绿化的树种一百六、七十种，野生植物也达到六、七十种；观测一年来，鸟类也被发现了三十多种。作为候鸟迁徙的必经之地，临港湿地在生态环保、增加生物多样性上发挥了极大作用。过不了多久，环颈鸻、黑翅长脚鹬、红脚鹬等几十种鸟类甚至会留在天津繁殖，鸻鹬类、鸥类等鸟将更是数量繁多。

此外，临港作为工业区，从土地平衡、为产业结构提供配套服务角度，规划了20平方公里的生活区。目前，临港湿地已成为滨海新区乃至天津市的度假场所，亭台楼阁，颇有“蜂房水涡，矗不知其几千万落”之感。非节假日的周末人流量已经达到2000人左右，垂钓、（集中专门区域）烧烤等，说它是“郊野公园”名副其实。

三

临港湿地公园在天津市星级公园评比中唯一的一个五星级公园，也是滨海新区唯一的一个；在科技方面，临港湿地公园在水处理角度、冬季如何防护等角度出发，获得了去年天津市科技进步一等奖；作为建设国家循环经济示范区的重点工程、滨

摄影/张海勇

海新区的民心工程和污染物减排项目，临港生态湿地公园已被亚洲开发银行列为2010年的贷款项目，同时获得国债资金的资助；国家海洋局王宏局长在调研过后，在用海审批规划中加注一条“建设生态湿地”等；企业也纷纷认可，更不用说绿化新区让百姓满意。

五年前，天津市政府批复了《天津临港经济区总体规划》，在利用外围河流、湿地、海洋等自然生态条件的前提下，"蓝脉绿网"的园区生态网络已经构建成功，"一心一带三横两纵"的景观生态格局业已构筑完成。

随着临港经济区积极创新发展、转型升级，临港综合经济实力迅速提升。“十二五”期间，临港累计完成地区生产总值千亿元，工业总产值5000亿元。预计到2020年，临港经济区地区生产总值将跨上千亿元台阶，年均增长25.4%，工业总产值达6500亿元，港区吞吐能力达1亿吨。

湿地公园内的水体面积达到约17万平方米，三季有花，一季有果，四季有景，层次鲜明，大规格苗木用来做点缀。记者了解到，湿地公园共栽植各类苗木约120余个品种、18.4万余株，园林小品有大中型景观桥34座，景观亭11座，景观廊2处，景观台9处。根据不同的景观特色，还打造了“三区八景”，月季园、主题雕塑和科普中心三个人文特色主题区和芦荡飞雪、蜿蜒蒲香、长田鹭飞、水荡沽田、柳影婆娑、棠海寻幽、烟水雾林、曲水花径等八个自然景点，各处通过水系、道路、堤岸、桥梁贯穿起来，亭、台、廊等特色小品点缀其间，移步易景，形成不同类型的园林空间和观赏路线，从而使湿地公园成为一个兼具现代西方与中国传统之美的生态园林。

现在走进临港经济区，无论走到哪里，都会被满眼的绿色植被和五颜六色的花团所吸引，而在这些植被的后面，才是隐约可见一座座现代化的厂房。“十三五”期间，环保类项目依旧是临港经济区的发展重点。临港湿地公园将南扩，继续生态整治、生态修复些项目，对污水进行处理的同时，相对雨水做一部分的净化、回收，再利用这个功能，达到零排放。从盐碱滩涂到生态湿地，临港生态湿地给围海造陆打上了一个“生态”新标签，也许在不远的将来，这个新标签会迅速贴至中国海疆边陲。

中国网：

天空掠过鸟的痕迹
天津七里海·古海岸湿地

刊发时间：2016-06-30

中国网记者 / 舒珺

燕鸥在展翅
摄影 / 陈晨

有一种线条优美、眼神犀利、嘴红而细长的鸥鸟叫做燕鸥。

当船体划过水面，搅动水面，引得水中的鱼儿纷纷浮头吸氧的时候，这些燕鸥迅速俯冲，靠着极好的视力捕捉到小鱼，不吃也不玩，叼住飞走。原来，它们是出来给“妻儿”觅食的雄性燕鸥。在燕鸥的世界，是终身一夫一妻制的，并且分工非常明确，“妻子”在家“操持”，“丈夫”外出觅食。当某只燕鸥丧偶了，“单身”燕鸥便会自动变为这个族群的守护者，“群起而圈之”驱赶外来入侵者。

记者亲眼看到了这些场景，就在天津市滨海新区的天津古海岸与湿地国家级自然保护区，就在七里海。

近日，中国网记者同人民日报、新华社、中新社、经济日报、中国海洋报、海洋世界等多家媒体的记者组成“2016年海疆生态行”记者团，随同国家海洋局办公室副主任王斌、国家海洋局办公室新闻宣传处副处长张海勇一行来到天津滨海新区，走进了海陆变迁形成的、具有显著海洋特征的古泻湖型湿地——七里海湿地。在这里，记者团的人不约而同都做了深呼吸的动作，发觉这里空气十分清新。七里海的负氧离子高达3300/cm^3，比市区内高出了上百倍。

侯鸟迁徙要害之地

进入七里海的大门，两根柱子上挂着两个金色的牌匾，上面用古朴的字体写着“七里海鸟类保护区”。左手边摆放着几个大屏幕，有一只东方白鹳高贵地站在浅水中一动不动。这样的实时高清监测摄像器在这片水域共有16个，这片七里海鸟类保护区隶属于七里海湿地，是天津唯一列入国家级自然保护区保护和管理的湿地，对保持水源、净化水

七里海古海岸湿地
摄影 / 陈晨

质、蓄洪防旱、调节气候、维持生物多样性等方面都吸到了重要作用。

1992年，国务院批准了古海岸国家级自然保护区，保护对象为贝壳堤、牡蛎礁构成的古海岸遗迹，还有湿地自然环境及生态系统。2014年，保护区被天津市政府划入全市生态用地保护红线，永久地将这片珍稀的古海岸全部保护了起来。

世界上共有8条鸟类迁徙路线，其中，中国拥有三条。一条在西部，一条在东部，一条在沿海地带，天津是沿海鸟类迁徙线中重要的一站。因此，七里海的东海作为一个鸟类保护区，动物资源也以鸟类为主。

随处可见的鸟岛吸引了众人的目光，工作人员告诉记者，这些鸟岛是从08年开始堆建的，因为鸟儿逐渐在增多，故此鸟岛也一直在扩建。鸟岛被分化成30多个小岛，因为鸟类众多，里面都是浅滩和湖中岛，鸟类以东方白鹳、大天鹅、小天鹅、灰鹤等为主。这个季节常见的鸟类是鸥鸟，如今，正是燕鸥产卵孵化的季节，4月份左右，燕鸥从南方迁徙而来，5、6月份产卵孵化，7、8月份幼鸟成群，10月份迁徙飞走。燕鸥的幼鸟可以浮游在水面，7、8月份的清晨及傍晚，七里海东海将会非常壮观。

数据显示，七里海湿地共发现鸟类182种，隶属16目39科，一二级保护鸟类多达30余种。观光船在水面行进，来到一个浅滩，见到一只凤头鸊鷉；远处站着一群白琵鹭，转个弯又看到一只东方白鹳……这些珍稀鸟类都被16个高清摄像头观察着，还有巡查队巡逻，以便保护鸟儿赖以生存的家园。

一万年前的古海岸

七里海鸟类众多，但不仅只有鸟类生活在这里。七里海还发现了哺乳动物13种、昆虫164种，两栖动物4种、爬行动物6种、鱼类50种和甲壳类动物8种。

5月份的七里海进入了麋鹿繁殖期，有4头小麋鹿先后降生，总数达到了21头。考古证实，在

摄影 / 张海勇

3000年前，七里海曾是麋鹿的乐园，在七里海的周边还发现了许多牡蛎堆积体、古化石，皆因大海或浅海区适合牡蛎的生存；而历史已经证明，在5000年前，七里海曾是一片汪洋大海。

天津分布着广袤的沿海平原和长达百余公里的海岸线。记者了解到，在沿海平原的南部数千年来的陆进海退过程中，形成了代表岸线停顿的数道贝壳堤和堤间的潟湖——盐沼低地；而在平原的北部，数千年来曾发育了与古潟湖—盐沼相间的众多的牡蛎礁。经过国内外专家论证，天津古贝壳堤与美国路易斯安那州贝壳堤和南美苏里南贝壳堤等世界上最著名的古贝壳堤处于同等重要的地位；天津牡蛎礁规模，只有泰国曼谷北部中央平原和美国南卡罗莱那州的牡蛎礁可与之相比，但天津牡蛎礁体规模之大,是当今世界独一无二的。

由于天津古海岸与湿地国家级自然保护区保护的对象是近一万年以来渤海成陆的海洋遗迹，随着渤海已海退，使得这些保护对象脱离了与海的联系，这里成为了全国唯一一个不涉及现代海岸线的海洋类型自然保护区。

牡蛎滩、贝壳堤和古泻河湿地，构成七里海特有的三大自然景观。

七里海本身是个大苇海，乍一看，有一种非比寻常的气势。漫步潮白河大堤上，举目西眺，翡翠般的世界展示在眼前。观光船在七里海游览了一圈后，行至七里海的“港口”，记者团鱼贯而上。

离开七里海的时候，一只麋鹿正盘坐在鹿岛守望。

中国海洋报：

绿波装扮渤海湾

——海洋生态文明建设的天津实践

刊发时间：2016-07-13

中国海洋报记者 / 兰圣伟

摄影 / 张海勇

渤海是我国唯一的半封闭型内海，有辽河、海河、黄河等主要河流入海，在我国海洋生态系统中具有重要作用和独特功能。近年来，伴随着环渤海地区经济社会的快速发展，向海洋要空间、要资源的需求愈来愈强烈，渤海生态环境面临的压力日益凸显。

天津位于环渤海地区中心地带，海岸线全长

153.2公里，管辖海域面积2500平方公里，在控制渤海陆源污染物排放、加强海洋生态环境治理修复等方面无疑扮演着重要角色。

工业区里建立生态湿地公园

中国海洋报记者近日随国家海洋局组织的2016海疆生态行记者团在天津临港经济区生态湿地公园采访时看到，盛夏的湿地公园草木繁盛、流水潺潺、芦苇丛生、野趣盎然。

天津临港投资控股有限公司总工程师胡军告诉记者，这里原本是渤海湾边的一片浅海盐碱滩涂，在自然环境变迁和上游污染物排放等影响下，区域环境质量不断恶化，生物多样性遭到严重破坏。

2012年年底，一片占地63万平方米、总投资约2.65亿元的生态湿地公园在昔日的滩涂上建成。

或许在人们的印象中，工业污水与生态公园之间并没有太多直接的联系。“但这座建在临港经济区内的湿地公园绝非一座普通意义上公园，它以水处理为主兼具景观效果，解决了工业园区污水深度处理和濒海工业园区海洋生态保护等一系列问题。”胡军说。

胡军表示，按照《城镇污水处理厂污染物排放标准》，临港经济区排放的污水经处理后能达到一级B标准，可排放入海。而今我们将这些污水成功引入生态湿地公园，再依次经过调节池、潜流湿地、表流湿地和生物栅净化，实现了生态净化处理和循环利用，打造出一条工业废水“零排放”生态链条。目前，湿地公园每天引入工业废水约6000~7000吨，每年可消减化学需氧量约349吨、氨氮含量129吨，最大限度减少污染物排放入海，对改善渤海水质和保护渤海海域生物多样性具有重要意义。

同样位于临港经济区的大沽口排污河原为天津两大排污河之一，是该市海河南部的主要排污排沥河道。多年来，水体中的重金属和有机污染物以沉积颗粒物的形式沉积于排污河下游，在河口附近地区淤积严重。

2013年，在国家海洋局和亚洲开发银行的支持下，大沽口排污河综合整治项目正式启动，内容包括河道清淤、修坡、护砌、岸壁改造、堤岸绿化等。记者在现场看到，目前项目施工已经进入尾声，预计7月底全部完工，届时将大大减轻入海河水给渤海近岸海域带来的污染。

天津市海洋局副巡视员高明兴告诉记者，陆源污染仍然是影响渤海湾生态系统健康的主要因素。天津在严格实施入海污染物减排控制指标的基础上，组织实施了多项河口海岸整治修复项目，对进一步减少陆源污染物入海排放将发挥积极作用。

两个特别保护区的前世今生

地处宁河县的天津古海岸与湿地国家级自然保护区，是我国唯一的以贝壳堤、牡蛎礁古海岸遗迹和湿地自然环境及古生态系统为主要保护管理对象的海洋类型自然保护区。古人就曾有诗赞曰：“百道河沽秋水至，烟波七里浩无垠”。

保护区的七里海与渤海在数千年前曾连在一起，是名副其实的海。后来，七里海几经演变，最终变成了一片辽阔的内陆湖。长长的贝壳堤见证了海陆变迁的历史。

“这是一片极其珍贵的古海岸湿地，1992年经国务院批准，天津古海岸与湿地国家级自然保护区正式成立。20多年来，天津市海洋局在监察执法、基础设施、科研管理、对外交流等方面做了大量富有成效的工作，并联合宁河区政府先后实施了七里海湿地保护管理与生态修复等工程。同时，积极联合有关高校和科研院所，开展综合科学考察，掌握了大量资料和数据，为进一步做好保护管理工作奠定了基础。”保护区管理处有关负责人表示。

2014年，保护区被划入天津市永久性保护生态区域。经过持续不断的修复、治理和保护，如今芦荡茫茫、百鸟云集，成为全市最大的生态“绿肺”。

大神堂牡蛎礁国家级海洋特别保护区位于滨海新区大神堂村南部海域，总面积3400公顷。历史上，这里是牡蛎、扇贝、红螺等海洋生物的栖息场所，也是渤海湾唯一的牡蛎和栉孔扇贝栖息地。该区域现存的牡蛎礁是迄今发现的我国北方纬度最高

摄影／张海勇

的现代活体牡蛎礁。为大力保护因环境破坏而日益减少的牡蛎礁群，2012年，大神堂牡蛎礁国家级海洋特别保护区经国家海洋局批准正式建立。

“保护区建立后，天津市海洋局通过实施一系列生态保护和修复工程，进一步恢复该海区特殊的生态环境，促进海洋环境保护、水产养殖、渔民生产生活、生态旅游协调发展。”高明兴说。

截至目前，天津市在大神堂海洋特别保护区内共建设人工鱼礁示范区10公顷，投放集鱼型海洋生物资源养护礁体2600个，最大限度地保护和修复活体牡蛎的生存环境。

海洋生态红线的环境效应

2012年10月，国家海洋局印发实施《关于建立渤海海洋生态红线制度的若干意见》，并配套印发《渤海海洋生态红线划定技术指南》，以有效保护渤海脆弱的海洋生态环境。

经过一年多的筹备，2014年天津海洋生态红线区正式划定。大神堂牡蛎礁国家级海洋特别保护区、汉沽重要渔业海域、北塘旅游休闲娱乐区、大港滨海湿地共计219.79平方公里海域，以及天津大神堂和大港滨海湿地18.63公里自然岸线划定为天津市海洋生态红线区。

高明兴对记者说：“海洋生态红线区划定后，天津市明确了自然岸线保有率、红线区面积、水质达标、入海污染物减排等控制指标。在用海项目海洋环境影响报告书核准过程中，严格审查海洋生态红线复合性，严禁与红线区保护与修复无关的开发建设活动。同时，天津市还建起了集视频监视、地理信息、环境监测评价等功能于一体的海洋生态红线区管理信息系统，大大提升了天津海洋生态红线区的监管能力。”

《2014年天津市海洋环境状况公报》显示，当年全市管辖海域劣四类海域面积逐步减少，与2013年同期相比呈小幅下降趋势。

天津市海洋局局长蔡明玉说，按照国家海洋局和天津市委、市政府的部署要求，天津市在分别制订海洋生态文明建设行动计划和水污染防治方案的基础上，与天津海洋事业和海洋经济“十三五”发展规划相关目标任务充分对接，坚持陆海统筹，将生态文明建设与水污染防治工作有机结合，“十三五”期间，天津市将以海洋资源环境承载力监测预警体系建设、近岸海域污染防治、入海污染河流综合整治、海洋生态保护修复为主要切入点，与有关涉海部门通力协作，全面推进水污染防治工作，还渤海一片蔚蓝。

记者在采访中了解到，2016年，由天津市海洋局牵头实施的8项水污染防治专项工作已全部启动，将重点在陆源入海污染物总量控制制度研究、海洋资源环境承载力监测评估体系构建、海洋生态红线区监管体系建设、重要河口岸线整治等方面取得实效。

海洋世界：

走进天津

——津城“博”海 待现蔚蓝

刊发时间：2016-07

海洋世界记者 / 思源

妈祖文化园

河口整治，清淤建“绿”

天津有句民谚：九河下梢天津卫，三道浮桥两道关。“九河下梢”是古人称呼海河的，海河是我国的七大江河之一，海河是一条把天津和渤海连接起来的短短蓝线，西自天津市金钢桥附近的三岔河，东到大沽河入渤海，干流长度只有74千米。但是，它有5条大支流和向四面八方伸展出去的300

多条较大支流，构成了华北最大的水系——海河水系。北运河、永定河、大清河、子牙河、南运河等各级大小支流组成了一个巨大的扇面，在华北大地上展开，天津就是这把扇子的柄。

人们称天津城位于九河下梢，是“当海河之中，为畿辅之门户”。因为这样的地理位置，天津与水的缠绵自古有之，但是，这也意味着大量陆源污染物也从这里流向大海，缠绵悱恻就会变成纠缠不清。海河连接着天津与渤海。渤海是我国唯一的半封闭型内海，由于封闭性强，水交换周期长，渤海环境承载能力较弱。环渤海地区及渤海广阔流域的发展也对海洋环境产生了巨大的污染及生境破坏压力。2006年以来，渤海河口、海湾等重点海域生态系统均处于亚健康或不健康状态。

天津拥有珍贵的海陆、滩涂湿地和岸线资源，并拥有多个河口，是我国河口最密集的区域之一。天津沿海岸的主要入海河口自北向南主要有：涧河口、永定新河口、海河口、独流减河口、子牙新河及北排河口、青静黄排水河口。其中永定新河口、海河口、独流减河口为三大一级行洪河道的入海口。永定新河口入海淡水较少，排沥河道也有排污现象，河口污染主要为陆源污染。由于海河常年水质恶化，自净能力减弱，污染物在海河尾闾——海河口积聚，海河闸水质是海河下游段最为恶劣的部分。

因此，在2012年10月永定新河河口海岸修复与综合整治项目正式启动，该项目于今年5月通过国家验收。项目共申请使用中央海域使用金4000万元，完成疏浚及土方综合利用35万立方米；修复加固海岸600米；建立了河口海岸整治与生态示范区。通过实施岸线清淤，根据规划岸线恢复海况，增加了实施海域纳潮量，提高了河道行洪排沥能力；对岸线进行整治与修复，有效提升岸线结构稳定性，提升岸线防护功能。此外，该项目采用海陆综合设计理念，筛选适宜树种栽植，建设海洋特色的岸线景观，为公众提供了亲近海岸、廊道、绿植的自然条件。

盐碱滩涂“蝶变”工业新城

天津、渤海、渤海湾一直给人无法逆转的“污染严重”的形象。所以，当2016年国家海洋局办公室组织的“海疆生态行——天津站”的报道组驱车前往天津临港经济区生态湿地公园时，很多人心里的疑惑都是不言而喻的。

天津临港经济区生态湿地公园是我国大型工业区内为数不多的以水处理为主题兼具景观效果的湿地公园。总投资约2.65亿元人民币，占地面积约63万平方米，基于《天津临港经济区总体规划》中的绿地系统规划，在利用外围河流、湿地、海洋等自然生态条件的前提下，构建“蓝脉绿网”的园区生态网络，构筑临港经济区“一心一带三横两纵”的景观生态安全格局。湿地系统的水源主要来自临港经济区胜科污水处理厂排水，其所排污水达到《城镇污水处理厂污染物排放标准》（GB18918-2002）一级B标准。污水经过调节池、潜流湿地、表流湿地和生物栅，通过物理、化学及生化反应三重协同作用得到净化。其中，物理作用主要是过滤、沉积作用，污水在经过基质层及密集的植物茎叶和根系时，悬浮物被截留并沉积在基质中；化学反应主要指化学沉淀、吸附、离子交换、拮抗和氧化还原反应；生化反应主要指微生物在好氧、兼氧及厌氧状态下，通过开环、断键分解成简单分子、小分子等，实现对污染物的降解和去除。能够减少大量的污染物入海，对于落实渤海碧海行动计划、改善渤海水质和保护渤海海域的生态多样性具有重要意义。

天津临港经济区生态湿地公园同时秉承景观休闲的理念，为周边生活区提供配套服务。其方案设计采用“蝶变”的概念，从景观效果上看，调节池的小岛是“卵”，潜流湿地是“蝶蛹”，后面的景观湖是“蝴蝶”形状，其寓意为临港经济区由一片盐碱滩涂变成一个现代化工业新城的神奇“蝶变”过程。

海洋世界：
津京唐最后一片绿洲
——七里海国家湿地公园

刊发时间：2016-07
海洋世界记者 / 思源

七里海国家湿地公园地处天津市东北部，位于天津市宁河县境内，距天津市区30千米，距北京100千米，距唐山40千米。七里海是1992年经国务院批准的古海岸与湿地国家级自然保护区，是天津最大的天然湿地，也是津京唐三角地带极其难得的一片绿洲。它是镶嵌在渤海之滨、津沽大地的一颗璀璨明珠，天津最大的后花园。

七里海湿地曾是渤海海底的一片巨大的洼地，自全新世晚期以来，天津地区不断的海侵、海退过程，使之暴露于地表，形成了具有显著海洋特征的古湖型湿地。自七里海形成的3000多年以来，一直拥有种类丰富的植物和鸟类、哺乳类、爬行类、两栖类等动物。

同时，由于它是古海岸遗迹，在古地理、古气候、古生态等多学科研究以及分析判断现代海岸线的演变、海平面的上升等方面同样具有重大科学研究价值，被众多知名专家学者誉为“天然博物馆”。由于保护区保护对象是近1万年以来渤海成陆的海洋遗迹，随着渤海海退，这些保护对象已经脱离了与海的联系，使其成为全国唯一一个不涉及现代海岸线的海洋类型自然保护区。

这里空气清新，负氧离子含量比城市中心区高出几十倍到上百倍，被誉为京津地区的“天然氧吧”和“绿色肺叶”，成为天津地区温度、湿度和空气质量的调节器。公园内有鸟类181种，国家Ⅰ级、Ⅱ级重点保护鸟类2种和21种，世界濒危鸟类红皮书中的濒危、易危鸟类5种，亚太地区具有特殊意义迁徙水鸟名录的鸟类4种。

七里海湿地独特的生态系统和与滨海新区接壤的特殊地理位置，在维持天津市的生态平衡，促进区域经济社会可持续发展等方面具有重要意义。因此，在七里海湿地实施保护与恢复工作既是保障华北地区生态安全的需要，也是天津市社会可持续发展的重要载体。尽管湿地面积不是很大，但在整个天津的生态环境、生产生活等方面都发挥了巨大的作用。据初步调查，天津湿地上长有芦苇、水葱、水稗、狐尾藻、盐地碱蓬等水生和湿生植物群落，各类湿地植物400余种。优良的生态环境是鱼类繁殖、育肥的场所，维持着河流、湖泊和海岸渔业的生产力。湿地是一个巨大的生物蓄水库，能保持大于其土壤本身重量39倍或更高的蓄水量，起到缓洪、滞洪、调节气候、防止环境干旱的作用。

湿地公园的建设是推动区域社会经济可持续发展的“催化剂”，公园会保持该区域独特的自然生态系统并趋近于自然景观状态，维持系统内部不同动植物的生态平衡和种群协调发展，并在尽量不破坏湿地自然栖息地的基础上建设不同类型的辅助设施，将生态保护、生态旅游和生态环境教育的功能有机结合起来，实现自然资源的合理开发和生态环境的改善，最终达到人与自然和谐共处的境界。

大神堂牡蛎礁国家级海洋特别保护区于2012年12月21日获得国家海洋局批准建立，这里有国内迄今保存最为完整的牡蛎礁群，是迄今发现的我国北方纬度最高的现代活牡蛎礁。牡蛎礁作为珍稀古海岸遗迹，是海陆变迁与海平面变化的重要产物和佐证，是极其珍贵的天然博物馆，它反映了近1万年以来天津滨海平原气候变化而发生的海陆变迁的过程，对高分辨率研究古地理、海陆变迁等具有

（左图）盐碱滩涂上种树不易，长势不好的树进行特殊营养液“输液”处理

（右图）牡蛎礁“乐园”就在大神堂

重要的科学价值。

牡蛎有群居的生活习性，老的个体死去，新一代就会在死去的牡蛎壳上固着。在许多自然繁殖的海区，海底逐年堆积起的牡蛎壳和大量活着的个体共同构成了牡蛎礁。同一代的牡蛎彼此在一起生长，有时由于互相拥挤，只得共同向上或向外空间伸展，以适应个体体积的增长。所以，健康生长的牡蛎礁还会越长越大。

但是牡蛎其实不止是和同类同居，它们也会有一些小伙伴，比如豆蟹！豆蟹居住在牡蛎腮内，专门吃牡蛎主人过滤后的食物。公豆蟹会时常移情别恋，从一个牡蛎移到另一个牡蛎，而母豆蟹一身忠于一个牡蛎主人。除了豆蟹外，牡蛎主人也很热情，常为一些流浪的无脊椎动物提供家园。

一个健康的牡蛎最快每小时能过滤5升水，一天能过滤一整浴缸的水！1公顷健康的牡蛎礁一天过滤的水能填满36个奥林匹克比赛标准泳池！牡蛎将水吸入腮，上面的绒毛就会过滤出水中的浮游生物和颗粒，可以吃的部分被牡蛎送到嘴里吃掉了，这在一定程度上就减少了水体里的营养物质。其他不可以吃的悬浮物就变成了假粪便排出，沉积下来，为牡蛎礁上其他的生物所利用。

牡蛎厉害的地方不止是过滤水，就连看上去平淡无奇的牡蛎壳其实也相当万能！由于含有大量的钙，牡蛎壳可以用来作为饲料，也可以粉碎后当作平衡土壤pH值的肥料。层层附着的牡蛎壳也能够为众多的海洋生物提供栖身之所，还能减少海浪对海岸线的冲击。

然而，过度捕捞、水体污染、海岸工程和气候变化威胁着牡蛎生存。牡蛎礁是当今地球上受破坏最严重的海洋栖息地之一。在短短两个世纪中，全球85%的牡蛎礁已严重退化。由于牡蛎礁能发挥多样化的生态服务功能，例如为多种海洋生物提供繁殖、避难和觅食场所、有效提升水质、防护海岸带，因此对其的保护和修复显得十分重要。

天津市海洋局对大神堂浅海活牡蛎礁区域生态环境保护工作十分重视，在申报大神堂特别保护区的同时，组织开展了“天津大神堂浅海活牡蛎礁独特生态系统保护与修复项目”，完成4种增殖礁构型、礁群配置及礁区布局的数值研究，建设人工鱼礁示范区10公顷、共计10个牡蛎礁群，投放集鱼型海洋生物资源养护礁体2600个，开展底播毛蚶、青蛤、扇贝的资源增殖等工作，对于保护区底栖贝类资源的增殖养护，牡蛎礁群的修复等做出积极探索和尝试。

阿拉善SEE基金会：
“任鸟飞”
——天津初探

刊发时间： 2016-07-13

遗鸥。体长40厘米，成鸟夏羽期间，头部呈棕褐色至黑色，仿佛带了一个“黑头套”（图片来自网络）

中国的渤海湾是全球最重要的沿海湿地生态系统之一，位于东亚-澳大利西亚候鸟迁飞路线的中段，是水鸟南北迁徙的重要中转站。每年春天，娇小美丽的红腹滨鹬，会从澳大利亚出发，不分昼夜不吃不喝，连续飞行12000里，到达渤海湾的淤泥质滩涂，也就是天津和河北唐山的滨海湿地。此时的它已丧失了一半的体重，精疲力竭，急需补充大量的能量和进行休息。这里的滩涂湿地，盛产小型蛤蜊和螺类，正是它们钟爱的食物。红腹滨鹬只有在这里进行补给、停歇，恢复体力，才能够飞往北

极地区，孵育下一代。他们就这样每年一往一返，终生不息。天津和河北唐山的滨海湿地为全球80%的红腹滨鹬，提供漫漫迁徙路上唯一的中停地。

如果你亲自前往天津，也许还能看到天津滨海湿地的代表性物种——遗鸥。它作为世界自然保护联盟（IUCN）列出的易危物种、中国一级保护鸟类，据估计世界仅存数量3000对。渤海湾滨海湿地是它们最重要的越冬地之一，例如天津的汉沽沿海，60%以上遗鸥种群在此越冬。

红腹滨鹬、遗鸥以及其他130余种数十万只迁徙鸟类，它们仰仗着天津和唐山的这一片滨海湿地，为其提供生死攸关的基本生存条件，这里是他们关键的停歇地、栖息地，是鸟儿最后的家园。

早在人类诞生的数千万年前，迁徙的鸟类就选择了这片区域繁衍、栖息，但是大量的沿海开发，已把鸟类曾经的生存空间挤占得小而又小。过去50年来，黄渤海区域潮间带面积减少了65%。滩涂湿地的大面积快速消失和质量下降，使得残存的湿地变得弥足珍贵，亟需保护。

鉴于此，阿拉善SEE基金会将“任鸟飞”的启动试点放在了天津和河北唐山的滨海湿地。“任鸟飞”项目是由环保公益机构——阿拉善SEE基金会于2016年3月发起的项目，旨在守护中国最濒危水鸟的栖息地。该项目计划用10年时间，凝聚民间组织、科研机构、政府、企业等多方力量，识别出具有高保护价值而尚未得到有效保护的湿地，将其纳入保护体系。

2016年6月23—24日，阿拉善SEE“任鸟飞”项目组成员，作为社会组织的代表，与人民日报、新华社、经济日报、中国新闻社、中国网、中国海洋报、海洋世界杂志等媒体记者，随同国家海洋局来到天津滨海新区，参加了由国家海洋局办公室、生态环境保护司和海域综合管理司共同组织的“海疆生态行”系列活动。2016年该系列活动的主题是“坚持绿色发展，实施生态管海”。

天津市是我国北方最大的沿海开放城市，是全国海洋经济发展试点地区，其管辖的海域面积不算大（2500平方公里），但承载着经济、社会发展

混凝土制成的人工鱼礁，投放海底成为牡蛎聚集繁衍的新“家”（图片来自网络）

大神堂保护区海上监视监测平台（SEE工作人员拍摄于2016年6月23日）

的重要功能，其资源管理的压力十分巨大。作为民间环保组织，阿拉善SEE基金会第一次受国家海洋局邀请，参观了天津滨海新区贝壳堤公园、正在兴建的国家海洋博物馆、妈祖文化园、永定新河口综合整治项目、天津生态城海堤公园、正在筹建的遗鸥公园、大神堂牡蛎礁保护区、临港工业区湿地公园、大沽排污河综合整治项目、七里海古海岸与湿地国家级自然保护区。

滨海湿地拥有丰富的底栖动物，招潮蟹、滩涂鱼、四角蛤蜊（图片来自网络）

国家海洋博物馆。国家海洋博物馆位于天津滨海新区，占地面积8万平方米，相当于11个足球场，将于2017年7月开馆运行。这是我国第一座国家级、综合性、公益性的海洋博物馆，将面向公众，展示远古海洋、今日海洋、中华海洋文明、海上丝绸之路等海洋自然历史和人文历史。博物馆一直是吸引学生群体、家庭，开展环境教育、自然教育的优选场所。期待国家海洋博物馆能将滨海湿地保护和鸟类保护的理念，以生动有趣的方式带给更多的环保有心人。

大神堂牡蛎礁国家级海洋保护区。这是是天津市五大海洋生态红线区之一，意味着保护区范围内禁止一切开发活动。保护区的保护对象是活牡蛎礁及其周边生物多样性。该保护区位于天津市滨海新区大神堂村南部海域，由国家海洋局于2012年底批准建立，总面积达3400公顷。该区域生物多样性丰富，历史上是牡蛎、扇贝等海洋生物的栖息场所，也是渤海湾唯一的牡蛎和栉孔扇贝栖息地。这里现存的牡蛎礁是迄今发现的我国北方纬度最高的现代活体牡蛎礁，也是天津沿海平原唯一的牡蛎礁体，属于潮下带生态湿地。

然而在过度采捕、环境污染等破坏下，牡蛎礁群这一特殊生态环境系统已经亮起“红灯”。海洋特别保护区成立之后，通过一系列生态保护和修复工程，例如人工鱼礁的制作和投放，为牡蛎等底栖动物提供更多的适宜栖息的环境，从而改善浅海生态环境，提高生物多样性，遏制该区域生态系统的退化。

透过让社会组织加入考察，以及天津市海洋局的诸多工作，让我们看到了海洋部门倡导海洋生态保护的创新思考，是鼓励社会力量参与生态保护，推动多方思考与对话的一个勇敢尝试。阿拉善SEE也很荣幸有机会参与到这次活动中来。我们看到，政府在生态保护方面作出的持续努力和贡献，以及在经济开发和合理利用之间试图保持的一个平衡。

另一方面，我们意识到，挑战在于开发者和保护者对于自然地域的生态价值尚有不同的认知，开发策略与保护策略尚需要融合和协调。当经过一片仅有寥寥几只普通燕鸥觅食的滩涂湿地时，在很多人眼中，这只是一片“什么都没有的泥滩地”。可是，滨海滩涂有丰富的底栖动物，为鸟类提供了大量食物，具有相当高的保护价值。保持滨海滩涂的原生态，其实是在保护迁徙水鸟重要的补给站和家园。这些事关重大的自然保护理念，对大部分人而言尚还是一些冷门知识，这也体现出生态保护的教育和倡导的重要性。

在天津就有这样的环保组织，正在进行生态保护的教育和倡导工作。天津滨海新区志愿者协会的王建民老师，带领一批观鸟、爱鸟的志愿者，常年开展巡护、鸟类救助、公众教育和宣传倡导的工作。这样一点一滴的工作，他已经开展了十余年之久，风雨兼程，从未停止。从最初的拍摄鸟、观鸟，到爱鸟成痴，更发展到毅然决然地走上鸟类和湿地保护的专业道路。王老师是普通人眼中不能理解的怪人和“不务正业”，但更成为很多人心目中的英雄和真正的老师。2014年，王老师得到SEE创绿家项目的支持，成为阿拉善SEE基金会的合作伙伴。

为了巩固和发展更多的社会力量参与滨海湿地生态保护的工作和成果，阿拉善SEE“任鸟飞”项目将会进一步支持全国范围内的环保民间组织，在鸟类栖息地巡护预警、鸟类保护的科学研究与公众倡导，以及相关政策推动等方面开展工作。最终的目标是在一个个极具保护价值的地块上，与各方一起结成综合的保护体系，保住鸟儿最后的家园。而渤海湾的滨海湿地正是我们计划迈出的第一步。

我们已经看到了政府与民间力量在各自领域对于生态保护的重要贡献，也意识到这一工作仍任重而道远，但我们有理由保持乐观。展望下一个10年，机遇正一点点出现，只要我们坚定地联合到一起，鸟儿将有美好的明天。

海洋博物馆正在施工（SEE项目人员摄于2016年6月23日）

国家海洋局政府网站：
“海疆生态行”系列主题宣传采访团走进天津

刊发时间：2016-07-04

6月23日至24日，由国家海洋局办公室、生态环境保护司和海域综合管理司共同组织的以“坚持绿色发展，实施生态管海”为主题的2016年“海疆生态行”系列主题宣传报道活动走进了天津临海新区。

在为期一天半的采访中，来自人民日报、新华社、经济日报、中国新闻社、中国网、中国海洋报、海洋世界杂志及阿拉善SEE生态协会等多家中央媒体和环保公益组织组成的报道团，现场考察了贝壳堤公园、国家海洋博物馆、妈祖文化园、永定河新口综合整治项目、大神堂牡蛎礁保护区、临港工业区湿地公园、大沽排污河综合整治项目、七里海古海岸与湿地国家级自然保护区等项目实施情况。采访报道了天津市近年来在促进海洋生态文明、维护海洋生态环境的发展成效和经验做法。

天津市地处环渤海地区的中心，是中国北方最大的沿海开放城市，是连接国内外、联系南北方、沟通东西部的重要枢纽。天津市海岸线全长153.2公里，管辖海域面积约2500平方公里。天津城市发展定位和滨海新区功能定位都与海洋密切相关。目前，天津紧紧把握京津冀协同发展、自贸区建设、滨海新区开发开放、国家自主创新示范区、“一带一路”等五大国家战略机遇，深入实施科技兴海战略，以科技创新驱动海洋经济发展，全力打造全国海洋经济科学发展示范区、海洋生态环境综合保护试验区、高新海洋产业集聚区和海陆统筹发展先行区，不断开创海洋强市建设新局面。

据悉，2016年“海疆生态行”系列主题宣传报道活动下一站将于7月底在浙江嵊泗开展。

摄影 / 陈晨

摄影 / 张海勇

2016

海疆生态行

坚持绿色发展·实施生态管海

Zhejiang
浙江·嵊泗
国家级海洋生态文明建设示范区
Shengsi

人民日报：

浙江嵊泗出台地方条例，保护海岛生态

东海边的“绿野仙踪”

刊发时间： 2016-08-01

人民日报记者 / 苏艺

嵊泗县嵊山岛的村落与山融为一体，成为“绿野仙踪”

大鱼岙改造后
摄影 / 陈晨

海瀚、礁美、滩净，背靠长三角腹地、面向东海的海岛县浙江嵊泗，世代蒙受大海的恩泽，也有过渔业资源衰退的阵痛。

“以前海里的鱼啊贝啊特别多，不费劲儿就能捞上很多。”嵊泗县田岙村村民洪永军，曾是“渔老大”，见证了家乡海洋环境的变化。近日，记者跟随国家海洋局“海疆生态行”采访组赴嵊泗采访获悉，得益于封礁育贝、游客限量等措施，这个国务院批准的全国唯一列岛型国家风景名胜区更美了。

岛礁一度遭受野蛮采捕

嵊泗有着广阔的海域面积和丰富的海洋资源，有“一分岛礁九分海”之说。

然而，近些年，有些人在经济利益驱动下，对岛礁资源掠夺性采捕。嵊泗县海洋与渔业局局长杜军介绍，“当时，不光是采集贝类，不少人直接把附着贝类的海藻、礁石彻底铲走，部分贝藻类等资源遭受了严重破坏。”

嵊山岛一位工作人员指着岛边的海水说，“水下的很多鱼、贝和藻类都要依靠着岛礁才能生存繁衍。岛礁受破坏，海洋生物链就受到威胁，最后遭殃的还是我们人类。”

当地虽曾有一些保护，但由于缺乏相关法律法规支撑、专业执法力量不足等，岛礁生态系统依然在受威胁。岛礁资源管理保护，已经迫在眉睫。

出台地方条例，为岛礁保护提供政策依据

为了大海、更为了自己，当地开始行动。

其中，2012年7月，出台《浙江嵊泗马鞍列岛海洋特别保护区岛礁资源管理暂行办法》，以及《浙江嵊泗马鞍列岛海洋特别保护区岛礁资源管理暂行办法实施细则》，为嵊泗县岛礁资源管理、保护、利用等提供了政策依据。

在嵊泗的海域上，记者见到装有红色喇叭的船只。杜军说，“这是岛礁资源保护船，有不法行为，马上通过大喇叭喊话。”

目前，已建立起岛礁资源保护联席会议制度。主管单位马鞍列岛海洋特别保护区管理局负责定期开展巡岛工作。“各乡镇都配了岛礁资源保护船，壮大了巡护队伍。”杜军说。

而在枸杞乡，确定岛礁养护管理的第一阶段为封礁育贝期，除本乡户籍的村（居）民在潮间带进行自给自足式采捕外，严禁任何人员以任何理由进行潜捕（底拖）等。一位工作人员说，“这也是无奈之举，就为把破坏降到最低。”

岛礁，不仅要保护，还要进行人工鱼礁建设和增殖放流。记者看到这样一组数据：从2004年开始，在马鞍列岛海洋特别保护区内共建成33座人工鱼礁群，鱼礁区建成后，生物量比投放前增加了10倍以上。

事实证明，嵊泗县制定的管理办法和细则，得到了认可。近日，嵊泗所属的舟山市正在启动马鞍列岛与中街山列岛海洋特别保护区管理条例的立法，从法律层面加强对两个海洋特别保护区的保护与开发管理。

摄影 / 陈晨

遵守环境承载量，旅游以保护优先

随着对岛礁、渔业资源的全方位保护，风景秀丽的嵊泗列岛名气越来越大。想到嵊泗大小岛屿旅游的人越来越多，然而，赚钱的机会来了，却对海岛生态构成新的威胁。

怎么办？嵊泗县花鸟乡选择了“克制”——上岛的游客实行限量、拒绝星级宾馆和房地产开发。花鸟乡乡长王丹俊介绍，“考虑到环境承载量，来前游客需要‘定制’，每批控制在300人内，住民宿，3天2晚内充分放松，远离喧嚣。”

浙江省海洋与渔业局副局长陈远景介绍，“从2014年开始，在沿海启动浙江渔场修复振兴暨‘一打三整治’行动，对‘三无’渔船和‘绝户网’开展专项执法。”陈远景说，浙江省计划到2020年，建成15个海洋保护区，力争使浙江渔场渔业资源恢复到上世纪80年代末的水平，并鼓励渔民转产。

如今的洪永军，已是渔家乐、海边旅馆的老板，每年有二三十万的收入，他总是说，“环境好了，村里人生活很舒坦。”

新华社：

远离喧嚣，这里有“面向大海”的慢时光

——浙江嵊泗县生态旅游新面貌

刊发时间： 2016-10-01

新华社记者 / 荣启涵

这个假期，你是否也想抛开城市的喧嚣，去寻找诗和远方？对于浙江嵊泗县的居民而言，“面朝大海”的诗意从不是梦想。

嵊泗又称嵊泗列岛，位于钱塘江与长江入海口汇合处，是浙江省最东部、舟山群岛最北部的一个海岛县。全县404个岛屿，海域面积占全县99%，是一个典型的陆域小县、人口小县，海洋大县，有“一分岛礁九九海”之说。

从海上坐船而来，看尽碧海奇礁之后，来到一片爬山虎蔓延的古老石头房前。这是位于嵊山岛东北部的后头湾村，今年1月，后头湾村入选英国《每日邮报》盘点全球28处被遗弃的绝美景点。

何以被遗弃？这里昔日也是一番繁华光景，1950年后头湾村正式建制，毗邻舟山渔场中心的嵊山渔场，成了一个热闹的渔业村。后因渔业发展换了大船，后头湾无法满足这些大家伙的停靠，2002年后头湾正式撤村整体搬迁。

和后头湾村一样，嵊泗县大多居民以渔业为生。但渔业生产受空间和资源影响制约，增收难度大；海岛面积有限，本岛发展局限性大；交通不便，嵊泗人口已连续10多年负增长，劳动力缺乏……这些，成了海岛大县共同的痛点。

渔业衰落，渔村各自定位、孤立发展的困境日益明显。作为全国唯一的国家级列岛风景名胜区，嵊泗县提出“以旅活县”的目标。

随着城市生活压力越来越大，很多人希望假日可以拥有海岛惬意的休闲时光。嵊泗借助自身得天独厚的优势，发展离岛微城的海岛旅游。“离岛，即远离大陆的岛屿；微城，就是人口在1万人以上10万人以下的小城。嵊泗的目标是成为中国岛居生

活的典范。”嵊泗县副县长邵雷说。

嵊泗县负责人告诉记者，在地中海边，意大利的“五渔村”被联合国教科文组织列入世界文化遗产名录后，给了我们很大启发。嵊泗县大胆借鉴意大利“五渔村”的概念，选择了田岙村等5个相邻渔村进行“东海五渔村”全域布局，以渔俗、渔事、渔家、渔韵为核心的风情旅游线声名鹊起。

早前的田岙村大多是低矮破旧的房屋，年轻人远走他乡，被称为“烂田岙”。如今这里已开了180多家渔家民宿，慕名而来的游客不断。据统计，“东海五渔村”目前共有民宿251家，占全县民宿的近三分之一，去年5个村村级集体经济收入达500多万元。

在嵊泗列岛最北边的另一个离岛——花鸟岛，又以高端定制离岛微度假目的地而闻名。

因俯瞰时岛形状像展翅的飞鸟，岛上野生水仙、百合、合欢花等各式野花在不同的季节依次绽放，故而有了这个如诗如画的名字“花鸟”。

岛上花鸟乡乡长王丹俊告诉记者，花鸟岛提倡的是慢生活，主打定制旅游。游客上岛需提前预约，可以在网上订制车船票、特色住宿、景点等组合套餐服务。“定制旅游具有个性化特点，是一种前景很大的旅游经营模式，非常适合花鸟岛的特点。”

为发展生态旅游，花鸟岛保留了最原始的海岛生态环境，每天岛上接待的游客总数控制在280人以内，保证当地居民和游客都能拥有一份“花鸟慢时光”。

拥有“远东第一灯塔”之誉的花鸟灯塔，就位于岛西北端。圆柱形灯塔黑白相间、简洁优雅，已经在高峻的岛壁边伫立140多年。在见证了鸦片战争的硝烟后，如今它仍是中外船舶进入上海、舟山等港口的重要门灯，也在夜色下“凝视”着花鸟岛百余年兴衰的发展改变。

乘船离去，路过夕阳下的后头湾村，天蓝水清浪涛白，夕阳斜晖下，绿藤绕岛宛若“绿野仙踪”。“一村一品、一岛一韵”，嵊泗县的一座座海岛、一个个古老渔村，正在通过生态保护、特色旅游，发展出自己离岸微城新面貌。

光明日报：

“东海五渔村”演绎美丽新生活

刊发时间：2016-08-15

光明日报记者 / 张蕾　光明日报见习记者 / 周艺珣

摄影 / 张海勇

嵊泗列岛位于浙江省最东部、舟山群岛最北部，素有“海上仙山”的美誉。嵊泗县海域面积8738平方公里，陆域面积86平方公里，素有“一分岛礁九九海”之说。近日，记者随国家海洋局“海疆生态行”采访团来到嵊泗，采访当地居民为了建设美丽岛屿付出的智慧与实践。

2011年9月，嵊泗美丽海岛建设正式启动。“美丽海岛建设把渔村建设作为核心内容，大力推进渔村环境卫生整治、风貌改造、样板村建设、村庄绿化以及‘一村一品一主题’探索等工作。”据嵊泗县常务副县长邵雷介绍，通过近五年的努力，渔村面貌有了质的变化，但“五个渔村原先都是单线作战，非常容易导致产品雷同、资源浪费和恶性竞争”。

为了找到渔村发展的突破口，嵊泗县提出打造“东海五渔村”生态旅游品牌。“我们选取五龙乡田岙村、黄沙村、边礁村、会城村和黄龙乡峙岙村五个渔村，让它们联村成片、组合策划、抱团发展。”邵雷强调。

于是，融合、全域和效益正成为嵊泗县建设美丽海岛牢牢把握住的三个关键点。

按照邵雷的解释，融合就是突出资源、设施共享性和产品开发差异性，最终实现不分彼此的利益融合，提升人们的整体认同感；全域就是建设不再局限于村级范围，规划设计、开发建设、管理运作都在全域视角下统筹推进；而效益就是投资要有回报，“要促进群众增收致富，使投资发挥最大的经济和社会效益”。

为了全面展现美丽而特色鲜明的海岛渔村新形象，“东海五渔村”深挖每个渔村的原生态文化资源，再植入渔俗、渔事、渔家、渔韵等新主题元素。

走进“东海五渔村”中的田岙村，记者如同进入了五彩斑斓的文艺殿堂，民宿外墙上的渔民画色彩艳丽。“自20世纪80年代起，就有游客前来坐渔船出海游玩，2000年，我们正式成立了渔家乐公司，然后逐渐让渔民转产转业。”田岙村党支部书记张志燕说，如今田岙村从事纯渔业的人口仅有100人左右，大部分渔民都在经营渔家乐。

田岙村“东海主题邮局”的特色明信片

如今，“东海五渔村”正把渔村建设的重心由生态美、人居美转向生活美，通过带动大众创业和村民增收，加快形成共创共富和充分就业的格局。

田岙村村民洪永军17岁开始做渔民，如今已是海边一家旅店的老板，渔家乐和旅店每年能给一家人带来二十多万元人民币的收入。“以前天刚亮就得出海打鱼，很辛苦；后来经营渔家乐和旅馆，比以前轻松多了，收入还提高了不少。”他说。

美丽环境创造美好生活。在嵊泗县，像洪永军这样得益于美丽海岛建设的故事还有很多，而且每天都在精彩上演。

经济日报：

离岛微城再塑海上仙境

浙江嵊泗坚持保护中发展，将碧海金沙转化为金山银山

刊发时间：2016-08-18
经济日报记者 / 沈慧

大鱼岙改造后
摄影 / 陈晨

从泗礁本岛出发，行船近3小时，闯入眼帘的是碧海奇礁，以及古老石头房上布满的爬山虎。这就是位于浙江嵊山岛东北部的后头湾村。今年1月，英国《每日邮报》盘点全球28处被遗弃的绝美景点，后头湾村入选。

宛若童话般的美景在海岛县嵊泗几乎随处可见。近日，《经济日报》记者跟随国家海洋局“海疆生态行”采访团走进这里发现，立足自身区位优势和资源特点，昔日陆域小县嵊泗已勾勒出一幅美丽海岛新图景。

一分岛礁九九海

车子转过山脚，远远便可望见青山掩映中一片充满异域风情的村落。渔猎印象、岛礁传说、海洋生物……一幅幅五彩斑斓的渔民画布满墙头，成为田岙村最独特的一道风景线。“嵊泗渔民画源起于新船下水或新寺庙落成时，渔民在船体上或墙上画出的绚丽图画。”同行的工作人员向记者介绍。

很难想象这处艺术气息浓郁的村落，曾经是另一番景象。田岙村地处嵊泗泗礁本岛东部，因村中有田但庄稼收成不好，早年得名“烂田岙”。“过去家家户户捕鱼为生，房子大多低矮破旧，年轻人也多远走他乡。”回忆过往，现任田岙村支书张志燕几多感慨。

昔日的“烂田岙”恰是嵊泗过去的微缩。嵊泗又称嵊泗列岛，背倚“长三角”腹地、面向东海，全县岛屿404个，陆域面积86平方公里，海域面积8738平方公里。

“一分岛礁九九海”。远离大陆，这曾是田岙村的痛，亦是嵊泗人的痛——因交通不便，嵊泗人口已连续10多年负增长，老龄化现象严重，劳动力缺乏；人才结构和分布不合理，本地人才难留，外地人才难引。

不仅如此，嵊泗的发展面临着我国大部分海岛存在的难题：渔业生产受空间和资源影响制约明显，渔民增收难度加大；海岛土地供应有限，重大项目引进缺乏有效的土地资源供给保障；城区拓展空间狭小，难以满足经济社会发展需要……

花鸟岛打造的富有生活品味的民宿，吸引了众多游客前来度假

挑战也是机遇。在生活节奏不断加快的今天，远离城市喧嚣的海岛旅游渐受青睐，而嵊泗无疑具备天时、地利、人和：嵊泗是全国唯一的国家级列岛风景名胜区，素有“海上仙山”的美誉；境内岛屿耸立，礁岩星罗棋布；地处我国南北海运和长江水运T型枢纽点上，背靠沪、杭、甬等大中城市群。

“绿水青山就是金山银山”。立足离岛、微城的特质，嵊泗提出“以旅活县”的战略目标，大力发展美丽经济。“离岛，即远离大陆的岛屿；微城，顾名思义，人口在1万人以上10万人以下的小城。嵊泗的目标是成为中国岛居生活的美丽典范。”嵊泗县副县长邵雷解释。

从“烂田岙”到“金田岙”

遇见田岙村村民洪永军时已近中午，47岁的他正坐在自家门旁吹着海风纳着凉。

17岁开始打鱼的洪永军如今可不再只是渔民，而多了个新身份——心雨旅馆经营者洪老板。“以前打鱼很辛苦，每天早出晚归、风吹日晒不说，一年到头很少有存款。”眼瞅着同村的人靠旅游相继富起来，前几年洪永军将自家旧渔船改造成休闲渔船，陪游客出海垂钓。钱越赚越多，洪永军的劲头也越来越足。2014年，一番装修后心雨旅馆开张，洪永军的生意从海上垂钓、海鲜加工扩展至住宿。

“11间客房，一个旅游旺季能有十几万元收入，再加上垂钓等，一年下来轻松赚20多万元。”

对眼下的生活，洪永军直言满意。

如今，嵊泗的名气渐大，越来越多的渔民同洪永军一样干起了民宿。目前田岙村200多户村民中有180多户经营民宿，80%以上的村民从原来纯粹以打鱼为生转变为渔旅多种经营，去年村里人均年收入达到4万元。

曾经的“烂田岙”摇身一变“金田岙”，周边4个渔村纷纷借鉴田岙村经验搞起旅游开发。然而，新的问题很快出现：由于5个渔村单线作战，旅游产品一度雷同并形成恶性竞争。

如何找到渔村发展的突破口？2011年，嵊泗借鉴意大利五渔村概念，选取五龙乡田岙村、黄沙村、边礁村、会城村和黄龙乡峙岙村5个渔村，深入挖掘每个渔村的原生态文化资源，统筹规划各具特色的“东海五渔村”。田岙的民宿、黄沙的美食、边礁的色彩、会城的宁静、峙岙的石屋，如今，各村的旅游产品在独具内涵、交相辉映的基础上实现连村成片、抱团发展，已成为嵊泗渔村旅游的“五朵金花”。

“未来，‘东海五渔村’将大力推动旅游经济和民宿经济的转型升级，不断拓展电子商务、文化创意、运动健康、养老养生、社区服务等新型业态，使渔村产业由渔业逐渐转型升级为一、二、三产业融合发展的‘第六产业’。”张志燕表示。

一花一鸟一世界

与“东海五渔村”不同，数十海里之外的花鸟岛则以定制旅游见长。

在这里，游客上岛需提前预约，花鸟乡创办的嵊泗风景旅游投资有限公司为预约成功的游客量身打造三天两夜的旅游项目，并推出包括交通、住宿、景点等在内的一卡通服务：游客只需轻点鼠标，订购旅游套餐，即可享受到专船、专车、专人等个性化服务。比如，每两幢民宿会配备一位管家，负责游客在岛上的吃、住、行、游。

事实上，这样的发展定位既是提升旅游品质的需求，也源于现实考虑。花鸟岛，地处嵊泗列岛最北面，形如海鸥，花草丛生，故而得名。花鸟乡乡长王丹俊告诉记者，岛上景致虽美，旅游业却因人口老龄化严重、缺乏“吃、住、行、游、购、娱”等旅游要素长期停滞不前。留住花鸟岛宁静，让游客进得来、玩得畅，定制旅游应运而生。

以往游客去海边旅游，大多只能走马观花地看看。但是在花鸟岛，游客都能留下来。王丹俊说，在花鸟岛每批游客控制在300人内，三天两晚充分放松，远离城市喧嚣。

如今，得益于定制旅游的开发，曾经沉寂一时的花鸟岛再次热闹起来。2015年，花鸟岛共接待游客6172人，实现旅游总产值713万元。“今年花鸟岛还将推进‘到灯塔去’主题度假区建设项目和英伦风情慢生活街区改造工程，进一步突出花鸟岛怀旧特色。”王丹俊信心满满。

在嵊泗，如花鸟岛这般极具个性的岛屿还有很多。休闲岛—泗礁、文艺岛—枸杞、隐逸岛—黄龙、动感岛—洋山、探奇岛—嵊山、奇石岛—小洋……除了标配的蓝天、白云、金沙，几乎每个岛屿都有着属于它们的特色和故事。

坚守“一村一品、一岛一韵”新格局，嵊泗名声慢慢大了起来。2015年，全县共接待国内外游客427.97万人次，实现旅游收入59.39亿元，比2010年增长128.4%和271%，年均增长17.8%和29.8%。

越来越多的游客对海岛生态构成新的威胁，怎么办？嵊泗开启“封礁育贝”养护模式，严禁任何人以任何理由进行潜捕；对厚壳贻贝、荔枝螺等11种重点品种进行严格管理，实施采捕总量控制；对上岛游客实行限量，拒绝星级宾馆和房地产开发；采用积分奖励方式，鼓励村民分类整理垃圾……多管齐下，嵊泗在发展的同时留住美好的海岛记忆。

“实践证明，用碧海金沙换金山银山是‘涸泽而渔’，守着碧海金沙等金山银山是‘缘木求鱼’”。邵雷说，“只有算好长远账、整体账、生态账，才能将碧海金沙转化为金山银山”。如今，凭借生态立县、以旅活县，嵊泗已将美丽经济化为生动现实。

CHINA DAILY:

Island paradise becoming a getaway resort

刊发时间：2016-09-08
By Liang Shuang

An isolated island, a limited number of tourists and elegantly decorated guesthouses sounds like a paradise for a weekend getaway from metropolitan madness, which is exactly what Huaniao Island, in Shengsi, Zhejiang province, offers, thanks to residents' efforts to restore the ecosystem.

Located at the mouth of the Yangtze River, a few hours away from the metropolises of Shanghai and Hangzhou, Huaniao and other islands in Shengsi have been a fishermen's paradise for centuries. It's the core area of the Zhoushan fishing ground, long considered the largest of its kind in China and one of the biggest worldwide. According to local yearbooks, the annual harvest accounted for 20 percent of China's total fishery yield at its peak.

摄影 / 张海勇

中国新闻社：

浙江嵊泗：
保护“东海鱼仓”打造“海上牧场”

刊发时间：2016-08-09

中新社记者 / 阮煜琳

嵊泗地处著名的浙江舟山渔场中心，是中国十大渔业县之一，原本水产品资源十分丰富。但在相当长一段时间，由于过度捕捞和无序无度开采，生物多样性降低，岛礁生态系统受到威胁。为保护人类的“蓝色粮仓”，嵊泗展开了全方位修复海洋生态环境行动。

浙江嵊泗又称嵊泗列岛，位于杭州湾以东、长江口东南，地处中国1.8万千米海岸线的中心点，是浙江省最东部，舟山群岛最北部的一个海岛县。

嵊泗地处著名的浙江舟山渔场中心，盛产带鱼、大小黄鱼、墨鱼、鳗鱼和蟹、虾、贝、藻等500多种海洋生物，被誉为“东海鱼仓”。中新网记者日前跟随国家海洋局组织的“2016海疆生态行”采访团前往嵊泗，了解当地由无序无度开采到全方位修复海洋生态环境的行动。

嵊泗县副县长邵雷对记者说，嵊泗的贻贝产品曾荣获国际农业博览会金奖、浙江省渔业博览会金奖，同时嵊泗还被中国渔业协会授予“中国贻贝之乡”称号，拥有全省最大的贻贝产业化基地和深水网箱养殖基地，是宁波、上海及长三角地区鲜活水产品供应基地。丰富的渔业资源，是嵊泗产业稳定县之根本。2015年，该县实现水产品总产量35.41万吨，渔业总产值35.32亿元人民币。

近年来，随着海洋环境污染日趋加剧以及大量外来人员滥采乱挖，嵊泗县岛礁资源呈持续衰退趋势。调查显示，以往常见的品种如石斑鱼、蛏子、文蛤、虎头鱼、黄螺、马蹄螺等，不但数量大减，而且个体偏小，资源衰竭十分严重。违法采捕队伍由季节性采捕转向常年，由零星作业转向专业，由本地人员扩展到外地人员，以往在中、高潮线可采到的贝藻类，如今要在低潮线甚至下潜到海底才能采捕，部分岛礁甚至出现裸露，贝藻类等资源不复存在。

邵雷说，当地政府虽然及时采取了一些管理、保护措施，但在管理保护过程中由于缺乏相关法律法规支撑、专业执法力量不足、管理保护主体责职不明等，严重制约了该项工作的开展。相当长一段时间，岛礁资源仍旧存在无序无度无偿开采，从而导致生物多样性降低，岛礁生态系统受到威胁。

图为嵊泗县枸杞乡渔民正在作业
摄影 / 阮煜琳

2010年3月1日，《中华人民共和国海岛保护法》开始施行，对有居民海岛和无居民海岛开发和利用采取了严格限制的保护措施。加强岛礁资源管理保护，全方位修复海洋生态环境，已迫在眉睫。

嵊泗地处著名的浙江舟山渔场中心，是中国十大渔业县之一，原本水产品资源十分丰富。但在相当长一段时间，由于过度捕捞和无序无度开采，生态系统受到威胁。为保护人类的“蓝色粮仓”，嵊泗展开了全方位修复海洋生态环境行动。

2012年7月，嵊泗县人民政府出台了《浙江嵊泗马鞍列岛海洋特别保护区岛礁资源管理暂行办

摄影 / 张海勇

摄影 / 陈晨

法》，旨在加强对马鞍列岛海洋特别保护区的管理，合理养护和开发保护区内的岛礁资源，保证岛礁资源的可持续利用和渔业经济的可持续发展。

《浙江嵊泗马鞍列岛海洋特别保护区岛礁资源管理暂行办法》出台后，嵊泗县多措并举，实施“封礁育贝”养护模式，促进海洋资源的人工修复。

浙江省海洋与渔业局副局长陈远景对记者说，2015年1月起，在马鞍列岛海洋特别保护区范围内实施全面封礁管理，通过管控与增殖放流等资源养护措施，加大巡航检查力度、组建岛礁资源管理养护公司、充实管理人员与装备，对岛礁资源进行保护和管理，不断促进岛礁资源的“双重”修复。仅2015年一年，就安排人工增殖放流资金480万元人民币，实施海洋生物增殖放流3.16亿尾(只)，品种多达14个，有效改善了渔业资源和海洋生态环境。

同时，构建“专群结合”监管模式。依靠当地居民群防群治，扩大“捕渔人养海、护渔队伍”等民间组织建设，通过打造岛礁养护船、执法船等设备，不断增强执法力度，形成行政部门执法、养护队伍协管、捕捞渔民协助、社会公众参与的常态化渔业执法管理机制。

嵊泗海洋与渔业局官员表示，通过“海上抓、岸上堵、路上查、市场管”，加强海洋、港口、码头、市场、水产品交易场所的督查管理。截至目前，当地共开展资源保护行动150余次，查处违规渔船17艘，拆解违规渔船7艘，行政拘留违规人员3人，清理违禁地笼网219顶，收缴、放生贝螺1000余斤。

通过陆海统筹，开展海域海岛海岸带整治修复。嵊泗县投入5800多万元人民币建设“再造绿岛”工程、东海渔村风貌综合改造工程、生态廊道和城镇景观林建设工程、近岸海域增殖放流工程等海岛生态保护工程28项。结合“渔村环境五整治一提高”工程，完成了石柱、高场湾、雄洋等一大批渔农村污水处理工程及嵊山箱子岙污水处理工程，城乡环保基础设施建设大踏步推进，渔农村生态环境质量进一步提高。

近年来，嵊泗创建了碳汇渔业示范基地、贝藻套养基地，开展大型海藻场建设项目，将嵊泗枸杞后头湾1000亩的贻贝养殖区改造成大型海藻场，通过移植海带、龙须菜等大型海藻，达到有效修复海洋生态环境的目的，形成鱼、虾、贝、藻等种类生态养殖新格局，2015年农业部批准成立国家级海洋牧场示范区。

中国网：

绝美的海上牧场

嵊泗枸杞岛万亩贻贝养殖示范区

刊发时间：2016-08-02

中国网记者 / 奚婷

人们常说，居住在海边的人心怀大海心胸宽阔，乘船而上来到美丽的枸杞岛，波澜壮阔的蔚蓝大海上，撒满了白色的点点“繁星”，壮观的景象顿时让人豁然开朗。

近日，记者跟随由国家海洋局组织的“2016海疆生态行”记者团来到了嵊泗枸杞岛，通过实地探访，看到了嵊泗生态环境保护工作的实际成果。

三管齐下抓岛礁资源保护

加强岛礁资源保护，不仅是嵊泗县大力发展海洋经济、精心打造“美丽海岛”的重要举措，也是促进海域生态资源平衡的有效途径。

嵊泗县深入贯彻落实《中共中央、国务院关于加快推进生态文明建设的意见》和《国家海洋局海洋生态文明建设实施方案》（2015-2020年）等关于生态文明建设的部署，深入实施蓝色保障战略，不断强化海洋综合管理，加快海洋生态文明建设。嵊泗县齐抓共管，将政策和措施落到实处，一是通过电视播放、悬挂横幅、张贴标语、召开座谈会等形式，在重点乡镇广泛宣传，实行宣传为先，提高资源保护认识；二是积极实施岛礁渔业资源人工放流项目，投放苗种，修复为本，扭转资源衰竭趋势；三是根据出台的《浙江嵊泗马鞍列岛海洋特别保护区岛礁资源管理暂行办法》及《实施细则》，执法为辅，严厉打击滥采乱挖，保护岛礁资源。

多年的扎实工作，正在带来可喜的效果，如今的嵊泗，生活和美、人文淳美、生态秀美、人居优美，不仅是全国十大渔业县之一，同时也是具有浓郁海洋风情和鲜明海岛特色的休闲度假首选目的地。

省级万亩贻贝养殖示范区

嵊泗县枸杞岛是舟山渔场的中心，水域宽阔，水质肥沃，水温适宜，饵料充沛，海洋生物种类繁多，渔业资源十分丰富，素有“天然鱼库”和“海

海水清澈，重要海产品基地
摄影 / 奚婷

上牧场”之称，是浙江省海产品养殖、鲜活水产品出口、外海捕捞等“捕、养、加”为一体的重要基地。

由于这儿海水清澈，养殖的贻贝品质超棒，常年出口日本、韩国。

枸杞乡的贻贝海上养殖业在浙江省乃至全国都占有一定的地位。早在2001年，枸杞乡被省海洋与渔业局授予“贻贝之乡”的称号。2002年，通过“省级万亩贻贝养殖示范区”的评审。整个养殖海区气势恢宏远看整片养殖海域，养殖浮子星星点点，整齐排列，一望无际，让人心旷神怡，享有“海上牧场”的美称。

目前枸杞乡贻贝养殖面积1.24万亩，预计今年养殖产量可达6.2万吨，其中紫贻贝2.6万吨。

夕阳下的海洋牧场（摄影：奚婷）

“山海奇观”摩崖石刻 摄影/奚婷

“山海奇观” 摩崖石刻

枸杞岛南面的有个叫“山海奇观”的山顶，可以俯观上千亩壮观的海上牧场的全貌。

枸杞岛有个山峰叫五里碑，五里碑上有一块高大挺立的巨石，上面镌刻着“山海奇观”四个笔力刚劲的大字。每个字高1.6米，宽1.3米，据说为明万历十八年浙直总兵都督侯继高督汛至此所题。石碑下沿有一条天然石凳，游人在此栖息流连。

登上碑顶，山、礁、滩、云、天、海，景色尽收眼底，令人心醉神迷……

中国网：

迷人花鸟岛

中国第一个高端定制离岛微度假目的地

刊发时间：2016-08-02

中国网记者/奚婷

“舟山有花鸟岛，名字就美，当年我就想去那里。”花鸟岛，浙江舟山市嵊泗列岛最北边的一个离岛，面积只有3个多平方公里，向东一望无际的东海，海天一色，风清气朗，野生的水仙花、百合花、合欢花等各式野花在不同的季节绽放，清香美丽。因为从空中俯瞰像一只飞鸟，得名花鸟岛。

近日，记者跟随由国家海洋局带队组织的“2016海疆生态行”记者团来到了嵊泗花鸟岛，通过实地探访，看到了花鸟岛在发展旅游的同时保护生态环境工作的实际成果。

绿色低碳 建设生态旅游岛

花鸟以岛建乡，其形如展翅欲飞的鸟儿，岛上花草丛生，林壑秀美，因此也称为“鸟屿花乡”。

和我们同行的花鸟乡乡长王丹俊给我们介绍说，花鸟旅游示范岛建设计划实现投资4621万元，以“鸟屿花乡——一个边缘海岛的再生”为主题，紧密链接文化资源保护区、特色民俗民宿区、生态休闲旅游区的规划建设、差异联动，重点实施海上会客厅、低碳示范点、花之语民宿区、“到灯塔去”、慢生活街区、乐龄幸福公社等工程项目，共同推动花鸟全域旅游的发展。

“不破坏环境是第一准则，花鸟岛提倡的是慢生活，一天只安排两个行程”。为了有效的保护生态环境，花鸟岛不以经济掠夺为首要任务，实行了限流的策略。目前，每天岛上接待的游客总数控制在280人以内，保护环境的同时给花鸟的岛民和游客一个更加纯粹和乐享的环境。

“我们要发展的是生态旅游，保留最原始的海岛生态环境，让体验者们者真正感受到一种回归本质的新奇、舒适、高品质的花鸟慢游体验。”王丹俊介绍说。

花鸟岛提倡慢生活
摄影 / 奚婷

定位：中国第一个高端定制离岛微度假目的地

花鸟岛濒临公海，有着得天独厚的旅游资源优势，有保护得当的彩旗山、白礁等小岛群，有清澈见底的海水资源以及淳良质朴的海岛村民，对久居都市的人们来说，更有一种独特的魅力。

花鸟岛的定制旅行，是在车船票和景点门票等旅游服务项目的组合预订的基础服务上，依据资源特点和游客意愿，创意开发适宜和可行的主题旅行计划并执行，量身定制，限定人数，提升品质，充

远东第一灯塔
花鸟灯塔
摄影 / 沈婷婷

分满足游客消费实力，时间成本和旅行体验的自助旅行模式。

在花鸟岛的定制旅行里，想去游玩的游客可以在花鸟岛旅游的官方网站上定制自己的旅途，可以乘坐航班从沈家湾码头直达花鸟岛，选择本土风格或是地中海风格的渔家民宿，还可以预定自己的一日三餐的菜单，完成预定在登陆海岛后，更可以享受到管家式的服务。

以民宿为海岛旅游的主要住宿形态

到嵊泗旅游，民宿已成为主要的住宿形态，以金字塔架构满足不同客群需求。

现今的花鸟岛上，本地渔农户经营的渔家宾馆，服务规范淳朴热情；返乡大学生经营的主题民宿如“Mata玛塔”，讲求独到的风情与个性；由外来品位人士经营的精品民宿，讲求极佳的慢生活环境和定制化服务享受。

海岛民宿在提供舒适环境的同时，保持花鸟的原始风貌，走在花鸟岛的小路上，随处都是温馨的风景，一瓦一罐都披上了可爱的外衣，充满了生

爱的坐标
摄影 / 奚婷

趣，不仅诗情画意环境优美，更能够处处感受到岛民们对生活的深切热爱。

花鸟灯塔 远东第一灯塔

享有“远东第一灯塔”之誉的花鸟灯塔位于花鸟岛西北端，立于高峻海岸之上，由英国人建于清同治年间，是嵊泗县的特级景源。塔身呈圆柱形，高16.5米，整体占地面积约2.2万平方米，内分四层，上部为黑色，下部为白色。这座黑白相间的圆柱形灯塔，外表有着英式的优雅和简洁，矗立在海天之间静默而安详。

徒步去灯塔的路上，一路都是好风景，居高临下的往下望去，郁郁葱葱的树林夹杂着石头砌的的房屋，宁静安详的村庄，放眼望去，大大小小的岛屿，忽远忽近的点缀在深蓝色的海平面上，堪称海上千岛湖。

漫无目的的闲逛，海风拂过，感受孤岛渔村那微风沉醉的静谧，来一场不赶时间的流浪……

中国网：

守护碧海蓝天，保护绿水青山

海疆生态行走进浙江嵊泗

刊发时间： 2016-08-03

中国网记者 / 奚婷

万亩贻贝养殖示范区

摄影 / 奚婷

碧海奇礁，嵊泗列岛风光秀丽
摄影 / 奚婷

7月25日，由国家海洋局办公室组织的2016年海疆生态行宣传报道团走进浙江嵊泗，对嵊泗的海洋生态发展情况进行考察。

在为期三天的采访中，来自人民日报，光明日报，经济日报，中国日报，中国网，中新社，中国海洋报，海洋世界的多家中央媒体，随同国家海洋局办公室副主任王斌、国家海洋局办公室新闻宣传处副处长张海勇等，参观了东海五渔村，东亚绝壁，绿野仙踪等村落和景观，了解岛礁养护的情况，亲临考察省级万亩贻贝养殖示范区枸杞岛海洋牧场，考察中国第一个高端定制离岛微度假目的地花鸟岛的生态旅游发展情况，了解嵊泗县深入贯彻落实中共中央，国务院，国家海洋局等关于生态文明建设的部署，实施蓝色保障战略，不断强化海洋综合管理，加快海洋生态文明建设的发展成效和经验做法。

“碧海奇礁，金沙渔火”，嵊泗列岛的原生态风光让人神往，嵊泗是浙江省最东部、舟山群岛最北部的一个海岛县，全县有岛屿404个，陆域面积86平方公里，海域面积8738平方公里；嵊泗区位优质独特，地处我国1.8公里海岸线的中心、我国贸易及运输最繁忙的南北海运和长江水运“T”型枢纽点上，是长江黄金水道连通外海的唯一通道，已融入上海、杭州两小时经济圈；嵊泗是全国十大渔业县之一，地处著名的舟山渔场中心，水产品资源丰富，被称为“东海鱼仓”和“海上牧场”；嵊泗也是全国唯一的国家级列岛风景名胜区，素有“海上仙山”的美誉，是具有浓郁海洋风情和鲜明海岛特色的休闲度假首选目的地。

在嵊泗站媒体见面会上，县委常委，常务副县长邵雷对采访团的到来致以热烈的欢迎，介绍了未来五年美丽海岛建设的发展宏图，嵊泗作为舟山群岛新区美丽海岛建设的品牌代言，将坚持生态优先，突出绿色发展，探索出符合“两美”新区建设要求的新途径，发挥自身优势，在新区“三生融合”“三乐一体”上创出特色，共建共享，创造特色美丽海岛的美好生活。

据悉，2016年海疆生态行系列宣传报道活动还将走进广东惠州，辽宁盘锦等地，探访海洋生态保护情况。

中国海洋报：

从碧海金沙到“金山银山”

——浙江嵊泗依托生态环保建设美丽海岛纪实

刊发时间：2016-08-15

中国海洋报记者 / 李昕

摄影 / 张海勇

摄影 / 张海勇

在浙江省嵊泗县五龙乡田岙村文化陈列馆里，有一面由36块蓝灰色木板拼成的墙。村支书张志燕说，这些木板来自当地36条拆解的木质渔船。2014年，田岙村完成最后一艘渔船的“木改钢”，当地渔民为了纪念祖祖辈辈相陪伴的、曾经赖以为生的工具，用拆解下来的船板拼成了这面墙。

这面墙不仅记录了田岙村产业发展的转型升级，也成为嵊泗这个海岛县发展和保护并行的见证。

近年来，嵊泗县立足自身独特的区位优势与资源特点，按照宜人、宜居、宜业、宜游的要求，努力建设成为生态秀美、人居优美、生活和美、人文淳美的美丽海岛和海洋生态文明示范区。近日，中国海洋报记者跟随国家海洋局组织的2016“海疆生态行”记者团来到这里，实地了解当地在经济发展和生态环境保护中取得的先进经验。

优势资源让传统渔村翻身

田岙村地处嵊泗泗礁本岛东部，1.2平方公里的土地上居住着800多位村民。张志燕告诉记者，早前的田岙村大多是低矮破旧的房子，年轻人远走他乡，青壮劳力所剩无几……田岙村被别人称为“烂田岙”。

其实，在上世纪90年代，嵊泗县自然条件较差、发展基础薄弱的渔村不只田岙村一个。

嵊泗又称嵊泗列岛，位于杭州湾以东、长江口东南，全县共有岛屿404个，其中有居民海岛不到20个。陆域面积86平方公里，海域面积8738平方公里，故有“一分岛礁九九海”之说。

作为一个典型的海岛县，嵊泗的发展面临着我国大部分海岛存在的难题：人口老龄化现象严重，劳动力缺乏；海岛整体绿化覆盖率低，山体岩礁破坏严重；饮用水整体水质不高；海岛土地供应有限，重大项目引进缺乏有效的土地资源供给保障，补充耕地后备资源少……

为了让像田岙村这样的传统渔村翻身，嵊泗县各级政府可谓绞尽脑汁。嵊泗县副县长邵雷说，在经过分析和摸索后，县政府认为嵊泗发展的优势在于区位、渔业资源和独特的海岛自然景观。

嵊泗地处我国贸易及运输最繁忙的南北海运和长江水运“T”型枢纽点上；同时，这里背靠上海、杭州、宁波等大中城市群和长三角辽阔腹地，独特的区位优势让嵊泗能够快速融入上海、杭州两小时经济圈。

提起嵊泗所在的舟山，人们不难联想到那里丰富的渔业资源。嵊泗位于舟山渔场中心，水产品资源丰富，被称为“东海鱼仓”，盛产带鱼、大小黄鱼、墨鱼、鳗鱼和蟹、虾、贝、藻等500多种海洋生物，是宁波、上海及长三角地区鲜活水产品的主要供应基地。

站在岛上制高点俯视嵊泗，一幅海域辽阔，岛礁棋布，岬角礁岩众多，金色沙滩连绵亘长的美景映入眼帘，海岛景观成为嵊泗发展旅游业得天独厚的优势条件。

2010年，在经过多番探索后，嵊泗县提出了“以港兴县、以旅活县、以渔稳县、生态立县”的发展总战略。其中，让当地百姓感受最深的，还是海岛生态旅游。

“烂田岙”变“金田岙”

田岙村村民洪永军17岁开始打鱼，至今已30年。如今的他不仅是一名经验丰富的渔民，他还有了另一个身份：“渔家乐”经营者洪老板。

2006年，嵊泗县提出把田岙村打造成“东海渔村”品牌旅游项目。洪永军将自家渔船进行改造，经营起“渔家乐”。游客可以跟随洪永军一起驾船出海，垂钓捕鱼，品味收获的喜悦。2014年，洪永军跟随村里的“木改钢”项目，将木质渔船改成现代化的钢制船，改后的渔船由原来5人的载客量提升至7人。

在海上，不少游客提出希望能将捕到的海鲜代为加工。洪永军意识到，这里蕴含着巨大的商机。2014年，“心雨”民宿开张，洪永军的“渔家乐”涵盖了海上捕捞、海鲜加工和住宿等“一条龙”服务。

“以前打鱼的时候年收入四五万元，现在全部收入加起来得有20来万！”满脸的笑容透露出洪永军掩饰不住的高兴。

走在田岙村，随处可见像“心雨”这样的民宿。张志燕说，目前田岙村200多户村民中有180多户经营民宿，80%以上的村民由原来的纯粹以打鱼为生转变为渔、旅多种经营。渔民的生活发生了翻天覆地的变化，曾经的“烂田岙”如今已经变成“金田岙”。

田岙村的发展，不仅惠及本村，也带动了五龙乡其他村的发展。周边村庄纷纷借鉴田岙村经验开发起旅游资源。截至2015年年底，嵊泗县民宿经营户达773家，吸纳从业人员5200余人，户均净收入达13.5万元。发展渔家乐企业6家，休闲渔船189艘，相关从业人员达500余人，渔农民年人均纯收入有了明显提升。

然而，嵊泗县管理者意识到，如果缺乏合理的统筹规划，海岛旅游产品雷同、资源浪费和恶性竞争等弊端将很快显露出来。2016年，嵊泗县借鉴意大利旅游胜地“五渔村”的模式，提出建设由五龙乡田岙村、黄沙村、边礁村、会城村和黄龙乡峙岙村组成的“东海五渔村”。这5个渔村早有嵊泗旅游“五朵金花”的美誉，包含了渔村、渔民、渔业、渔家、渔文化等原汁原味的海岛旅游元素而又各具特色：田岙的民宿、黄沙的美食、边礁的色彩、会城的宁静和峙岙的石屋……“东海五渔村”的概念，将让各村的旅游产品在独具内涵、交相辉映的基础上实现联村成片、抱团发展，从而产生更大的魅力。

算好长远账、整体账、生态账

岛上经济发展，百姓富起来了，嵊泗县却又面临新的难题。

“旅游业发展起来后，我们明显感觉到像石斑鱼、蛏子、虎头鱼、黄螺等嵊泗原本很常见的海产品，产量、品质大幅下降。”当地渔民向记者透露，“以往在中、高潮线上可以采到的贝藻类，如今要在低潮线甚至下潜到海底才能采捕到。”

嵊泗县海洋与渔业局局长杜军坦言，为了满足越来越多游客的吃住和“渔家乐”体验需求，当地违法采捕者由原来的季节性采捕转向常年采捕，作业方式也由零星作业转向专业作业，部分岛礁甚至出现裸露现象，嵊泗县渔业资源衰竭十分严重。

不仅如此，旅游业发展还造成海水水质下降、岛上植被破坏等生态环境问题，一度让嵊泗县部分岛屿成为网上争议的热点。2014年，一位网友满怀兴致地前往嵊泗列岛第二大岛枸杞岛，结果却失望而归。他在网上写道："这里的海水泛着油光，贝壳类海鲜又腥又臭，200米长的沙滩粗砺不堪……'中国马尔代夫'盛名之下其实难副。"

"这件事让我们意识到，如果海岛生态环境破坏了，那海岛旅游也没有了资源和优势，发展也就无从谈起。"邵雷说。为了既满足游客的休闲游憩需求，又实现海岛生态环境的可持续发展，嵊泗人进行了一番探索。

为了保护渔业资源，嵊泗县首先开启了"封礁育贝"养护模式：除本乡户籍的村（居）可以在潮间带进行自给自足式采捕外，严禁其他任何人以任何理由进行潜捕（底拖）。自2015年1月起，嵊泗县在马鞍列岛海洋特别保护区范围内实施全面封礁管理，规定对厚壳贻贝、荔枝螺等11种重点保护品种进行严格管理，实施采捕总量控制，禁止采用对资源损害大的采捕方式。通过加大巡航检查力度、组建岛礁资源管理养护公司、充实管理人员与装备、实施人工鱼礁建设和增殖放流等措施，嵊泗县渔业资源有了很大改善。

同时，嵊泗县对近海渔业捕捞强度进行了控制。从前靠天吃饭的渔民纷纷转向养殖业，近3年嵊泗县渔船船只数和马力指标数稳步下降，呈现负增长态势。2015年，嵊泗县实现养殖面积2.2万亩，产量9.2万吨，已发展为我国最大的贻贝养殖基地，产业化开放式养殖面积占养殖面积的99.9%，成为实施低碳环保、碳汇渔业的典范。

为了保护碧海蓝天，嵊泗县还采取了多方面措施。例如，舟山群岛最北端的花鸟岛将每天的登岛人数控制在280人以内，坚持不建星级宾馆以保护岛上的原始风貌，采用积分奖励方式，鼓励村民分类整理垃圾……

采访中，当记者登上枸杞岛时，看到的是湛蓝清澈的海水和秀美的林壑，吃到的是美味新鲜的海产。有游客告诉记者，这里就是他心中的世外桃源。

"实践证明，用碧海金沙去换金山银山是'涸泽而渔'，守着碧海金沙等待金山银山是'缘木求鱼'。"邵雷说，"只有算好长远账、整体账、生态账，才能将碧海金沙转化为金山银山，美丽海岛建设才能真正取得实效。"

摄影 / 张海勇

海洋世界：

海岛的风吹来嵊泗生态蓝

刊发时间：2016-08

海洋世界记者 / 沈婷婷　摄影 / 沈婷婷

7月25日，由国家海洋局办公室组织的“海疆生态行”系列主题宣传报道活动走进了浙江省嵊泗县。

嵊泗又称嵊泗列岛，位于杭州湾以东、长江口东南，是浙江省最东部、舟山群岛最北部的一个海岛县，全县有岛屿404个，陆域面积86平方千米，海域面积8738平方千米，全县辖3镇4乡。

嵊泗区位优质独特，地处我国1.8千米海岸线的中心、我国贸易及运输最繁忙的南北海运和长江水运“T”形枢纽点上，是长江黄金水道连通外海的唯一通道，是宁波—舟山港的重要组成港，更是配套上海国际航运中心的核心港区，主要有洋山港区、泗礁港区和绿华山港区，25万~30万吨级船舶可全天候进出港口。同时，嵊泗背靠沪、杭、甬等大中城市群和长三角辽阔腹地，已融入上海、杭州两小时经济圈。

嵊泗有着广阔的海域面积和丰富的海洋资源，海域面积占全县面积的99%，是一个典型的陆域小县、人口小县，海洋大县，有“一分岛礁九九海”之说，是国务院批准的全国唯一的列岛型国家风景名胜区。嵊泗海域辽阔，岛礁棋布，岬角礁岩众多，金色沙滩连绵亘长；具有海瀚、礁美、滩佳、石奇、洞幽、崖险等特点。著名的基湖沙滩被誉为“南方北戴河”、“中国夏威夷”；花鸟岛拥有建设于1870年的亚洲第二大灯塔；洋山景区内怪石奇礁横生，摩崖题刻众多，“海阔天空”、“中流砥柱”等明清时代题刻彰显其悠久的海岛文化。此外，嵊泗海域拥有中华鲟等国家一级保护动物，水产品资源丰富，被誉为“东海鱼仓”、“海上牧场”和“贻贝之乡”。

随着海洋生态文明建设上升为国家战略，嵊泗立足自身独特的区位优势与资源特点，按照宜人、宜居、宜业、宜游的要求，全面提升软实力，努力把嵊泗建设成为“生态秀美”、“人居优美”、“生活和美”、“人文淳美”的“美丽海岛”和海洋生态文明示范区。而国家级生态示范区、国家级海洋公园、浙江省首批省级生态县的获批，以及马鞍列岛海洋特别保护区的建设均为国家级海洋生态文明示范区的建设奠定了坚实的基础。

嵊泗县委、县政府高度重视区域生态建设，2014年开始推行“五水共治”工作，当年即完成“五水共治”投资9093万元，占全年计划的102.23%。在治污水方面，以城镇生活污染治理和渔农村生活污水治理为重点，完成渔农村生活污水治理村13个，新增受益渔农户2728户，改造渔农户2163户；完成嵊泗泽成医用有限公司含汞温度

计落后产能1100万支淘汰任务；完成洋山污水处理厂建设及配套污水管网建设1.5千米；完成嵊山污水处理厂主体工程和嵊泗绿岛污水处理厂提标改造工程；完成畜禽养殖禁、限区划分及小规模养殖场治理任务。

防洪水、排涝水方面，完成城区东市街排水管网及强排水泵维修改造工程；完成石柱海塘、三大王海塘和圣姑海塘的安全鉴定评估；完成长弄堂水库、金鸡岙水库的安全鉴定评估；完成雨水管网新建、排水管网提标改造和清淤排水管网工程任务。保供水方面，完成主要城镇水厂及供水管网建设，菜园海水淡化厂一、三、四期改造工程、枸杞海水淡化二期工程、嵊山大玉湾水厂工程已全部完工投入运行，新建或改造供水管网10千米；开展饮用水源地保护，饮用水源地水质达标率达到100%。抓节水方面，完成节水器具改造600件，改造一户一表2000户；开展雨水收集示范利用工程建设，完成雨水综合利用20处示范工程的建设任务。

近5年，嵊泗县投入5826万元建设“再造绿岛”工程、菜园镇垃圾填埋场二期工程、东海渔村风貌综合改造工程、生态廊道和城镇景观林建设工程、规范合格饮用水源保护区创建工程、近岸海域增殖放流工程等海岛生态保护工程28项。结合“渔村环境五整治一提高”工程，完成了石柱、高场湾、雄洋等一大批渔农村污水处理工程及嵊山箱子岙污水处理工程，城乡环保基础设施建设大踏步推进，渔农村生态环境质量进一步提高。

自2011年起，嵊泗县开始创建碳汇渔业示范基地，在枸杞后头湾和干斜分别创建贝藻套养基地，在养殖贻贝的同时套养龙须菜及裙带菜，试验面积约13公顷。同时开展了马鞍列岛海洋牧场示范区项目，在枸杞马鞍山周围海域投放藻礁构成2座单位藻礁，形成礁区面积逾53公顷。2012年在马鞍列岛海洋特别保护区开展大型海藻场建设项目，将枸杞后头湾约67公顷的贻贝养殖区改造成大型海藻场，通过移植海带、龙须菜等大型海藻，来达到有效修复海洋生态环境的目的，同时，也为嵊泗县海藻科研工作搭建平台，不但整合了自然优势资源，也推动了鱼、虾、贝、藻等种类生态养殖新格局的形成。

嵊泗人工鱼礁建设始于2005年初，礁址位于马鞍列岛东库山、求子山以及上、下三横山周围海域。2014年5月，嵊泗县马鞍列岛海洋牧场示范区二期工程人工鱼礁投放仪式在菜园镇启动，总投资约750万元，投放2540个框型混凝土鱼礁礁体，形成4座鱼礁堆积群，同时投放5000个适于海藻附着的藻礁礁体，在沿岸潮下带形成长500米的海藻藻礁带。此外，嵊泗县还积极推进渔业资源生态修复工程，2015年计划安排增殖放流资金400万元，增殖放流大黄鱼、曼氏无针乌贼等苗种2亿尾。

嵊泗县人工鱼礁建设项目和海洋牧场示范区项目的实施，在一定程度上改善了嵊泗海域的海洋水域生态环境，保护了产卵场、海底植被及生物多样性，恢复和改善了海洋生态环境，进而改善了海域的渔业资源状况，为嵊泗海域发展海上休闲旅游奠定了坚实的基础，为嵊泗渔业的可持续发展提供了科学依据。

封礁育贝是嵊泗县保护海洋资源，促进海洋资源自然修复的一项成功的科学实践。通过对全县岛礁实行封礁2年，配备相应的设施和人员从事岛礁资源保护工作。经过两年的努力，岛礁渔业资源恢复效果明显，鱼类、贝类资源大幅增加，对浙江省乃至全国的渔业资源恢复起到了引领示范作用。

从2014年起，嵊泗县开展了“一打三整治”专项执法行动，此次专项检查主要针对涉渔“三无”船舶及其他各种非法行为、“船证不符”捕捞渔船和渔业辅助船、违禁渔具的使用进行查处、取缔，分别从陆上重点检查渔业船舶建造厂、渔具渔网制造厂、鱼粉加工厂、冲冰、加油点、电脉冲渔具销售及制造点、渔获物投售点等开展一系列检查工作，同时深入开展海洋环境污染整治，切实规范渔业正常秩序，保护海洋渔业资源，促进海洋渔业资源可持续发展。

近年来，嵊泗县始终坚持开放与保护并重、发展与环境协调的原则，多措并举推进海洋生态保护，为海洋经济发展保驾护航。通过不断加强海洋灾害防御，严格海洋环境监控，全县清洁及较清洁海域占海域面积13.3%。海域沉积物质量良好，均符合一类海洋沉积物质量标准。城镇污水处理率为86.52%，工业污水直排口达标排放率为100%。

马鞍列岛国家级海洋特别保护区建设工作成绩斐然，海洋保护区面积占管辖海域面积比例达到12.69%，近年来已建成海洋牧场示范区159.846公顷，共投放人工鱼礁、藻礁13.3万空方，共增殖放流厚壳贻贝、黑鲷、真鲷、赤点石斑鱼等10余个品种7亿（尾、只、粒）。

海洋世界：

离岛有晴空，嵊泗小时光

刊发时间： 2016-08

海洋世界记者 / 沈婷婷　**摄影** / 沈婷婷

嵊泗位于杭州湾以东，长江口东南，由钱塘江与长江入海口汇合处的数以百计的岛屿群构成，有“海上仙山”之称，是中国唯一的国家级列岛风景区，以“碧海奇礁、金沙渔火”的海岛风光著称于世。有沙滩、海礁、奇洞、险峰、悬崖等景观。

东海五渔村

“东海五渔村”是五龙乡的田岙村、黄沙村、边礁村、会城村和隔海相望的黄龙乡峙岙村五个多姿多彩、风情浓郁的渔村，又被称为“双龙渔乡”。以“东海五渔村·渔乡村落的华丽转身”为主题，以统筹发展为轴线，以自身的原生态资源和渔俗、渔事、渔家、渔韵为核心，在“东海渔村”田岙村品牌效应的基础上，充分借鉴意大利五渔村的概念，集中精力做大渔村品牌，展现立体丰富的渔村形象，打造出了嵊泗美丽海岛建设和海岛旅游建设的特色品牌和示范村落。

东崖绝壁

东崖绝壁位于嵊山镇最东端的鳗嘴头与后头湾之间，连绵3千米，气势庞大，直伸入海。崖形蜿蜒起伏，高耸入云，崖面如剑削、刀劈、斧剁，崖底狂风骇浪，惊涛拍岸，溅起千堆雪，大有“飞鸟不敢渡，猿猴愁攀登”的意境，望之令人生畏。环顾四周，除了裸露的石头，还有蔓延的野花、野草，山坡上还层层叠叠地坐落着几十幢各式房屋，它们被绿色的爬山虎覆盖，犹如绿色的城堡，是非常难得的景致。

东崖绝壁以崖险、壁陡、石奇而闻名天下，现为一级景源。崖顶又是观日出、揽海景、望渔舟晚归的最佳点，还可泛舟海面看渔夫打鱼、渔嫂拾贝，海娃攻贻采螺的丰收景象。

嵊山渔港

嵊山渔港是全国的群众性一级渔港，因海水产品丰富，有“东海鱼库”之称而闻名全国。每逢渔汛旺季，有来自沿海十几个省市的万艘渔船几十万渔民云集嵊山。此时，渔港里桅樯如林，船旗蔽天，南船北舟争奇斗雄。花花绿绿打洋船，白底白桅白鸭船，船头尖尖小对船，船台高高冰鲜船，画龙雕凤温岭船，船眼炯炯大捕船……鱼山虾海，堆

银叠金。浪波声、机器声、呼喊声，喧闹不绝。这里成了船的世界，鱼的海洋。

夜晚，岸上船上，灯火齐明，点点渔火随波浮动，赤橙黄绿，五光十色，与星空银河交相辉映。真可谓："无数渔船一港收，渔火点点漾中流，九天星斗三更落，照遍珊瑚海上洲。"渔港灯火通明，似水晶龙宫，令人入迷。

山海奇观

山海奇观位于枸杞乡南部里西岗墩顶巅，为一级景源。高9米，宽7.3 米，巨碑凌空、傲然而立，其上镌有"山海奇观"四个大字，气势磅礴、笔力雄健，是明万历十八年（1590年）浙直总兵都督侯继高督汛登高时，为岛上的绿峰叠翠、灵礁吐雾、雪浪涛天、海天一色的壮观奇景而陶醉，欣然挥毫所题，迄今已有400多年历史。站在巨石前极目远眺，碧海蓝天、海上牧场、金色沙滩尽收眼底。岛礁远近耸峙茫茫碧海蓝天间，云雾涌动，游人有恍然置身蓬莱仙境之感。

海上牧场

嵊泗县贻贝养殖始于1974年，当年从大连装运紫贻贝苗种1500千克进行试养并获得成功，后来通过科研人员的多年努力，在贻贝北苗南运、人工育苗、自然海区采苗、深加工等方面取得了不断进步，涉养乡镇达6个。2001年枸杞乡被浙江省海洋与渔业局命名为"贻贝之乡"；2003年嵊泗县被评为省级万亩贻贝产业化示范园区，2005年全县贻贝养殖面积已达到1091公顷，产量为48808吨；2010年被中国渔业协会命名为"中国贻贝之乡"。

花鸟灯塔

花鸟灯塔位于花鸟岛西北端，立于高峻海岸之上，由英国人建于清同治九年（1870年），是嵊泗县的特级景源。塔身呈圆柱形，高16.5米，整体占地面积约2.2万平方米，内分4层，上部为黑色，下部为白色。这座黑白相间的圆柱形灯塔，外表有着英式的优雅和简洁，矗立在海天之间静默而安详。它见证了鸦片战争的硝烟，至今仍是中外船舶进入上海、宁波、舟山等港口的重要门灯。

灯塔的导航方式齐全，有光波、电波和声波，还装有我国传音最远的气雾喇叭，可为不同距离的船只提供不同的导航手段。灯塔顶层的聚光灯每分钟转动一次，其射出的四道光线射程可达24海里，为茫茫大海中的船只指引航向。

花鸟灯塔以其规模大、功能齐全、设备先进、历史悠久，享有“远东第一灯塔”之誉。2001年6月被国务院批准为全国重点文物保护单位。

后头湾，繁华落幕后荒凉的美

昔日的后头湾曾经是一番繁华光景。1950年，后头湾村正式建制，并逐渐成为嵊山居民的主要居住区域之一。嵊山渔场是舟山渔场的中心，后头湾村自然成了一个热闹的渔业村，一代代渔民们在此繁衍生息。鼎盛时，这里的人口达3000多人，拥有3个渔业生产大队，3座渔用码头。如今村里的二层小楼，大多是20世纪80年代渔业兴盛时建造的。渔业发展，渔民们更换了大型的铁船，后头湾无法满足这些大家伙的停靠需要。岛的另一端箱子岙上，建起了大型的避风港，集镇也随之形成。随着渔船在那里聚集，岛上的中心也越发往箱子岙集中。村里的百姓，采购东西都需要翻山越岭去箱子岙，于是陆续搬离后头湾。2002年该村整体搬迁，后头湾村正式撤村。目前，只有两三位安土重迁的老人仍在那里生活。

如今的后头湾被绿色的爬山虎所包围，整个村子宛如童话世界一般。蓝的海，绿的藤，白的浪花，金灿灿的斜晖……这是一个多彩的古村。初春时节，新叶刚刚抽出，一片片鹅黄色，星星点点；到了盛夏，绿植长到最盛，巴掌大的叶子遍布房屋，一座座石头房只露出几扇窗的空隙；转到深秋，叶儿又渐渐变红，那鲜红的色彩与海岬下的湛蓝海洋交相辉映；入了冬，北风一起，枯萎的叶子窸窸窣窣地落得干净，剩下暗沉的藤蔓牢牢地附着在墙上，等待春的召唤……网上流传的猢狲坑的传说和黄狗吞饭团等传说故事，给这个童话般的古村落又增添了一抹神秘色彩。

国家海洋局政府网站：
“海疆生态行”系列主题宣传采访团走进浙江嵊泗

刊发时间：2016-08-01

7月25日至27日，由国家海洋局办公室、生态环境保护司和海域综合管理司共同组织的以“坚持绿色发展，实施生态管海”为主题的2016年“海疆生态行”系列主题宣传报道活动走进了国家级海洋生态文明建设示范区——浙江嵊泗。

在为期三天的采访中，来自人民日报、光明日报、经济日报、中国日报、中新社、中国网、中国海洋报、海洋世界等多家媒体组成的报道团，现场考察了东海五渔村、东崖绝壁、后头湾、岛礁养护、海洋牧场、花鸟岛等地点，深入了解了各地方在生态旅游等方面所做工作，集中采访报道嵊泗县近年来在促进海洋生态文明、促进海洋资源可持续利用的发展成效和经验做法。

嵊泗又称嵊泗列岛，位于杭州湾以东、长江口东南，是浙江省最东部、舟山群岛最北部的一个海岛县，全县有岛屿404个，陆域面积86平方公里，海域面积8738平方公里，全县辖3镇4乡。嵊泗有着广阔的海域面积和丰富的海洋资源，海域面积占全县面积的99%，是一个典型的陆域小县、人口小县，海洋大县，有“一分岛礁九九海”之说。

随着海洋生态文明建设上升为国家战略，嵊泗立足自身独特的区位优势与资源特点，按照宜人、宜居、宜业、宜游的要求，全面提升软实力，努力把嵊泗建设成为“生态秀美”、“人居优美”、“生活和美”、“人文淳美”的“美丽海岛”。

近年来，嵊泗县委县政府提出“以港兴县、以旅活县、以渔稳县、生态立县”的发展总战略，把“生态立县”作为全局性的战略来实施，从组织架构、政策规划和监督管理体制机制上予以全方位保障，从而确保整个生态县建设工作顺利推进。2016年，嵊泗县被列为国家级海洋生态文明建设示范区。

据悉，2016年“海疆生态行”系列主题宣传报道活动下一站将于8月在广东惠州开展。

摄影 / 张海勇

2016

海疆生态行

坚持绿色发展·实施生态管海

Guangdong
广东·惠州
国家级海洋生态文明建设示范区
Huizhou

人民日报：广东惠州全力呵护蓝色湾区 珊瑚海龟在这儿安家

刊发时间：2016-09-24
人民日报记者 / 谷业凯

珊瑚和海龟对海域的水质要求极高，因此被称为“挑剔的水质检测员”。在我国1.8万多公里的海岸线周围，分布着大大小小的湾区，广东惠州湾区让它们不约而同地“用脚投票”，在此安家落户。近日，记者跟随国家海洋局2016“海疆生态行”采访团来到惠州，探访当地湾区保护开发的经验。

集约开发，不争一时争千秋

惠州有大小海湾28处，岛屿140多个，管辖大亚湾和红海湾部分海域。惠州的湾区岸线长、良港多，工业、运输业区位优势明显；这里又是滩涂湿地、红树林的“陈列馆”和海洋生物的“宝库”，旅游业、渔业资源丰富，2015年相关产业占全市GDP的比重达到近三成。海洋，已成为惠州经济换挡增速的“引擎”。惠州始终坚持“开发未动，保护先行”，以“不争一时争千秋”的理念对待海洋。

驱车驶入大亚湾石化园区，遍布厂房周围的亚热带植物郁郁葱葱。打开车窗，并没有想象中的刺鼻气味，只有整齐排列的巨型储油罐提醒记者，这里是一座世界级的炼化产业基地。当地海洋渔业局的负责人介绍说，石化区的填海土地100%有项目落地，区域投资强度和年工业产出均高于全国平均效益水平，集约利用了湾区珍贵的土地资源，没有出现“围而不填，填而不用，用而不管”的现象。

换车登船，抵达马鞭洲岛。这里是南中国海最大的固定式离岛原油码头。项目落地之初，岛上就设计建成了海水淡化和污水循环处理设施，投产至今未发生一起海洋污染事件。除了一些环保方面的“规定动作”，企业还有“自选动作”，比如在淡水资源极为匮乏的条件下搞绿化。“虽然成本很高，但美化了岛上的环境，是值得的。”华德公司副总经理姚明辉对记者说。

生态修复，不欠新账还旧账

考洲洋地处稔平半岛，为半封闭结构，水体交换能力差。这里曾是粤东海区红树林的主要分布

摄影 / 张海勇

区，后来由于围网养殖、排污等原因，导致红树林面积急剧减少，考洲洋渐成“死海”。

2014年，惠州市启动考洲洋整治工程，清理密密麻麻的围网养殖和非法捕捞设施。据统计，专项行动拆除围网设施长度达22万米，安排2000多名渔业劳动力上岸转产。网撤了，水活了，鱼多了，周边渔民“祖宗海，门前海”的观念也变了，考洲洋的生态环境得到初步改善。曾在此工作的惠州市海洋渔业局局长王正印回忆道：“连渔民自己也意识到这样下去不行了。我们定了好多点，拍照对比整治前后的效果，拿给老百姓看，工作就容易做通了。”

改善水质只是考洲洋生态恢复工作的第一步。接下来，惠州市将重点开展以红树林种植为主要手段的“美丽海湾”建设工程，目前已种植红树林4500多亩。同时修建湿地观鸟亭、栈道等设施，开发旅游资源。

还了“旧账”，还要“不添新账”。当地政府对入海河涌进行综合整治，控制排放，并把重点海域垃圾清理“外包”出去，探索出一条政府与市场结合的生态服务新路子。

经济发展与海洋环保“并行不悖”

惠州临海工业与自然保护区“和谐共处”，海洋经济发展与海洋环境保护“并行不悖”。当地保护区的面积占到海洋整体面积的22%，自然岸线的保有率达48.2%，达到一、二类水质标准的面积占整个海域面积的94.6%。

大亚湾是我国为数不多的有珊瑚分布的海区之一，据科研机构统计，大亚湾北部沿岸和岛屿附近有珊瑚资源30余种，主要是精巧扁脑珊瑚、十字牡丹珊瑚、蜂巢珊瑚、盾形陀螺珊瑚等。2008年，中海油惠州分公司决定在大亚湾北部修建输油管线，为避免给海底的珊瑚带来灭顶之灾，在进行充分调研论证之后，对其进行大规模迁地保护——在6.5公里外的赤洲岛附近给它们找到了“新家”，移植成功率达到95.2%。

惠州的大星山南麓，我国海岸线上的最后一张绿海龟“产床”坐落在这里。当地为了保证绿海龟的繁育生长，下了很大功夫。在海龟繁殖期，8海里的范围内禁渔，还近乎“苛刻”地要求700多平方公里范围内的任何项目必须做到与保护区“秋毫无犯”。已在保护区工作了10年的夏中荣博士说，“有时候渔民误捕到海龟，都会送到这里来救治。”

21世纪，人类进入了大规模开发利用海洋的时期。而湾区作为海洋与人类联系最密切的区域，既是海洋经济的增长极，又是生态保护的重点难点。从世界著名的旧金山、东京以及悉尼湾区的发展经验来看，良好的环境是核心竞争力。打造港、产、城融合发展，宜居、宜业、宜游的湾区“蓝色引擎”是惠州的发展目标，也是我国建设海洋强国的重要课题。

新华社：

广东生态保护新举措
守护“最后一块海龟产床”

刊发时间：2016-10-02

新华社记者 / 杨维汉

1000多米长的“月牙形”沙滩，中国“最后一块海龟产床”
摄影 / 张海勇

保护区海龟救护中心水池中暂养的小海龟悠然游弋

广东惠东县，稔平半岛最南端大星山南麓，一段1000多米长的“月牙形”沙滩，人们只能远远观望。这段被惠州人视为“珍宝”的沙滩，就是中国18000公里海岸线上唯一的海龟产卵沙滩——中国海岸线“最后的海龟产床”。

来产卵的海龟越来越少，要保护好“最后的海龟产床”。

“每年到这里产卵的海龟只有两三只，今年只有两只来产卵，说明海龟越来越少了。”广东惠东海龟国家级自然保护区管理局副局长王少锋，面对国家海洋局“海疆生态行”采访的一行记者感慨地说。

海龟，恐龙年代繁衍至今的动物，长期遭到人类捕杀，数量逐年减少。上个世纪八十年代中期之前，福建、广东、广西、海南的许多海滩都是海龟产卵地，如今只剩下广东惠东海龟湾这唯一的产卵地了。

失去了，才知道拥有的可贵。虽然每年“造访”的海龟寥寥无几，但它是中国唯一的国家级海龟自然保护区，也是亚洲大陆架唯一一处海龟产卵场，这足以让惠州人骄傲。“海疆生态行”的记者日前来到保护区采访，也只能远望着沙滩，不能靠近。

自然保护区位于广东大亚湾与红海湾交界处，惠东县港口滨海旅游区最南端的大星山南麓，东北西三面环山，南临南海，近岸水深10到15米，陆地及海域总面积18平方公里，外围保护带700平方公里。

海龟保护区成立于1985年，1992年晋升为国家级自然保护区，2002年列入《国际重要湿地名录》。自2013年以来，保护区保护海龟上岸产卵共12只（次），产卵6窝，共802枚，孵化稚龟461只。

稚龟天然孵化下海，能存活到成年的不足千分之一。海龟的恢复是一个特别漫长的过程，开展人工干预增殖放流，就是为了提高海龟的成活率。

“我们人工介入，孵化率可以提高到80%以上。”王少锋介绍说，保护区目前已经启动人工孵化海龟研究，还会进行野化训练。

保护区成立30多年来，已人工孵化、救护和增殖放流海龟7万多只。“从2006年开始，我们给放流的海龟安装芯片，可以追踪海龟洄游路线，一扫描就能查到它的‘身份证编号’、了解他们的履历，这对海龟保护和研究意义重大。”王少锋说。

“海龟是无国界物种，我们通过芯片收集海龟的位置情况，它们会游到印尼、菲律宾、冲绳等海域。”王少锋说。

现在当地渔民的海龟保护意识也很强，会把误捕海龟主动上缴或送到保护区，几年来送到保护区救治的受伤海龟有700多只。

在保护区海龟救护中心，大大小小的池子中游弋着很多海龟。这些暂养的海龟绝大部分是人工孵化的，还有一些是渔民捕到后送来医治的。在入口处的池子里，记者看到一只少了一条前肢的海龟

美丽的惠州双月湾

摄影 / 陈晨

在游弋。工作人员说，它的前肢被渔船螺旋桨打坏了，但渔民把它救起来，送到了救护中心。

船舶的螺旋桨、渔船的脱网、临近岸边的养殖网格等都能威胁海龟的生命。“一个我们可能随手扔到海里的白色塑料袋，都可能害死一只海龟。”王少锋说：“海龟吃水母，它看到一个白色的东西漂在水面上，就会去吃。结果吃的不是水母而是塑料袋，又无法消化，就会造成海龟死亡。”

保护区北部12公里的考洲洋是海龟的“天然食堂”。从2013年起，惠州市投入上亿元开展重点海域生态保护与修复。种植红树林，彻底清理拆除迷魂阵网、地笼网等非法养殖与捕捞设施，整治规范网箱养殖、控制合法养殖规模……规范管理多管齐下，考洲洋的生态逐渐修复，再现美丽景色。

目前，考洲洋新种植红树林4500亩，消减吊蚝养殖面积1.74平方公里，退出的养殖捕捞面积12平方公里，占考洲洋海域面积42%，海龟到“食堂”进食安全无障碍。

惠州市作为广东省第一个国家级海洋生态文明建设示范区的地级市，为保护珍稀、濒危海龟资源及其栖息地生态环境不遗余力。

海龟产卵对海水水质和沙滩的要求特别高，惠州海龟湾近海水质始终保持一类以上的优质水平。近年来，惠州每年投入20亿元，坚持源头治理、系统治理、综合治理，对惠东、大亚湾等海域进行严格保护。

“陆海统筹，生态优先，人海和谐发展。”这是惠州市长期坚持的发展理念。大亚湾石化区临海而建，控制陆源污染，政府综合施策，建设了统一排污管线，24小时监测，不让污水入海；石化区的国家危险化学品应急救援基地启用后，安全生产、控制污染得到“质的提升”；原油卸载码头采用新工艺，从源头防治污染，实现清洁生产。

整个生态环境变好，就是对海龟最好的保护，也是对人类自己最好的保护。

光明日报：

在这里，海龟重归碧海
——看惠州如何呵护海龟最后的“产床”

刊发时间：2016-10-07
光明日报记者 / 叶乐峰

仲夏凌晨，广东惠东海龟国家级自然保护区海滩，月光洒在海面上泛起微弱的波光，只有海浪冲刷着沙滩和岩石发出的“唰唰”声。突然，一群远道而来的“客人”悄悄游出水面，在确认四周环境安全后，它们蹒跚地爬上沙滩，用健壮的后肢在沙滩上刨个坑，母海龟们开始产卵。随后它们用沙子掩埋好龟蛋，悄悄地走了。

这样的场景在其他地方如今已很难见到。而这个位于广东惠州稔平半岛最南端大星山南麓的海岸，主沙滩只有1100米长，却是中国大陆18000公里海岸线上唯一每年仍有海龟上岸产卵的地方。

曾健发是当地人，今年63岁，在他的记忆中，20世纪60年代至70年代初，母龟成群结队上岸产卵的场景很常见。而如今，它们也成了“稀客”，一年只有两三只海龟上岸产卵。“过去几十年间，人们过度捕杀，加上海洋生态环境的变化，导致了这个局面。”曾健发感慨地说。

海龟的祖先早在2亿多年前就出现在地球上，

由于海水、沙滩环境质量良好，惠东海龟国家级自然保护区一直以来是幼龟和雌龟栖息地。光明图片

是有名的“活化石”。有专家称，现在我国整个南海的成年绿海龟估计不到2000只。为了保护好我国大陆漫长海岸线上最后一张绿海龟“产床”，一场持续30多年的海龟保护“接力赛”仍然在延续着。

1985年6月，惠州成立惠东海龟自然保护区（县级），1986年晋升为省级自然保护区，1992年经国务院批准升格为国家级自然保护区。海龟自然保护区在全世界只有16个，而惠东的保护区是中国唯一一个。

海龟性成熟需要20年至50年，平均两三年才产卵一次，而且成活率非常低，能存活到成年的，不到千分之一。为了提高海龟的成活率，人工干预必不可少。

“龟蛋孵出幼龟之后，除了一些会自然放归外，保护区还将部分稚龟人工养殖3年以上，待其生存能力较强时再将其放归大海。”保护区的科研人员告诉记者，通过这些举措，稚龟的成活率可达80%，下半年保护区将建好海龟驯养中心，将海龟的孵化室、保温室放入自然环境，更有利于野化训练。

据了解，保护区成立以来，已人工孵化、救护和增殖放流海龟近7万只。然而，对于一个物种的保护，仅仅靠建立保护区进行人工干预还远远不够，需要借助整体生态环境的改善，当地人显然认识到了这一点。

海龟对产卵地的环境要求非常高，稍有不慎就会影响繁殖。惠州严控陆源污染物排海，“十二五”以来否决了上千个污染项目；严格海洋工程环境影响评价，对不符合环保要求的海洋工程实行“一票否决”；同时，不断完善监视监测体系，对全市入海排污口、入海河口及邻近海域实施跟踪监测，基本实现海洋环境监测全覆盖。

而离海龟保护区不远的考洲洋，启动了历史上规模最大的“治海”行动。至今已种植红树林4000余亩，曾经密密麻麻的围网、迷魂阵网等非法养殖与捕捞设施已成为历史，现在洋面鹭鸟纷飞、鱼儿成群，成了海龟的天然大食堂。

随着巽寮湾、双月湾名气不断上升，当地旅游业得到了快速发展，惠州惠东县高度重视海岸线旅游生态环境，“在海龟湾附近，基本没有工业污染。”县环保局相关负责人说。

“近几年，惠州95%以上的近岸海水水质达到一、二类，为广东最佳；2015年全国主要城市空气质量排名，惠州名列三甲。”惠州市政府副秘书长许国安对参加国家海洋局“海疆生态行”采访团的记者说。

今年5月26日，一只小海龟被放归大海，科研人员在它身上植入了可定位行程的芯片，小海龟在浪花中频频回头，仿佛不忍离开这座养育它的城市。

这座令它眷恋的城市在2015年收获了一张闪亮的名片——国家级海洋生态文明建设示范区。

摄影 / 张海勇

经济日报：

海龟“海工”两相宜

广东惠州努力寻找海洋环境保护和临海工业发展的平衡点

刊发时间：2016-10-06

经济日报记者 / 沈慧

在广东惠州，海洋经济发展与环境保护似乎不再矛盾。虽然惠州拥有南中国海最大固定式离岛原油码头，境内大亚湾石化区位列国家重点发展的七大石化产业基地，但这里也是亚洲大陆架唯一一处绿海龟产卵场，亦是南海海洋生物种质资源库。

当海龟保护遇上临海工业，看似不可调和的“矛盾体”为什么能在惠州和谐共生？近日，《经济日报》记者跟随国家海洋局“2016海疆生态行”采访团来到这座滨海城市一探究竟。

考洲洋又“活”了

撑一艘小船在低矮的红树林间穿梭，水波轻漾，鹭鸟翩跹。“考洲洋，又‘活’过来了。”惠州市海洋与渔业局局长王正印感慨。

考洲洋，位于惠州市惠东县稔平半岛南部，是红海湾向内延伸的一个溺谷湾，口窄内宽，海岸线长65.3公里，水域面积约29.7平方公里。因滩涂资源丰富、水域条件优越，曾经是惠州最主要的红树

林分布区和重要的水产增养殖水域。然而自上世纪90年代以来，考洲洋水产增养殖由于缺乏保护规划陷入无序开发，加之周边生活污水和工业废水肆意排放，生态环境严重恶化。

“前些年，水产增养殖面积一度达到2.9万亩，占考洲洋面积超过65%。”王正印回忆，养殖总量过大、布局不合理，使得考洲洋无法再进行海水交换，开始发黑发臭，而鱼类洄游通道亦被堵死，红树林面积锐减。

“不能再让一滴废水流进考洲洋！”痛定思痛，2013年考洲洋海洋生态修复工程拉开序幕。清理规划区内的违规用海现象，修复海堤，建设红树林育苗场，每年育苗400多万株……目前，考洲洋已完成拆除围网、拦网、地笼网等养殖与捕捞设施任务，清理海域数万亩，种植红树林4000余亩。

多措并举之下，曾经密密麻麻的养殖设施不见了，海水流动变得更快，消失多年的水母回来了，乌头鱼、血鳗也回来了。“经过大规模整治，考洲洋重现了昔日活力。”王正印透露，根据考洲洋—罂公洲至赤岸区域红树林生态修复工程规划，2013年到2017年考洲洋海域将种植本土红树林1万亩，打造全国最大的红树林，并配套建设海洋环境监测观测站、景观栈道、生态观光长廊等。

他说，红树林具有防风消浪、保护堤岸、净化环境等多种功能，是水禽重要的栖息地，也是鱼虾蟹贝类生长繁殖的场所，“工程完工后，考洲洋生物资源将渐渐多起来”。

考洲洋地理位置图

恢复生机的考洲洋，折射了惠州人海洋观念的转变。“作为全国海洋生态文明建设示范区，惠州最大的本钱是生态。”惠州市政府副秘书长许国安说。

绿海龟“回归”了

凌晨，惠东县港口滨海旅游度假区与红海湾交界处的主沙滩，一位“稀客”慢慢浮出海面，悄悄爬上沙滩。“这是今年第二只绿海龟到海龟湾沙滩产卵啦！”望着不远处那片平坦的沙滩，惠东海龟国家级自然保护区管理局副局长王少锋掩饰不住内心的喜悦。

原来，这片沙滩不仅是我国大陆1.8万公里海岸线上最后的海龟“产床”，也是亚洲大陆架唯一一处绿海龟产卵场。“虽然每年造访的海龟寥寥无几，但我们已尽最大努力留住它们。”王少锋说。

由于滥杀酷捕、海洋污染、滨海开发等原因，海龟这种在地球上生存了2亿多年的“活化石”正徘徊在生死边缘。有关数据显示：1949年前，每年上岸在惠州海龟湾产卵的绿海龟近500只；1987年后是100只左右。现在，整个南海的成年绿海龟总数不到2000只。

如何留住这些“稀客”？1985年，这片不足1公里长的沙滩被划为惠东县港口海龟自然保护区。2013年，《广东省惠东海龟国家级自然保护区管理办法》出台，将保护海龟的经费列入财政预算，明确划分出核心区、缓冲区、实验区，保护区外围海域8海里设置外围保护带。

“海龟的恢复是一个特别漫长的过程。稚龟天然下海，由于受到‘敌人’的围追堵截，能存活到成年的，不到千分之一。”王少锋介绍，为了提高海龟成活率，保护区积极开展人工繁育，增殖放流。

随着保护举措的实施，重访保护区的海龟逐渐增多。据统计，1985年至2012年，每年上岸产卵的海龟在2只至20只之间，上岸产卵的成年海龟数量呈缓慢恢复态势。“保护区已经启动人工孵化绿海龟研究，下半年将建好海龟驯养中心，将海龟的孵化室、保温室放到自然的环境，更有利于野化训练。”王少锋表示。

绿海龟的回归在惠州并非孤例。因为坚持生态优先，惠州95%以上的近岸海水水质达到一、二类，为广东最佳；自然岸线保有率达到45.1%，高于广东平均水平；海水水质、沉积物和生物多样性连续跟踪监测结果显示，近岸海域生态环境稳定良好，珊瑚、红树林等南海典型海洋生态系统持续向好。

造礁珊瑚“搬家”了

碧海蓝天，既是惠州的生态追求，也是发展蓝色经济的重要支撑。

从大亚湾澳头渔政码头出发，行船近半小时，映入眼帘的是码头、巨型油罐以及纵横交错的管道。“在诸多岛屿中，马鞭洲岛是广东省乃至全国开发利用程度最高、产出效益最好的无居民海岛之一。”同行的惠州海洋与渔业局副局长丘光利向记者介绍。

现实的确令人吃惊：这座仅有0.1971平方公里，即27个标准足球场大小的岛屿，不仅拥有华德石化公司、中海壳牌公司、中海惠州炼油公司，以及全国超级油轮通航量最大的航道，还建有2个15万吨级、30万吨级码头。“在惠州打造亿吨大港和建设世界级石化产业基地的过程中，马鞭洲岛扮演了举足轻重的角色。”丘光利说。

与一般工业园区不同，走在马鞭洲岛上，郁郁葱葱的绿植随处可见，空气中弥漫着大海的清新气息。华德石化公司总经理肖勇告诉记者，马鞭洲岛开发之初企业就定下“不让一滴油污染大亚湾”的目标，建设污水处理系统、海水淡化系统将岛上油污水、生产污水、设备冲洗水等收集后统一处理。“处理后的污水达到排放标准后，作为岛上的绿化用水循环使用，实现了污水零排放。”肖勇强调。

中海惠州炼油公司同样在生态环境保护上下足了功夫。2008年，惠州炼油需要在大亚湾北部海域修建海底输油管线，但管道所在区域恰好是人造

惠州一隅
摄影 / 沈慧

这是考洲洋区域内新栽种的红树林幼苗

惠州不仅是我国大陆1.8万公里海岸线上最后的海龟“产床”，也是亚洲大陆架唯一一处绿海龟产卵场

礁珊瑚的“家”。为避免施工影响，公司决定为珊瑚“搬家”。当年9月，全部珊瑚完成“乔迁”。之后一年的多次检测显示，此次珊瑚移植的成活率达到95%左右。

如今，呵护蔚蓝海洋在惠州已成为共识。王正印说，惠州发展海洋产业，一条最重要的指标就是生态优先，“对不符合环保要求的海洋工程实行‘一票否决’，‘十二五’时期以来惠州否决了上千个新上水污染型及高污染、高环境风险行业项目”。

正是因为坚持生态优先、集约节约用海，惠州海洋经济获得了蓬勃发展。2015年，惠州实现海洋产业增加值930亿元，比上年增加18%，占全市GDP比重达29.6%。

CHINA DAILY:

Hope blossoms for endangered turtles

刊发时间：2016-09-27

After cautiously making sure that no peril is in sight, a sea turtle crawls onto a beach in the darkness. It digs a hole in the sand and begins to lay eggs inside. After laying more than 100, the turtle covers the nest with sand, scrapes it smooth and returns to the ocean.

This scenario happens several times a year at National Huizhou Sea Turtle Reserve. About 80 kilometers east of Shenzhen, the reserve's 1-kilometer-long beach contrasts with the aquamarine of the South China Sea. Beyond the sand, in the hills, researchers fight to keep the turtles from extinction.

Established in 1985, the reserve has witnessed a drop in the number of laying sea turtles - from more than 100 yearly in the 1980s to single digits now.

中国网：
一个海龟选择的城市：
海疆生态行走进广东惠州

刊发时间： 2016-08-29

中国网记者 / 奚婷

惠州巽寮湾
摄影 / 奚婷

8月21日-23日，由国家海洋局办公室组织的2016年海疆生态行宣传报道团走进广东惠州，对广东惠州的海洋生态发展，海龟保护等情况进行考察。

在为期三天的采访中，来自人民日报，新华社，光明日报，经济日报，中国日报，中国网，中国海洋报，海洋世界的多家中央媒体的记者及保护国际基金会的同志，随同国家海洋局办公室副主任王斌、国家海洋局宣教中心副主任朱德洲，国家海洋局办公室新闻宣传处副处长张海勇等，考察了国家危化品应急救援基地，中海石油炼化有限责任公司惠州炼化分公司，海洋渔业试验中心，马鞭洲岛，大辣甲岛附近海域，走进稔山镇长排村，岭南文化街，铁涌镇，双月湾，惠东海龟国家级自然保护区等，了解惠州建设海洋经济特色明显，石化及先进制造业发达，休闲度假和现代服务功能突出的现代美丽湾区的发展成效和经验做法。

惠州是广东的海洋大市之一，地处广东省东南部，海域位于珠江口东侧，包括大亚湾大部分和红海湾部分海域，西邻大鹏湾，西南为香港，东与红海湾相接，南为宽广的南海。以领海线以内向陆一侧的所有海域范围计，全市海域面积在4519平方公里左右，接近全市陆地面积的一半。另外，惠州海洋有大陆海岸线281.4千米，大小海湾28处，大小岛屿140个。

惠州海洋经济成为惠州新的经济增长极。惠州市充分发挥海洋自然资源优势，保护海洋生态环境，划定陆域和海域生态红线，建立入海排污总量控制制度，着力构建基于海洋生态环境保护的海洋开发新模式，打造“宜居、宜业、宜游”国家海洋生态文明建设示范区。

在惠州站的媒体见面会上，省海洋与渔业局办公室副主任周小壮对采访团的到来致以热烈的欢迎，介绍了多年来广东省渔业部门在惠州的海洋生态和建设方面的工作和成效。

据悉，2016年海疆生态行系列宣传报道活动还将走进秦皇岛，辽宁盘锦等地，探访海洋生态保护情况。

广东惠州海龟岛
摄影/奚婷

中国网：

海龟湾

我国海岸线上海龟唯一和最后的产床

刊发时间：2016-08-29

中国网记者 / 奚婷

惠州，一个海龟选择的城市。

海龟湾，位于惠东县港口滨海旅游度假区与红海湾交界处，是中国大陆架沿岸唯一和最后的产床。

近日，记者跟随由国家海洋局组织的“2016海疆生态行”记者团来到了广东惠州海龟湾，通过实地探访，看到了惠州在海龟保护方面的实际成果。

中国大陆架沿岸唯一的产卵场

每年的6-10月，是海龟的产卵期，硕大的绿海龟洄游至保护区上岸产卵。夜深人静的时候，雌龟游到海边，把头伸出来观察一下是否安全，然后慢慢地爬上沙滩，在不被水淹没的高潮线以上，找到适合地点，挖出一个宽大的坑开始产卵，每次产卵50-200多枚，龟卵在温暖潮湿的沙滩里自然孵化，经过49-60天，幼海龟便会破壳钻出沙来，爬入大海。

“小海龟从出生到成熟期需要30年时间，但雌绿海龟无论走到哪里，最终都会回到出生地产卵。”广东惠东海龟国家级自然保护区管理局副局长王少锋告诉我们。

全球海龟数量逐年下降

海龟是国家二级保护动物。1985年，海龟湾被划为惠东县港口海龟自然保护区，1992年升为国家级保护区。

在我国18000公里的长海岸线上，这是唯一的国家级海龟自然保护区。

数年来，全球海龟总量呈直线下降的趋势，海龟湾海龟数量也逐年下降。

1949年前，每年上岸在惠州海龟湾产卵的绿海龟近500只；1987年后是百只左右；2000年后不到20只。2012年，仅有两只海龟上岸产卵。

“海龟是无国界物种，海龟保护不是我们广东或者中国做好了就行，而是需要所有国家共同保护才行”，王少锋说。从20世纪中期到现在，每年都大概有30多万只成年的海龟被人为的杀害，在现存的7种海龟中，6种几乎已经濒临灭绝。我国整个南海的成年绿海龟剩下不到2000只，情况很不乐观。

人工介入 保护顺利孵化

惠州市不遗余力保护这张“产床”。

惠州市明确规定，在绿海龟长达半年多的繁殖期，8海里内严禁渔民作业，700多平方公里的保护海域内禁止任何危害环境的项目存在。

自然保护区养殖的海龟
摄影 / 奚婷

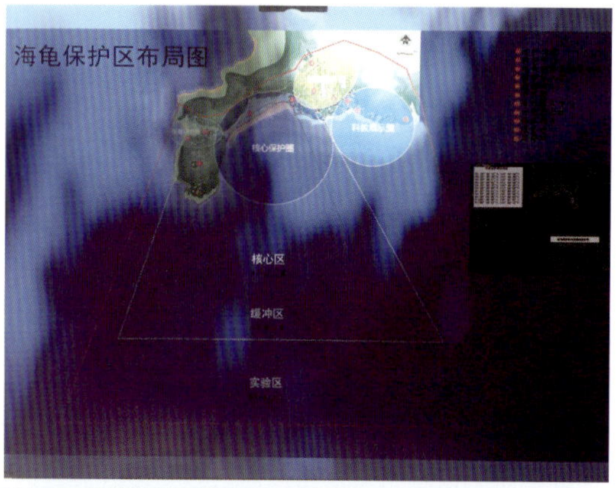

海龟保护区布局图
摄影 / 奚婷

考洲洋新种植的红树林
摄影 / 奚婷

惠州海龟湾的幸存，得益于当地对生态的长期坚守和严格保护，当地渔政部门于1984年开始在海龟湾实施保护措施，1992年建立了惠东港口海龟自然保护区。20多年来，保护区采取了相关措施，有效地保护了海龟安全上岸产卵、龟卵顺利孵化，使幼龟得以平安入海，为拯救濒临灭绝的海龟资源作出了贡献。

保护区的统计数据显示，1985年至今，每年上岸产卵数量在2-20只之间，上岸产卵的海龟数量呈缓慢恢复的态势。建立30年来，已人工孵化、救护和增殖放流海龟近7万只。

修复生态环境从源头开始

因为绿海龟产卵对海水水质和沙滩的要求特别高，近年来惠州每年投入20亿元治水，坚持源头治理、系统治理、综合治理，对惠东、大亚湾等海域进行严格保护。仅从去年到现在，投入上亿元开展重点海域生态保护与修复。

2013年，广东省专门出台《广东省惠东海龟国家级自然保护区管理办法》，将保护海龟的经费列入财政预算，并具体规定了保护区所在当地有关部门的权责；同时明确划分出核心区、缓冲区、实验区，保护区外围海域8海里设置外围保护带。

海龟湾东西两翼延伸是大亚湾水资源自然保护区和考洲洋，从2013年到现在，惠州市投入上亿开展重点海域生态保护与修复，修复内容主要包括种植适合本地生长的红树林350亩，清理规划区内的违规用海现象，修复海堤等。前年4月，惠东启动了考洲洋养殖与捕捞设施清理整治工作，用半年的时间全面清退了非法作业方式，曾经密密麻麻占据考洲洋的围网养殖和非法捕捞设施，从考洲洋水面消失，实施了截污、清理非法养殖、控制合法养殖规模、生态修复、改造升级、规范管理多管齐下。

考洲洋新种植红树林上千亩，清除1.4万亩浅海围网后，海龟们有了进食安全无障碍的“天然食堂”。

中国网：

惠州印象：
发展海洋生态文明有担当更有颜值

刊发时间：2016-09-01

中国网记者 / 奚婷

清晨的巽寮湾
摄影 / 奚婷

考洲洋
鹭鸟的天堂

红树育苗基地

摄影 / 陈晨

年时间内在考洲洋海域种植本土红树林1万亩。

如今，考洲洋环境好转，鱼类种群数量明显增加，以前10多年没见过的大鱼都出现了，甚至出现了以前很少见的白鱼和乌头。

考洲洋的定位是健康港湾，力争成为全国美丽港湾示范区，阵痛之后，我们迎来了考洲洋的美好时代。

我就是我 独一无二的巽寮

从酒店的阳台远眺，巽寮湾就像一幅绝妙的立体图画，山海相嵌，海天交融。走在海边，洁白的沙滩，细软的沙子，湛蓝的海水，微风拂过，让人不禁想起“天赐白金堤”的美誉。

巽寮海岸线长27公里，有11公里的海滩，这里有一类的海水及沙滩水质，海滩上的海沙含硅量高达99%，是粤东数百公里中海水最洁净的海湾之一。

如今，以巽寮为代表的惠东滨海旅游业，正在惠州环大亚湾新区建设起步，已经初步形成集观光，休闲，娱乐为一体的广东东部海岸旅游综合服务基地，成为北纬22度上一张新的滨海旅游名片。

巽寮人的共识是做好自己的品牌，作为国家4A级旅游景区，正在用实际行动创国家5A级景区。

“巽寮湾是独一无二的，我们要做自己”。

鸟瞰图

中国海洋报：

生态优先谋新篇

——广东惠州海洋事业发展见闻

刊发时间：2016-10-27

中国海洋报记者 / 吴颖

摄影 / 张海勇

港口，广东惠州稔平半岛最南端的滨海小镇。沿着镇上大星山的水泥山路拾级而上，约莫半小时便可到达这里有名的景点“双月湾观景台”。

站上观景台远眺，“双月湾”名不虚传——山脚下小镇的两侧，大亚湾和红海湾犹如两轮对称的新月倚背而居；清澈的海水、洁白的沙滩、纯净的天空和远处的群山，构成了一幅半山半海的绝美画卷。

惠州市海洋与渔业局局长王正印手指远方，热情地向参加国家海洋局“2016海疆生态行”采访的记者们介绍哪里是保护区、哪里是旅游区，哪里在发展工业、哪里在建设海洋牧场……这位惠州海洋事业的“掌门人”不仅希望记者们欣赏到眼前的美景，更希望他们真正了解“粤东门户”惠州在用海、管海、护海方面的独到之处。

打造世界级沿海石化产业基地

惠州海洋的故事，先从双月湾西侧的“新月”——大亚湾说起。

提起大亚湾，很多人想到的都是著名的大亚湾核电站。或许并不是每个人都知道，这里还是我国重要的临海工业区。

1990年5月25日，大亚湾畔一声巨响，我国港口建造史上规模最大的定向爆破，拉开了惠州港建设和惠州临海工业发展的序幕。

经过此后20余年的不断发展，如今的惠州大亚湾经济技术开发区已形成以石化产业为主导，港口物流业、电子和汽车工业、滨海旅游业协调发展的现代海洋产业体系。其中，位于大亚湾区东部的石化工业区，是国家重点发展的七大石化产业基地之一，连续多年位居“中国化工园区20强”。

“我们所在的这块区域，几乎都是通过填海造地的方式建起来的。”记者一行在石化工业区采访时，王正印介绍说，20多年来，惠州共批准填海造地1200多公顷。“我们填的每一块区域，都经过了整体规划和反复论证，实现了100%的利用，绝对没有围而不填、填而不用的现象。”

数据显示，惠州填海造地面积中，有1100公顷集中在大亚湾石化工业区和惠州港，为区域快速发展提供了重要保障。该区域投资强度达1.06亿元/公顷，年工业产出达0.8亿元/公顷，均超出全国

摄影 / 张海勇

平均水平。在其带动下，惠州海洋经济蓬勃发展，2015年实现海洋产业增加值930亿元，比上年增加18%，占全市GDP比重达29.6%。

谈到惠州海域资源的集约节约利用，不能不提位于石化工业区5公里外的马鞭洲岛。

不到0.5平方公里的马鞭洲上，油罐、管道、码头依次排列。远远望去，俨然一座漂浮在海上的石化工厂。“马鞭洲由惠州市大亚湾华德石化有限公司、中海壳牌石油化工有限公司和中海油炼化惠州炼油分公司共同开发建设，是广东省乃至全国开发利用程度最高、产出效益最好的无居民海岛之一。”惠州市海洋与渔业局副局长丘光利介绍说，马鞭洲作业区已建成两个30万吨级和两个15万吨级原油接卸泊位，是华南地区最大的固定式深水原油码头；同时，其20.2公里长的航道是惠州港船舶进出的“主干道”，也是全国超级油轮通航量最大的航道。

目前，马鞭洲原油码头的年吞吐量大约占到惠州港的五成，“在惠州打造亿吨大港和建设世界级石化产业基地的过程中，马鞭洲扮演了举足轻重的角色。”丘光利说。

正如他所言，大亚湾绝不仅仅满足于国内领先，这里的目标，是世界级的石化产业基地。

在马鞭洲南端约100米处，芒洲岛上正在进行着紧张的基建施工，大亚湾华瀛石化公司将在这里兴建产能达1000万吨/年的燃料油调和配送中心及配套的30万吨级码头。工程完工后，将填补华南地区船舶燃料油的市场空缺。

同一时刻的石化工业区内，中海油惠州炼化二期项目的建设也正如火如荼。该工程建成投产后，产能相当于再造一个石化工业区，将为惠州打造世界级石化产业基地再添重要砝码。

让百姓享受海洋生态文明建设硕果

与大亚湾区浓厚的现代工业气息不同，双月湾所在的惠东县山水相依，至今仍保留着一些颇具古风的村落。位于稔山镇的范和村便是其中的代表，直到今天，人们仍可以在这座有近700年历史的古村落看到保存完好的潮汕风格民居。

摄影 / 张海勇

和范和一样，稔山镇的长排、大墩、芙蓉、大埔屯等几个村和社区都地处沿海区域。这里的居民世代向海而生，奔腾的大海带来了丰硕的渔获和大片的盐田；但每年台风季节，不期而至的风暴潮和海浪灾害，也成了大家的一块心病。

据惠州市海洋与渔业局工作人员介绍，建于上世纪中叶的长排海堤几十年来都担负着守护稔山沿海地区近3万居民，上万亩耕地、虾塭，以及范和古民居安宁的使命。但由于建设标准低及年久失修，海堤存在巨大安全隐患。

2014年，惠州开展长排海堤整治加固工程，总投资近6900万元，计划加固海堤10.69公里，防潮标准为20年一遇。“海堤整治加固只是我们在这片海域进行海岸带综合整治修复的第一步。”王正印透露，下一步还将在这里种植红树林并修建栈道，一来起到防风消浪、促淤保滩、净化水质、恢复生态的作用，二来为当地居民提供亲近海洋、亲近自然的休闲场所。

如果说长排海域的整治修复正在起步，那距此不远的考洲洋综合整治则已成效初显。

考洲洋位于惠东县南部，面积约29平方公里，是红海湾向稔平半岛内延伸的一个溺谷湾，也是惠州最主要的红树林分布地区和重要的水产增养殖水域。过去一段时期，由于周边居民生活污水和工业废水的肆意排放，以及混乱不堪的养殖业，考洲洋的生态环境遭到巨大破坏，海水发黑发臭，红树林面积不断缩减。

为“拯救”考洲洋，2013年惠州启动了历史上规模最大的“治海”行动，至今已种植红树林4000余亩；与此同时，有关部门开展了养殖与捕捞设施清理整治工作，曾经密密麻麻的围网、迷魂阵网等非法养殖与捕捞设施就此成为历史；当地还在河流入海口建设污水处理厂阻截污水入海，并加大对入海陆源污染物的监督执法力度。

通过一系列措施，考洲洋水质大大改善，渔业资源逐步恢复。如今的考洲洋鹭鸟纷飞、鱼儿成群，水面上随处可见成片的红树苗在竹竿围成的护栏内茁壮成长。据当地人介绍，曾经消失多年的血鳗、乌头鱼等开始重新出现。

2015年，考洲洋—罂公洲至赤岸区域红树林

生态修复工程入选广东省美丽海湾建设试点。该工程总投资近亿元，主要包括修复整治岸线8公里，整地推填滩涂3000亩，种植红树林1000万株，配套建设海洋环境监测观测站、景观栈道、生态观光长廊等。

“工程完工后，将形成红树林湿地景观带，考洲洋生物资源也将得以恢复。”王正印坦言，“总的来说，我们开展基于生态系统的海洋综合管理目的只有一个，就是让老百姓充分享受到海洋生态文明建设的丰硕成果。”

坚持生态优先守护全国海岸线最后1公里

与想象中工业园区到处是黑烟、油污的景象不同，大亚湾石化工业区内厂房、油罐、输油管道整齐排列，道路两旁满是绿植，空气中闻不到一点儿异味；而稔平半岛优美的景色、清新的海风、蔚蓝的天空，更是给人留下深刻的印象……

“作为全国海洋生态文明建设示范区，惠州最大的本钱是生态！”惠州市政府副秘书长许国安告诉记者，“近几年，惠州95%以上的近岸海水水质达到一、二类，为广东最佳；2015年全国主要城市空气质量排名，惠州名列三甲。”

王正印补充说，惠州发展海洋产业，一条最重要的指标就是坚持生态优先。惠州严控陆源污染物排海，“十二五”以来否决了上千个新上水污染型及高污染、高环境风险行业项目；严格海洋工程环境影响评价，对不符合环保要求的海洋工程实行“一票否决”；同时，不断完善监视监测体系，对全市入海排污口、入海河口及邻近海域实施跟踪监测，基本实现海洋环境监测全覆盖。

马鞭洲常年油轮接卸不断，周边海域却不见半点油污。华德石化公司总经理肖勇告诉记者，在进行马鞭洲开发之初，企业就定下“不让一滴油污染大亚湾”的目标。岛上建有先进的污水处理系统，所有油污水及生产、生活污水都集中到此。“处理后的污水完全达到排放标准，但我们全部作为岛上的绿化用水循环使用，真正实现了污水零排放。”

中海油惠州炼化同样在生态环境保护上下足了功夫。2008年，惠州炼化需要在大亚湾北部海域修建海底输油管线，而管道所在区域却正好是造礁珊瑚的“家”。为避免施工影响，惠州炼化经过调研论证，决定为珊瑚“搬家”。当年9月，全部珊瑚完成“乔迁”。之后一年的多次检测显示，此次珊瑚移植的成活率达到95%左右。

惠州在海洋生态环境保护方面的种种努力，不仅让人们看在眼里，也得到了海洋生物的“肯定”。

大亚湾不但是重要的临海工业基地，也是南海水产资源种质资源库。大亚湾水产资源自然保护区内生物种类达1300余种，是我国唯一的真鲷鱼类繁育场、广东省唯一的马氏珠母贝自然采苗场，同时还是多种名贵海洋生物幼体密集区。

如果说大亚湾的海水清澈无污染，那它和红海湾交界之处、港口小镇的一片海域，则可以说蓝得惊艳。每年夏秋季节，这片海域其中一段短短的海岸线上，还会迎来几位“稀客”。

“这里是我国大陆1.8万公里海岸线上最后的海龟产床。”指着不远处那片长度不足1公里的沙滩，惠东海龟国家级自然保护区管理局副局长王少锋告诉记者，每年6~10月，都会有海龟上岸产卵。“海龟对产卵场环境的要求极高，我们的责任就是保护好这最后的产床，尽最大的努力留住这些尊贵的客人。”

惠东海龟保护区成立于1985年，是我国唯一的国家级海龟自然保护区，并被列入国际重要湿地名录。保护区成立以来，始终致力于保护和恢复海龟种群数量。据统计，2013年至今，保护区共有12只（次）海龟上岸产卵802枚，孵化稚龟461只，标志放流成年雌海龟1250只，救治受伤海龟758只。

采访当天，有很多孩子在家长带领下前来看海龟。工作人员和一些家长不时地给孩子们讲解保护海洋生物和海洋环境的各种知识，孩子们稚嫩的眼神中充满了好奇和对大海龟的喜爱。或许，他们就是未来惠州海洋发展的希望；或许，惠州用海、管海、护海的实践将在他们的接力中得以发展和传承。

海洋世界：

魅力海洋，美丽惠州
——“2016海疆生态行”惠州站

刊发时间：2016-10

海洋世界记者／金希

惠州，位于广东省东南部，毗邻香港、深圳，素有“粤东门户”之称。是珠三角东岸连接内陆和粤东地区的重要节点城市。先后荣获“国家园林城市”、“全国优秀旅游城市”、“国家环境保护模范城市”、“国家森林城市”等荣誉称号，连续三届摘取全国文明城市桂冠。

惠州管辖大亚湾和红海湾部分海域，海域面积4520平方千米，海岸线长281.4千米，有大小海湾28处，大小岛屿140个。8月22日，由国家海洋局组织的“2016年海疆生态行”活动走进惠州，考察团通过实地考察，了解惠州在海洋生态保护方面的经验及成果。

海陆统筹，集约用海

在惠东县、惠阳区和深圳市之间，有一个美丽的海湾，它就是大名鼎鼎的大亚湾。如今的大亚湾，建成了广东省乃至全国的重要临海工业区——大亚湾经济技术开发区。

以中海壳牌南海石化、中国海油惠州炼油项目为龙头的大亚湾石化工业区，位于开发区东部。15平方千米建成区中聚集了76家企业。记者们发现，大亚湾石化区海岸整洁、海水碧蓝、空气清新，一点也没有工业基地的“老味道”。记者了解到，近年来，惠州非常重视海洋生态保护，建立了新上水污染型行业项目严控制度，建成石化区深海排污管线，实现工业废水达标排放。大力推进沿海乡镇污水处理设施建设，开展入海河涌综合整治，有效削减城市近岸海域污染负荷。惠州在发展大工业、大石化的背景下，仍然保持了良好的生态环境。

正当考察团对大亚湾石化区的生态环境赞不绝口之时，惠州市海洋与渔业局局长王正印又向考察团介绍道：“这块区域基本都是通过填海造地的方式建成的！”惠州自上世纪90年代开始发展临海工业以来，至今共批准填海造地总面积1215公顷，值得一提的是，惠州填海的每一块区域，都经过了反复论证和规划，利用率达到了惊人的100%，没有任何填海却没有使用的区域。

距离石化区不远的马鞭洲岛，堪称全国无居民海岛及周围海域最集约高效利用的典范。马鞭洲岛曾经只有0.197平方千米，由于独特的资源优势，在进行适度填海后，马鞭洲岛先后建成了2个30万吨级和2个15万吨级原油接卸码头泊位以及2个工作船码头。岛上共建有21个原油储罐，总库容120万立方米。2014年接卸原油2650万吨。

在如此繁忙的码头，周围海域的水质却碧蓝洁净。马鞭洲岛上先进的污水处理系统起到了至关重要的作用。华德石化公司总经理肖勇介绍，油污及生产生活废水经过处理后，全部作为岛上的绿化用水使用，实现了“不让一滴油污染大亚湾”的目标。

在2008年，中海石油炼化有限责任公司惠州炼化分公司需要修建海底输油管线，而造礁珊瑚正好“挡”住了管道的路。经过多次论证，惠州炼化决定为珊瑚进行“换新家”的工作。经过几个月的努力，珊瑚们成功在“新家”居住下来。

醉美大亚湾　摄影/黄春生

严格整治，生态优先

位于惠东县南部的考洲洋，在近两年脱胎换骨，面貌焕然一新。在2014年初，放眼望去，考洲洋上密布各种养殖设施，围网养殖让这块海域显得支离破碎。考洲洋生态环境遭受破坏，湿地面积缩小、渔业资源逐渐衰退、水质污染日趋恶化。针对这样的局面，惠东县制定了“考洲洋地区发展概念规划”，开始对考洲洋地区进行全面的整治。经过几年的奋战，考洲洋共清理海域面积达3万亩，浅海围网养殖面积1.4万亩，拆除吊蚝养殖设施0.3万亩，清退非法捕捞作业面积1.3万亩，拆除非法捕捞工具230多槽，养殖设施消失了，水体交换速度加快了，考洲洋的水质得到了明显改善。考洲洋群众保护海洋环境，依法用海意识明显提升，渔业资源逐步恢复。一个自然美丽、颜值颇高的考洲洋又重新回到了人们的视野。

现在，行走在考洲洋边上，最引人瞩目的是沿岸滩涂地上的红树林。红树林既可防浪护堤、抵抗自然灾害，又可修复生态，形成美丽景观。惠州市委、市政府提出了2013—2017年在考洲洋种植本土红树林1万亩的要求，目前，红树林已经密布于考洲洋周围湿地，每日都有工作人员悉心照料。

精心保护，恢复种群

在惠东县港口滨海旅游度假区与红海湾交界处，有一处洁白的海滩，这里就是我国大陆18000千米海岸线唯一的国家级海龟自然保护区，被誉为“中国海龟的最后产床”。惠东海龟保护区成立于1985年，1992年经国务院批准晋升国家级自然保护区，1993年成为中国首批生物圈保护区网络成员，2002年被列入《国际重要湿地名录》。近年来，海龟的命运可谓多灾多难，数量不断减少。海滩的发展带来了人类的活动和噪音、垃圾等产物，大大减少了海龟筑巢的场所。海龟吃掉垃圾可能死亡，海滩的人造灯光也会使海龟误以为是白天，误导了它们的夜间孵卵，也会使刚刚孵化出的小海龟迷失大海的方向。一直以来，保护区的工作人员数量有限，但他们数十年如一日，默默地守护着海龟的家园和最后的产床。每年6—10月是海龟的产卵季节，为了保护上岸产卵母龟的安全，工作人员每天都要在夜晚来临时清退游客，清理海滩，给海龟创造良好的产卵环境。除此之外，还要每夜不定时巡查海滩，以防不法分子危害海龟。经过几十年的保护，遏制住了海龟种群数量逐年下降的趋势，开始缓慢恢复。

霞光 盐洲岛
摄影 / 高波

保护区自2013年以来，保护海龟上岸产卵共12只（次），产卵6窝，孵化稚龟461只；标志放流成年雌海龟1250只。可喜的是，随着广大渔民对海洋环境保护和野生动物保护的意识不断提高，渔民误捕海龟主动上缴渔政部门和自动送回保护区的海龟数量也在逐年增加，累计送回保护区救治受伤的海龟达758只。而保护区建成30年来，人工孵化、救护和放生海龟累计已达7万只。

每到周末，位于惠东县西南部的巽寮滨海旅游度假区和惠东县港口滨海旅游度假区的双月湾的游客络绎不绝。近乎苛刻的生态环境整治标准，带来了风景如画的惠州，造福的是广大的惠州人民。

创新开展“美丽乡村，清洁先行”等四大文明生态建设行动。惠州在发展大工业、大石化的背景下，仍然保持了良好的生态环境。2014年，全市约94.6%的海域水质符合第一类或第二类海水标准。惠州还在全省率先实施人工鱼礁建设，迄今为止，已建成6座34平方千米的人工鱼礁区。持续开展人工增殖放流，有效增加了渔业资源种群数量和资源量。全力推进重点海域综合整治和生态修复，重点建设考洲洋和惠州海洋生态园两大滨海湿地公园。建成广东最具滨海特色的环海绿道，打造了红树林公园、渔人码头、休闲栈道等海洋人文景观，进一步体现了海洋生态效益，提升了百姓生活品质。

珊瑚被移植到这片海域，潜水员正准备下水实拍珊瑚

送海龟回家——大亚湾黄金海岸
摄影 / 李惠宁

马鞭洲岛的油轮码头，附近的海水毫无污染

这片洁白的沙滩，就是“中国最后一片海龟的产床”

保护国际基金会：

A Healthy Ocean Moving towards Blue Development,

"Travel across Ecological Marine Territory" in Huizhou

刊发时间：2016-10-27
By Biqing Yang

铁涌镇红树林种植区域

Conservation International (CI) recently attended the "Travel across Ecological Marine Territory" in Huizhou, Guangdong Province. "Travel across Ecological Marine Territory" is a communication campaign hosted by the State Oceanic Administration (SOA) of China.

Located in the east of Guangdong Province, the picturesque scene by the coast of Huidong is a reminiscence of the traditional Chinese landscape paintings.

Despite of the unique scenery, the sea water of Huizhou is home to an abundant biodiversity resource. "Huizhou is blessed with an abundant nature resource. It is both the genetic resource bank of the South China Sea, and the home to numerous deep water wharves," said Mr. Zhengyin Wang, director of the Administration of Ocean and Fisheries of Huizhou.

Treasuring Coastal Ecosystems

Life force from the seabed

When the interview team reached Dalajia Island of Daya Bay, staffs from Daya Bay Aquatic Resource Provincial Nature Reserve were conducting monitoring work on the status of coral reefs in the area. There are over 30 species of reef building corals within the Daya Bay Aquatic Resource Provincial Nature Reserve. Coral reef ecosystem is extremely sensitive to changes in its surrounding environment; therefore, the growth of coral reef reveals the healthy state of the water in the area.

It is also worth noticing that, during the construction process of CNOOC refinery Co., Ltd., Huizhou refinery branch, coral reef within the construction area was replanted to other suitable locations. This large scale coral reef replant was the first of its kind in China.

Growing forest on the sea

In history, Kaozhou Bay was one of the key mangrove distribution areas in the east of Guangdong Province. However, unregulated wetland exploration since the 1990s drastically destroyed the natural environment of Kaozhou Bay: large area of coastal wetland was destroyed, fishery resource declined, and sea

海龟湾

大亚湾海面

water quality degraded. Since 2013, integrated marine restoration and management were demonstrated in Kaozhou Bay area, and has been a success since then. The "Guangdong Beautiful Bay" program in Kaozhou Bay, one of the three pilot sites in Guangdong Province, emphasizes mangrove ecological restoration as its core objective. These days, the mangrove seedlings planted just over two years ago in Tieyong, a town along the coast of Kaozhou Bay, are growing into the new forest on the sea, and protecting the coast and its people.

Local community members are highly cooperative on the restoration work. "Mangrove restoration should serve for the people equally," said Mr. Weidong Hong, vice director of the Administration of Ocean and Fisheries of Guangdong.

Mangrove reduces wave, protects coast, purifies water, and provides shelter and food for marine life; nevertheless, mangrove ecosystem also plays a crucial role in climate change mitigation, as a slot of mangrove is able to absorb ten times as much carbon as a slot of terrestrial forest of its size.

In 2011, Conservation International, cooperating with partners including International Union for Conservation of Nature (IUCN), and Intergovernmental Oceanographic Commission of United Nations Educational, Scientific and Cultural Organization (IOC-UNESCO), established the Blue Carbon Initiative, aiming to enhance the conservation, restoration and sustainable management of coastal ecosystems including mangrove.

Protecting Key Species

National Huidong Sea Turtle Reserve is the only national sea turtle nature reserve in China. Local people call the crescent shaped bay "sea turtle bay", which is the last and only sea turtle spawning site in mainland China.

Mr. Shaofeng Wang, director of National Huidong Sea Turtle Reserve introduced that, a female sea turtle can lay up to 1000 eggs each year, however, the survival rate of the eggs is only approximately 0.1%; fortunately, artificial incubation and temporary breeding techniques can raise this rate to as high as 90%. In addition, the nature reserve conducts sea turtle release event on an annual basis, and some of the sea turtles carry satellite tracking equipment on their back. The tracking equipment has little to no effect to the life of sea turtles, and provides important scientific information for conservation of the species. In 2011, Conservation International, partnering with National Huidong Sea Turtle Reserve, successfully released two sea turtles in the Sea Turtle Bay, and tracked the sea turtles with satellite tracking equipment, supporting the study of sea turtle migration routes.

Sustainable Social and Economic Development

Mabianzhou Island is located in the northeast of Daya Bay central archipelago. The size of the island is 43.5 hectares after land reclamation. Within this limited area of land, there are currently two 300-thousand-ton and two 150-thousand-ton crude oil wharves on Mabianzhou Island, setting an example for effective uninhabited island development in China. Despite of the concentrated amount of wharves on the island, Mabianzhou Island is also making an effort on zero discharge, for example, domestic sewage on the island is all recycled for greening.

While providing abundant space and resource for human economic and social development, our ocean is under the massive stress of anthropogenic development. Though located within a massively industrialized area, Huizhou still maintains its high water and air quality and diverse marine biodiversity resource, thanks to the sustainable integrated planning and strict enforcement.

The success in Huizhou proves that, marine development can be adapted into a healthy ocean perspective. We believe that human success is dependent on a healthy ocean, both now and in the future.

大亚湾水产资源省级自然保护区准备潜水的工作人员

国家海洋局政府网站：
“海疆生态行”系列主题宣传采访团走进广东惠州

刊发时间：2016-08-30

8月21日至23日，由国家海洋局办公室、生态环境保护司和海域综合管理司共同组织的以“坚持绿色发展，实施生态管海”为主题的2016年“海疆生态行”系列主题宣传报道活动走进了国家级海洋生态文明建设示范区——广东惠州。

在为期三天的采访中，来自人民日报、新华社、光明日报、经济日报、中国日报、中新社、中国网、中国海洋报、海洋世界及保护国际基金会等多家中央媒体和环保公益组织组成的报道团，现场考察了国家危险品应急救援基地、中海石油炼化有限责任公司惠州炼化分公司、广东省海洋渔业实验中心、马鞭洲岛、大亚湾水产资源省级资源保护区、长排海域海岸带综合整治修复工程、考洲洋蓝色海湾综合整治工程、双月湾、惠东港口海龟国家级自然保护区等地点，深入了解了各地方在科学用海以及生态旅游等方面所做工作，集中采访报道惠州市近年来在促进海洋生态文明、促进海洋资源可持续利用的发展成效和经验做法。

惠州是广东省海洋大市之一，管辖大亚湾和红海湾部分海域，陆地面积11343平方公里，海域面积4520平方公里，海岸线281.4公里，有大小海湾28处，大小岛屿140个。惠州海洋自然资源丰富，既是南海海洋生物种质资源库，又是华南地区不可多得的深水良港；海岸海岛利用价值高，既可发展临港工业，又可开发高端旅游；生态系统丰富多样，既有海湾、滩涂、湿地，又有典型的红树林珊瑚礁。

多年来，惠州市委市政府秉持“海陆统筹，生态优先”的发展理念，坚持科学处理经济发展与海洋环境保护的关系，将生态理念贯穿于海洋工作的各个方面。目前惠州市现代海洋产业体系基本形成，海洋生态环境持续优良，海洋综合管理水平迈上新台阶，海洋经济与海洋环境协调发展已成为惠州一张靓丽的名片。2015年，惠州市被国家海洋局授予“国家级海洋生态文明建设示范区”称号。

据悉，2016年“海疆生态行”系列主题宣传报道活动下一站将于9月初在河北开展。

广州石化码头
坚持绿色发展 实施生态管海
2016年
海疆生态行

摄影 / 张海勇

坚持绿色发展 实施生态管海
2016年
海疆生态行

摄影 / 张海勇

河北·秦皇岛

人工养滩综合治理工程

唐山菩提岛

人民日报：
河北唐山投放人工藻礁恢复海洋生态
海底“沙漠”变“森林”

刊发时间：2016-10-22
人民日报记者 / 刘诗瑶

陆地上的山坡荒了，可以栽树；海底生态变差了，该如何修复？日前，记者随国家海洋局组织的“海疆生态行”采访团来到唐山海洋牧场，看到这里通过建设人工藻礁生态系统工程，将海底“沙漠”变成了“森林”。

人工造礁为藻类“搭台”，为鱼儿“造窝”

唐山湾祥云岛以前水清藻绿，天上海鸟翱翔，地上沙蟹如潮，是渤海湾的优质渔场。随着沿海经济发展，渤海近海水质退化，加上过度捕捞，资源几近枯竭。当地渔民回忆：“拖网的网眼越来越小，捕到的东西却越来越少。”

唐山海洋牧场实业有限公司董事长张振海亲历海洋的变化，为海底沙漠化心痛不已，他了解到投放人工礁石能恢复环境。于是，他承包下这片区域，开始向海里投放礁石，一投就是十几年。

投放礁石到海底，其实就是人工为藻类“搭台”，为鱼儿“造窝”。听起来简单，实际上这是件短期内费力不讨好的事情。“常常一船几十万元的构件礁，投进水里几天就消失不见，而且见效非常慢。”背负着巨大压力，张振海带领团队坚持投礁。

逐渐，“耕海”之举有了起色。打开昔日的海底录像，可以清晰地看到，投放礁石数月后，海底依然贫瘠荒凉。一年、三年、五年……神奇的变化发生了，藻类开始附着在礁石上，鱼类、贝类挨个“安家落户”，原本浑浊不堪的海水也清亮起来，一派生机盎然。

截至目前，他们共向祥云岛周边海域投放水泥钢筋预制件礁5.4万多空方（礁体在水中的体积单位）、石礁21.93万空方、船礁30艘2275空方，开辟了2.35万亩的生态修复试验田。

建设藻礁 恢复海洋生态
摄影 / 陈晨

海底生态链重新修复，海洋环境得以净化

“以前海枯了，是因为海底生物链断了，人工造礁技术把断掉的链条又连起来了。”张振海解释了投礁背后的生态修复逻辑，“这片海域有特殊的资源，就是大量牡蛎。把礁石投下去，牡蛎就把礁石作为着床点，马尾藻、刚毛藻、海膜、孔石莼等藻类的孢子才能附着在牡蛎上，藻类生长起来了，自然就会集聚魁蚶、石斑鱼等生物，形成良性循环。”

枯竭的海底“沙漠”变成茂密的海底“森林”，是顺应生态规律的结果。“这里提供了海洋生物的产卵地、栖息地、索饵场，能够修复滦河口渔场生境，保护海洋物种多样性。”张振海说。

除了增加生物多样性，这一工程还能恢复海洋环境的净化功能。海洋牧场的藻类通过光合作用固碳、释放氧气、吸收海水介质中的营养物质，底栖贝类有效降低水体中的悬浮物及藻类，从而强化海洋的自净能力。

“大量的藻礁投下去，形成天然屏障，有效保护了祥云岛的岸线。”张振海说，工程还能使受损的岸滩资源得以修复。

唐山湾在人工藻礁的辅助下重现生机。在认真考察海洋牧场后，中国海洋大学海洋生命学院副院长唐学玺认为，在唐山湾泥沙质海底，用投礁的形式为海洋生物建立家园，为海洋生态修复提供了前提和基础。“填补了国内泥沙人工藻礁系统空白，形成可以复制的模式。”

2015年，海洋牧场被农业部认定为第一批国家级海洋牧场示范区。

在修复生态环境的同时，养护渔业资源

正值丰收季节，海洋牧场的码头热闹非凡，皮皮虾、螃蟹、对虾等渔获源源不断上岸，运往全国市场。这片曾经枯竭的海域又活跃起来，忙碌的渔民脸上绽放笑颜。“海洋牧场已经形成了以海洋修复产业为主，养殖业、休闲渔业、海产品加工业等多产交融的业态。”张振海说，“各种藻类的生长与繁殖、各种海洋生物的捕获，能为转产渔民和转型企业带来实惠。”

“作为一种海洋经济新业态，海洋牧场既能养护渔业资源，又能修复生态环境。目前，我国海洋牧场建设方兴未艾，已成为海洋产业新业态之一。”中国科学院海洋研究所副所长杨红生认为，海洋牧场建设是一个长期、复杂的系统工程，还需要政府、社会的持续重视和长期支持。与此同时，海洋牧场建设中仍有许多重大科学问题和技术瓶颈亟待突破。

2015年祥云岛码头渔获超过1000万斤，海洋牧场已成规模，但张振海没有打算停止修复海洋生态的脚步。他计划在2018年底之前，投放藻礁260万空方。

光明日报：

“耕海人”13年打造“海洋牧场”

刊发时间：2016-10-22

光明日报记者 / 张蕾　见习记者 / 周艺珣

摄影 / 陈晨

他曾当选“2015年度十大海洋人物”，凭借满腔热忱，令一度濒临荒漠化的祥云湾变身为美丽富饶的“海洋牧场”；他耕海13载，倾其所有，最终收获了影响世界、填补国内空白的“泥沙质人工藻礁生态系统建设”技术；他的事迹被编入中国海洋大学教科书《海洋恢复生态学》，其专著《中国北方海洋生态恢复技术与应用研究》获得国家出版基金资助……他就是唐山海洋牧场实业有限公司总经理张振海。

近日，记者随国家海洋局组织的“海疆生态行”采访团来到河北唐山湾国际旅游岛，目睹了这位“耕海人”用13年打造出的“海洋牧场”奇迹。

张振海修复的“海洋牧场”坐落在祥云岛附近的祥云湾。近年来，受填海造田、船用油料泄漏、城市工业废水和生活污水偷排等影响，渤海近海水质退化严重，祥云湾也受到牵连。此情此景，让张振海不禁陷入思考：“面对哺育着人类的大海，我能干些什么？”最终，他作出了一个大胆的决定：开发荒岛，修复海洋生态。

在“海洋牧场”展厅的大屏幕上，正在上演梦幻般的海底森林风光片：各种藻类随着水流有节奏地摆动，大小鱼儿自由自在地穿梭在藻林，处处生机勃勃……很快，画面切换到了13年前的景象，画风急转直下，只见沙石遍地，寸草不生，海底一片死寂。

强烈的今昔对比是对张振海13年来努力的充分肯定。这些喜人的成果得益于他开创的“泥沙质人工藻礁生态系统”——以投礁的形式为海洋生物建立家园。中国海洋大学海洋生命学院副院长唐学玺认为，这项科研成果是渤海生态修复的前提和基础，可以复制并供国际同行借鉴。

据张振海介绍，6米以下、20米以上水深的地方是海洋修复中最重要的地带，在该地带投礁让藻类附着，不仅能够集聚魁蚶、石斑鱼等生物，藻类生长和滤食性鱼类生产还会减少氮磷污染，底栖贝类又能有效降低水体中的悬浮物及藻类，净化水体，“自然而然地就依靠食物链打造出一条良性生态链”。

面对大海，“耕海人”张振海（左）踌躇满志。光明图片

建设藻礁
恢复海洋生态
摄影 / 陈晨

抛礁前的海底荒漠
摄影 / 陈晨

就这样，经过13年耕耘，这片曾经海底荒漠化严重的海域，局部复活了海底藻林，呈现出丰富多彩的生物多样性，成为远近闻名的国家级海洋牧场示范区。

谈到以后的打算，张振海表示,要继续以科技创新作为示范引领来振兴渤海。“治理渤海，任重而道远。我们先做起来，然后再逐步引导更多的渔民、转型企业和其他社会力量，共同参与渤海的修复治理和转产转业，从而拉动一个新的业态。”

经济日报：

海洋牧场耕出金色果实
——“海疆生态行”河北调研

刊发时间：2016-12-15
经济日报记者/沈慧　**实习生**/李永文

曾经海底荒漠化严重的祥云湾海域在人工藻礁的辅助下重现生机。13年来，张振海团队持续向祥云岛周边海域投放水泥钢筋预制件礁5.4万多空方、石礁21.93万空方、船礁30艘2275空方。

今天，我们如何在呵护海洋生态的同时做好蓝色经济这篇大文章？《经济日报》记者跟随国家海洋局组织的“海疆生态行”采访团来到河北唐山、秦皇岛两地，实地了解当地在保护海洋生态与发展经济方面的有益探索。

投放人工藻礁 海底变“森林”

已近黄昏，霞光散落天际，原本湛蓝的海水被染成醉人的红色。“祥云湾又活了！”站在唐山的祥云湾海边，唐山海洋牧场实业有限公司董事长张振海忍不住感慨。

前些年，随着沿海经济发展，周边城市工业废水的排放以及泄漏事故的偶发，曾经水清沙洁的祥云岛逐渐失去了昔日的风采，一度成为“海洋荒漠”。此情此景让深爱大海的张振海最终作出了一个大胆的决定：卖掉唐山市区的房产，倾尽积蓄开发荒岛，修复海洋生态。

这一决定遭到了家人的强烈反对。背负着巨大压力，张振海带领团队开创了“泥沙质人工藻礁生态系统”，坚持向祥云岛周边海域投放水泥钢筋预制件礁5.4万多空方（礁体在水中的体积单位）、石礁21.93万空方、船礁30艘2275空方。

“以前海枯了，是因为海底生物链断了，人工造礁技术把断掉的链条又连起来了。”张振海解释，这片海域有特殊的资源，那就是牡蛎。礁石投下去，牡蛎就把礁石作为着床点，时间长了，马尾藻、刚毛藻、海膜、孔石莼等藻类的孢子会附着在牡蛎上，等藻类周围再慢慢集聚鱼和贝类，海底生态系统也就慢慢恢复了。

经过13年的坚持不懈，祥云湾在人工藻礁的辅助下重现了生机：这片曾经海底荒漠化严重的海域，局部复活了海底藻林，呈现出丰富多彩的生物多样性，成为远近闻名的国家级海洋牧场示范区。中国海洋大学海洋生命学院副院长唐学玺评价，“这项科研成果填补了国内泥沙质人工藻礁生态系统的空白，是渤海生态修复的前提和基础”。

事实上，它不仅能恢复海洋环境的净化功能，抢救了生物多样性，而且塑造了海洋修复的产业模型：这片海洋牧场已经形成以海洋修复产业为主，养殖业、休闲渔业、海产品加工业等多产交融的业态。

如今，在海域生态逐步修复的基础上，张振海又和科研单位合作，在项目区海域内开展抗风浪海水网箱养殖技术研究。2015年，祥云岛码头渔获超过1000万斤，张振海计划在2018年底之前再投

修复前（上图），修复后（下图），为了拯救消退的沙滩，秦皇岛创新海滩修复模式，目前共整治修复岸线长约16.3公里，恢复沙滩面积约43公顷。图为秦皇岛海岸修复的前后对比。

放藻礁260万空方，修复生态环境的同时继续养护渔业资源。

创立“北戴河模式”
沙滩换新颜

现下虽是旅游淡季，漫步在秦皇岛北戴河新区的海边，仍随处可见或追逐嬉戏或拍照留念的游人。

看着眼前的一幕，河北省地矿局秦皇岛矿产水文工程地质大队副总工程师邱若峰百感交集：上世纪70年代以来，由于河口输沙量的减少和海水动力的变化，北戴河海岸出现不同程度的侵蚀，到2000年沙质海滩平均侵蚀速度一度达到每年3米。“如果任由沙滩消退，将来可能会威胁到岸边建筑物的安全。”邱若峰忧心忡忡地说。

邱若峰的担忧并非多余。由于缺少海滩的缓冲，在一次风暴潮中，秦皇岛景区岸线的木栈道就被海浪冲毁，损失惨重。拯救消退的沙滩刻不容缓，但实施起来却十分棘手。邱若峰告诉记者，传统人工养滩模式只是单纯地填补沙源，耗钱不说，养的滩寿命太短，难以持续。

在多次科学实践的基础上，秦皇岛矿产水文工程地质大队创造性地提出了“沙丘—海滩—沙坝—潜堤”的“岬湾砂质旅游海滩生态修复模式”。具体而言，即先在近海海域建立第一道“防线”——人工潜堤，潜堤影响波浪、潮流场，削减其能量，较大程度上改变了区域内的水动力特征，减弱冲刷；然后建立第二道“防线”——人工沙坝。

“沙坝上被冲刷下来的沙子可以成为海滩的沙源，通过海浪的力量为海岸输送补充海沙。”大队项目负责人宫立新介绍，通过对比发现，采用这种生态潜堤、潜沙坝技术治理的海滩在风暴潮中受损最小，而没有采用这种技术的海滩会被海水侵蚀达20多米。

邱若峰等在海滩养护领域创造的“北戴河模式”，不仅有效地恢复了海滩自然环境、保护海岸后缘建筑，还成功拉动了当地旅游经济发展。“目前，秦皇岛共整治修复岸线长约16.3公里，恢复沙滩面积约43公顷，为地方旅游经济发展创造了近百亿元的价值。”邱若峰表示。

摄影 / 陈晨

立足生态“耕海”旅游产业勃发

登上菩提岛极目远眺，一片郁郁葱葱。循着岛上的林荫小道向深处走去，风格别致的潮音寺、朝阳庵等佛家古迹掩映在一片片菩提林中，愈显幽静。不过，十几年前的菩提岛却是另一番景象：因遍布养虾池，岛上近海区域沟沟壑壑，海洋生态环境不断恶化。

千疮百孔的菩提岛不是个例。唐山湾国际旅游岛，位于唐山市东南部，由菩提岛、月岛、祥云岛三座岛屿及北侧陆域组成，当地人称之为“三岛”。唐山湾国际旅游岛管委会副书记王长发记得，旅游岛以前水清藻绿，后来随着沿海经济发展，渤海近海水质退化。2001年时，“渤海将在20年后成为死海”的声音曾经一度铺天盖地。

如何寻求海洋保护和经济发展的平衡点？王长发认为，旅游岛背靠京津冀，区位优势明显，可以因地制宜发展海洋旅游业，但海岛开发必须将生态保护放在首位，不能没搞清楚状况就上项目。

于是，唐山湾着手进行海岛规划，聘请南京水科院和浙江大学海洋学院分别对周边海域的波浪及浪潮流泥沙进行数学模型和物理模型试验，委托专业测量队伍进行海底地形及海岛测量，加强对海洋环境的检测……2011年8月，国家海洋局正式批复唐山湾国际旅游岛为国家级海岛开发利用示范基地，支持旅游岛探索生态与经济双赢的发展模式。

逐渐，“耕海”之举有了起色。前不久，国家海洋局公布2015年中国“十大美丽海岛”评选结果，“三岛”之一的菩提岛作为河北区参评的唯一海岛入选；月岛则因其美丽的海滨浴场和水上木屋得名“东方马尔代夫”。

“三岛先后投入20亿元进行整治修复，才换来今天的良好生态。如今，三岛的经济效益也渐渐凸显。”唐山湾国际旅游岛党工委书记王玉国介绍，在近日举行的重点项目签约仪式上，“三岛”共有15个项目成功签约，签约金额约为307亿元，包括了旅游及配套服务产业、文化创意产业等。

摄影 / 陈晨

中国新闻社：

河北秦皇岛为沙滩换新颜 创造海滩养护“北戴河模式”

刊发时间：2016-09-12
中新网记者/李茜

11日，一对新人在河北秦皇岛北戴河新区的海边沙滩举行了一场海滩婚礼，鲜花与海浪共同谱写着浪漫和幸福。暑期虽过，但周末的北戴河依然游人如织。随着近年来河北秦皇岛对受损海岸线进行生态修复，当地海滩逐渐恢复旅游功能，而其创造的海滩养护模式常被其他沿海省份前来“取经”。

记者随国家海洋局主办的“海疆生态行”采访团来到避暑胜地河北秦皇岛北戴河，感受北戴河沙滩整治修复、海洋生态保护的成果。

北戴河是著名的避暑胜地，每年暑期都有海内外的游客到此避暑。如今的北戴河沙滩平阔，沙质细软，沿海公路边种着鲜花绿植，越来越有“国际范儿”。

然而人们不知当地海岸线遭受严重侵蚀。秦皇岛市海洋局针对海水浴场砂质粗化、浴场功能丧失等问题，通过调查监测和综合分析，发现自上世纪70年代以来，当地海岸出现不同程度的侵蚀，到2000年，沙质海滩平均侵蚀速度达3米/年。秦皇岛海洋局称，造成海岸侵蚀的主要原因是上游河流输沙量减少，沿海工程逐步增加以及海洋动力发生变化。

河北省地矿局秦皇岛矿产水文工程地质大队曾主导了河北省“侵蚀岸滩整治修复工程”的顶层设计。该大队项目负责人宫立新表示，当地采用生态潜堤、人工浅沙坝、人工补沙养滩、人工沙丘植被等工程措施，对侵蚀严重的岸线进行修复。其中，人工沙坝可以破浪、消波，减少海浪对海岸的侵蚀，为海岸提供沙源。

北戴河某沙滩治理前后对比图
摄影 / 宫立新

摄影 / 陈晨

中国新闻社：

河北唐山：深耕海洋让“海底荒漠”变“海洋牧场”

刊发时间：2016-09-14

中新网记者 / 李茜

2001年，“渤海将在20年后成为死海”的言论铺天盖地。15年后，曾几近荒漠化的渤海祥云湾如今华丽变身为“海洋牧场”，海洋生态链逐渐完整。被喻为这片海洋牧场“场主”的唐山海洋牧场实业有限公司总经理张振海说，下一步他们将分梯度做放大实验，如果可行，渤海修复就有望了。

近日，记者随国家海洋局组织的“海疆生态行”采访团来到河北唐山湾国际旅游岛，感受海岛生态保护和海洋生态修复的成果。

位于渤海的河北唐山湾国际旅游岛，是近年来崛起的休闲娱乐海岛，在其海域坐落着一个海洋牧场。经过13年的耕耘，这片曾经海底荒漠化严重的海域，成了远近闻名的国家级海洋牧场示范区，局部海域复活了海底藻林，海洋生物多样性日渐丰富。深耕这片海的人，就是张振海。

2001年初春，“渤海将在20年后成为死海”的声音铺天盖地。毗邻曹妃甸和京唐港临海工业区，目睹填海造田的展开，洗舱水、压舱水、船用油料、生活用油的排放和泄漏事故的偶发，渤海环境的承载力日益加剧；加上周边城市工业废水、生活污水排放，造成渤海近海水质退化，渤海湾环境受到不同程度污染。这一连串的问号与深深的忧虑，在张振海脑海里日夜萦绕：“面对曾经诞生和哺育人类生命的大海，我孑然一身能够干些什么？”

张振海决定开发荒岛为海洋生态修复打基础。为此张振海整整用了一年的时间对祥云岛(原名打网岗岛)这个荒无人烟、险途密布的沙岛进行勘察。起初岛上没有供船停泊的码头，每次都要赶在退潮时涉水上岛，一干就是几天，干粮、水及设备等一切都要自备。隆冬季节海风刺骨，在岛上过夜也只有睡袋御寒，冻醒时就跑步取暖。

13年，他把一年年经营所得，周而复始全部投入海洋修复基础建设，直至全家的收入倾囊而出，不惜卖掉唐山市区的房产。时至今日，很多人仍然不解他为啥把钱往大海里扔甚至不惜贷款。对于他来说，手中金钱的多少并不重要，关键是有了2.35万亩海域，可以为海洋生态修复作试验田，为治理海洋环境污染尽自己的一份力量。这就是他钟情的事业与梦想，是他人生的全部。

张振海称，人为破坏海洋生态后很难修复，他做的就是把断裂的生态链修复。他介绍，在20米水深以上，6米水深以下投放人工礁，因为此海域有特殊资源——牡蛎。投放了人工礁后，牡蛎有了着床点，引来海螺、鱼类、螃蟹等食物链，而藻类也可以扎根，吸引贝类等物种，最后靠海洋清道夫——海参消化。

通过投礁，在礁体上生长马尾藻、刚毛藻、海膜、孔石莼等“海底森林”，集聚魁蚶、石斑鱼等多样性生物。藻类生长和滤食性鱼类生存，则会减少海洋中的氮磷污染。而底栖贝类又能有效降低水体中的悬浮物及藻类，达到净化水体的功能。海洋的增殖能力增强，并形成了海洋生物链，海域从沙漠变成牧场。

中国海洋大学海洋生命学院副院长、博导唐学玺教授，是国内研究海藻的权威专家，他认定：这项科研成果，填补了“国内泥沙质人工藻礁生态系统空白，对全球具有影响力”。回到海大后，他专门委托科研人员总结这一案例，将此列入中国海大教科书《海洋生态恢复学》和国家出版基金专著《中国北方海洋生态恢复技术与应用研究》。而张振海还当选为国家海洋局“2015年度海洋人物”。

据张振海介绍，这个模式是生态效益、社会效益和经济效益的有机统一。它不仅能恢复海洋环境的净化功能，履行生物多样的抢救使命，塑造海洋修复的产业模型，还能创新牧渔富民的运行模式，让15万转产转业的工人与渔民在牧场就业，并构筑京津冀共享的海洋公园等。

张振海说，他们下一步将分梯度做放大试验，如果20米以内海域都是这样，渤海修复有望了。

摄影/陈晨

中青网：

从菩提岛的前世今生

看保护型开发理念庇护的鸟类天堂

刊发时间：2016-09-12
中青网记者 / 黄昂瑾

菩提岛上的反嘴鹬　摄影 / 闫军

中国青年网北京9月12日电（记者 黄昂瑾）一花一世界，一叶一菩提。菩提岛原名“石臼坨”，因其地势中间低，四周高而得其名。后因岛上生长有2600余株原生态小叶菩提树，且岛上建有潮音寺、朝阳庵等百年寺庙，于2000年被更名为菩提岛。据介绍，“海上佛光”“国际观鸟”和“自然生态”是菩提岛的三大品牌。

9月9日，由国家海洋局组织的以“坚持绿色发展、实施生态管海”为主题的“海疆生态行”报道团来到唐山湾国际旅游岛（著名的唐山三岛）的菩提岛进行参观调研，实地了解菩提岛作为2015年“全国十大美丽海岛”，在海岛建设开发和保护等方面的特色和成效。

从三贝明珠码头乘坐快艇前往菩提岛的途中，阳光倾泻在深蓝的水面，波光掠影，宁静致远；菩提岛上，人烟罕见，葱郁成荫，佛音缭绕，鸟禽飞过，更显菩提岛独特的原生态景象。

然而，近年来，由于渤海湾沿岸河流入海泥沙锐减，沿海地区人工围田活动日益加强等多方面因素，唐山湾及周边海域呈现出海域淤积、岛岸侵蚀、沙滩萎缩、植被退化、水质下降等生态与环境问题。菩提岛也未能幸免，曾一度因人为开发而面临生态环境破坏问题。

出现问题不容忽视也并不可怕，关键在于积极应对落实行动。唐山湾国际旅游岛党工委、管委会自2011年成立以来，坚持“开发中保护，保护中开发”的工作思路，通过建立《唐山湾三岛保护与利用规划（2009—2020）》等科学的规划体系，陆续推进“唐山湾海域海岸带综合整治修复”等海岛及海域整治修复项目，并在综合整治修复的基础上加强海岛及周边海域海洋生态服务功能等措施，形成了一套科学有效的海洋生态保护开发模式。

“能少使用一些水泥石块，就少使用一些水泥石块”，保护原生态环境，将人为影响降到最低是菩提岛修复整治的关键。据唐山湾国际旅游岛党工委书记、管委会主任王玉国介绍，菩提岛的神奇之处，在于其拥有海岛资源、温泉资源、原生态资源和佛文化资源等丰富的组合资源，保护这些资源正是海岛整治修复工作的重中之重，“只有保护资源，才有可能永续开发利用、可持续发展。”王玉国说。

据介绍，菩提岛是候鸟迁徙的中转站，作为国际观鸟基地，是名副其实的鸟类天堂。根据观测显示，岛上有408种鸟类，其中最主要的品种是鹭鸶。“全国共有鹭鸶30多种，菩提岛上就有13种，数量最多的时候可以达到4万多只，树梢上一片白色，非常壮观。”唐山湾国际旅游岛党工委副书记王长发介绍道，“这里最多的两种鸟就是鹭鸶和野鸭子，这两种鸟对环境的要求几近苛求。如果没有充足的水源，没有鱼类，或者环境被破坏了，它们都不会来。”

“游客可以夏天和秋天来，但我们不建议游客春天来岛上，因为4、5月份是鸟类产卵的高峰期”，唐山湾国际旅游岛旅游局局长李树枚告诉中国青年网记者，为保护岛上原生态资源，将严格控制上岛的游客量。此外，据介绍，菩提岛上严禁车辆入岛，游客只能乘坐客艇前往；任何人不得进入岛上的核心保护区。同时，岛上还从减少光源污染和水污染等方面进行治理。

本着“因岛制宜，分区管控”的方针，菩提岛的修复治理工作遵循集约利用海岛资源，避免粗放型、掠夺型开发，最大程度存留海岛原始地貌、植被等自然要素。菩提岛上的木栈道就是具有代表性的保护原生态要素的基础设施之一，在方便游人行走的同时，也为原生态动植物保留了生存空间。此外，菩提岛上还建有食物投放点为鸟类提供充足食物，为岛内动、植物资源繁衍生息提供重要保证。

菩提岛上的白鹭
摄影 / 闫军

中青网：

海洋牧场主人张振海以赤子之心依科技创新为海洋护航

刊发时间：2016-09-20
中青网记者 / 黄昂瑾

图为张振海团队建设的藻礁，用以恢复海洋生态
摄影 / 陈晨

左图为抛礁前的海底沙漠，右图为抛礁后的海底森林

从2002到2016，14年，他让20年来几近荒漠化的祥云湾海域重现海底藻林和多样鱼群；他克服条件的限制、战胜风浪的考验，成功建成能同时停泊300艘标准渔船的码头；他通过实践摸索得出的海洋生态修复实验成果填补了国内技术空白；他密切关注京津冀协调发展重大国家战略，将个人梦想融入时代使命。

他叫张振海，唐山海洋牧场主人，2015年被评选为海洋人物。

近日，由国家海洋局组织的以“坚持绿色发展、实施生态管海”为主题的“海疆生态行”记者团来到唐山海洋牧场实业有限公司，探访海洋牧场主人张振海，面对面聆听这位海洋守护者的护海心得，近距离感受这位海洋人物的爱海情深。

技术突破震撼海洋权威

2014年9月，国家海洋局一所和中国海洋大学领导、专家前往唐山湾，对5年来唐山海洋牧场海洋生态修复实验情况进行考察。考察期间，我国海藻研究权威专家、中国海洋大学海洋生命学院副院长唐学玺这样评价道：张振海的以投礁为基础的海洋生态修复成果“填补了国内泥沙质人工藻礁生态系统空白”。

“泥沙质人工藻礁生态系统”是什么？

“‘泥沙质’是特指某一种海域，藻礁生态系统是一个专业术语”，张振海告诉记者，“其实，过去在渤海海底的泥沙质海域有大量藻礁和郁郁葱葱的藻类，目前在七里海的陆域，还发现有7000多年前的藻礁痕迹”。

张振海指出，天然的藻礁生态系统一旦被破坏，需要很长一段时间修复，因此，他们所做的就是通过人为手段，恢复海底藻类生长环境，从而让海底重现生机。

“我们把礁体直接放入海底的泥沙质海域”，张振海还介绍，之所以使用这种方式，是因为在渤海海域有一种特殊的资源——牡蛎。“牡蛎是海里的宝贝，它能使漂在海中的藻类找到附着基，从而得以生长。而人为放置的礁体又是牡蛎的着床点，且为牡蛎提供生存空间。”张振海解释道。

此外，张振海团队所放置的礁体被专家评价为“活牡蛎礁”。“因为这些‘活牡蛎礁’会引来海螺、螃蟹、各种鱼类等以牡蛎为食的海洋生物”，张振海说，这样一来，曾经几近沙漠化的海底，因人为放置的礁体吸引、形成的多条生物链，得以重新焕发生机。

依托科研促进产业融合

随后，记者一行来到海洋牧场中的海上综合多功能平台，伴着呼呼海风，听张振海进行更加直观的介绍。

“经过前段时间风暴潮的考验，说明这个平台是安全可靠的。”大家站在一个四周环海、铺有木板，且稍有雾气便不能清晰看到海岸线的平台，张振海首先为大家打消了对安全问题的顾虑。

图为张振海在海洋牧场建成的海上综合性多功能平台

摄影 / 陈晨

“那个小房子是中科院的一个实验点，数据将直通中科院数据库，数据最终会实时显示在(岸边办公楼内的)大屏幕上，其中包括8到10项指标”，张振海指着平台上一间小房子解释道。

“这个摄像头，是用来对海上情况进行实时监控。下一步，我们还将支撑农业部一个全天候监测的实验站。”张振海指向另一处的摄像头告诉记者，“所以这个平台的第一功能是支撑实验”。

“远处能看到的桩子，是浅礁区，近一点露出水面的是大型立体礁”，张振海指向更远的地方向记者们介绍，在他的海洋牧场一共有2355亩礁体，按浅礁、中礁、大型立体礁分为三个梯度，三种不同的礁体作用也不同。比如，“大型礁可以把海里八米深的同等水域里某一阶段附着什么(海洋生物)、长什么(藻类)，都可以试验出来。”张振海指出，三个梯度的礁体所承载的不同实验内容，都将在这个辐射面积达到4000亩的海洋牧场核心区得以体现。

通过介绍不同类型的实验设备和区域，张振海强调：“海洋生态治理最根本的是要依靠科技创新，一定要依据资源的特殊性，把数据提炼出来进行分析，再根据数据分析结果来做设计，之后再通过数据进行检测，要不断把有用的东西提炼、凝聚起来。”经历过近7年“盲目”摸索期的张振海，在与相关海洋领域的高校、科研机构建立合作后，深感科技创新对于海洋修复和治理的必要性及关键性。

如今的张振海，不仅通过科技创新，使海洋牧场的生态修复工作更加有条不紊，同时还将多产融合提上海洋牧场发展的日程。

张振海首先介绍了安置在海水深处的网箱，“深水网箱最基本的作用是养殖，但现在如果完全用来养殖，其效益和作用就太单一了”，张振海表示，围绕一个深水网箱，可以开辟出喂鱼、抓鱼、钓鱼等多种休闲娱乐方式，“我们在网箱附近设有垂钓台、垂钓橡皮舟，所以深水网箱区域又成了一个垂钓点，未来垂钓将往文化产业或者海上运动产业方向发展。”张振海说。

(左图)建设藻礁恢复海洋生态
摄影 / 陈晨

(右图)海底美景
摄影 / 陈晨

“还有一个浮潜区，人们可以带着浮潜设备下水观察水下藻类和其他海洋生物，这块区域水下视线可达到三米以内。所以，海洋牧场建设是从生态修复，到多产融合，最后形成一个完整的产业链的模式，这也是我们要继续努力的。”张振海表示。

对于多产融合的发展计划，张振海强调，“一定要聚焦最小的单元，把所有的数据找准，把科研的模式运用到海洋牧场的规划和建设当中。”

保护海洋行动由己及人

为实施京津冀协同发展重大国家战略的实施，将北京制造、石化等产业向渤海地区转移成为重要突破口，曹妃甸将成为首都重要战略功能区、北京现代产业试验区，形成制造业产业集群。然而，随着渤海地区经济建设的新一轮升级，周边海域也必将迎来海洋生态环境的新一轮考验。

对此，张振海坚信，坚持海洋经济发展以生态修复为先的原则是唯一选择，通过海洋保护助推京津冀协同发展，是企业的神圣使命。

“国家必须要发展，对于过程中带来的不可避免的污染问题，我们一方面要面对现实，另一方面要用积极的态度和方式来解决问题。”张振海说，“渤海是我们国家唯一的内海，也是世界范围内具有典型性的内海，这是一个特殊的海域，我们需要拿出一个前人没有拿出来的标准，也就是我们成功的经验”。

张振海认为，对渤海有了理性客观的认知后，接下来就该考虑怎么办。“那就要坚定地依靠科研院所的支持，形成一个科技创新、示范引领、振兴渤海的发展趋势，缔造出一条标准”，他表示，在认知和行动两方面的工作都进行到较为成熟的阶段后，第三步就是引导更多的人参与其中，“我们要引导更多的人参与进来，包括深海渔民和转型企业，以及社会方方面面的力量，实现渤海的修复治理，和转产转业转型。”张振海说。

此外，张振海指出，为加强海洋生态修复工作，培养人才同样重要。他积极与中国海洋大学、河北农业大学等高校建立合作机制，让海洋牧场成为高校的实践基地，同时鼓励不同学历的员工进行更高水平的学习。“现在在一线的是我们50后、60后，三五年内，我们就让80后、90后挑起大梁”，张振海说。

中国海洋报：

焕然一新北戴河

——河北省实施近岸海域环境综合整治行动纪实

刊发时间：2016-12-08
中国海洋报记者 / 安海燕

摄影 / 陈晨

北戴河以滩缓浪柔闻名遐迩。如今，在秦皇岛平水桥公园，一座朱启钤像引人注目，雕像是当地为纪念这位北戴河滨海旅游奠基人所建。

翻开历史，北戴河旅游业，至少可追溯到1919年。彼时，北戴河海滨已建别墅253所，其中90%为外国人所有。他们掠占土地，转租获利，致使北戴河一带乱象丛生。

赋闲于此的原北洋政府代理国务总理朱启钤发起了地方自治团体——北戴河滨海公益会，保护主权，规划市政，兴办公益事业，先后建设了三个公共浴场，北戴河区的旅游设施自此初具规模。

2016年9月11日，记者参加国家海洋局2016海疆生态行采访团来到北戴河。近些年来，北戴河18.4公里海岸线，曾一度遭受了海浪的严重侵蚀，伤痕累累。为保护这里的生态环境，众多海洋人默默奉献了他们的智慧和汗水，重现美丽的北戴河足可见证。——题记

一组历史数据让人触目惊心：上世纪60年代，北戴河西海滩平均宽度110米；上世纪80年代，海滩平均宽度骤降至55米；到2007年，海滩平均宽度只有24米。同时，沉积物粗化，礁石裸露，部分浴场已无沙滩存在。加之连年的赤潮等灾害导致水质恶化，北戴河景区一度被认为沉疴难愈。

2012年~2014年，河北省实施了近岸海域环境综合整治三年行动计划。由省政府牵头，组织省发展改革委、省海洋局等职能部门共同实施了河流入海污染治理、侵蚀岸滩修复、沿海防护林建设、海洋环境保障等十大工程项目。

2013年~2016年，国家海洋局为科学支撑北戴河近岸海域环境整治，批准实施重大科研项目“北戴河近岸海域典型生态灾害污染监控关键技术集成应用研究（2013~2016）”。

面对日趋严峻的资源退化和近海污染形势，加快近岸海域污染防治和开展海岸线综合整治与生态修复刻不容缓。河北省海洋局总工程师肖桂珍说：“如果我们能够摸索一条治理的好路子，那么意义就不仅仅是对北戴河了。”

一

采访团到达时，北戴河暑期已过，但海滩上依旧游人如织。

“目前，在世界范围内，海岸侵蚀是普遍存在的一种自然灾害。”秦皇岛矿产水文工程地质大队工程师张甲波具体分析了北戴河岸滩侵蚀现象的原因。

首先是入海泥砂减少。上世纪50年代以后，入海河流上建造了大量水库、拦潮闸，使河流泥砂被拦截，入海泥砂量锐减。同时，人工开采砂石导致入海物源减少，洋河、戴河口海滩上与砂堤上的砂石几乎被挖掘殆尽。其次，还有风暴潮等海洋水动力，以及不合理海岸构筑物破坏了海滩泥砂平衡。据悉，治理海岸侵蚀有两种方法：刚性沿岸构筑物的“硬体”和人工养滩的“软体”工程措施。“硬体”是属于治标而不能治本，而人工养滩则是一种新兴的方法。它能够尊重自然保持砂源平衡，将泥沙补给于被侵蚀岸段，可有效缓解侵蚀状况。

“国外几十年的实践经验表明，海岸侵蚀治本之道在于保持砂源平衡，消能优于反射，软体胜于硬体，破坏自然不如尊重自然。”张甲波说。

北戴河海滩治理就是采用了人工养滩方法。近年来，秦皇岛先后实施了北戴河西海滩、金梦海湾、老虎石、浪涛屿、东海滩等8处浴场的沙滩整治与修复。整治修复岸线长度16.3公里，增加沙滩面积40余万平方米，西海滩平均宽度由最低值24米，恢复到50米。除了生态效益和社会效益，旅游海滩恢复后，产生的直接经济效益每年可达5亿元。

据了解，北戴河海滩整治修复已被国家海洋局列为整治示范区，“沙丘—海滩—沙坝—潜堤”修复流程成为海域海岸带整治修复模板予以推广，并在北戴河建立了国内第一座养滩原位监测站，填补了我国海滩养护原位监测的空白。

二

“三年行动计划”告捷，十大工程并没有停

止。“我们发现问题仍然存在，感到恢复生态是一个长期的过程。”肖桂珍说。

岸滩修复工程、海洋环境保障工程、邻近海域典型生态灾害与污染监控关键技术集成应用、海域环境综合整治与修复示范工程……北戴河及近岸海域的综合整治工作，得到中央海域使用金、海洋公益性行业科研专项的支持，一些项目至今仍在进行中。

“除了群众看得见摸得着的效果，综合整治还有几方面重要成效值得一提。”肖桂珍说：“海洋环境立体业务化监测预警体系初步建立、海陆环境调查与分析、赤潮灾害风险评估及预警预报技术研究、污染物总量控制与产业优化调整研究……这些听起来过于专业的术语，业外人可能不好理解，但真的是好钢用在了刀刃上。”

比如海洋环境立体业务化监测预警体系。今年7月31日，北戴河海域出现赤潮。此前3天，国家海洋局秦皇岛海洋环境监测中心站就发出预报预警，为各部门应对赢得了充足时间。

在北戴河及相邻地区开展近岸海域环境综合整治，监测预警是必要的技术支撑。立体监测系统主要包括海上建设浮标在线监测系统、海上移动式监测系统，陆上建设岸基自动化海洋观测站，空中提升卫星遥感监测。

随着立体监测系统的不断完善并投入使用，中心站除对秦皇岛海域实施常规海洋环境监测，还对赤潮（绿潮）、海洋溢油、海水增养殖、滨海旅游度假区、公共海水浴场、陆源入海排污口、江河入海污染物等实施全方位监测预警。

中心站立体监测体系中的浮标在线监测系统，是在国内首次依托北斗卫星进行实时传输。他们在北戴河海域布放的3套浮标，全天候自动实时监测，每30分钟采集一次数据。

三

“北戴河海域的污染主要来自陆源。”肖桂珍说：“这是通过实地调查得出的结论，因此，不能就海治海，要与相关问题一同研究，当做一盘棋来下。”

河北建立了渤海及北戴河邻近海域二维、三维潮流模型和污染物输运数学模型，模拟北戴河邻近

摄影 / 陈晨

摄影 / 陈晨

海域近3年的化学需氧量扩散及分布状况，对秦皇岛12条入海河流在近岸海域不同季节、不同条件的污染混合区面积进行了计算，为污染物控制总量和污染物减排方案的确定和制度建设奠定了理论基础。

“当前，北戴河综合整治工作与秦皇岛经济社会发展进入了深度融合阶段。”肖桂珍介绍，“十二五”期间，河北省和秦皇岛市举全力推进近岸海域综合整治，一批重点建设项目建成运行，农村面貌、城乡流域生态环境明显改善。

2016年，市委市政府明确对全市主要河流实施“河长制”管理，市委书记担任市级总河长，市长担任副总河长”，市四套班子领导分别担任主要河流市级河长，形成市县乡村全覆盖的四级“河长制”管理体系。

在北戴河新区的发展规划中，今后将发展蓝色康养基地，保护海洋环境，科学治理入海河流和修复滨海湿地，引导海洋传统产业转型升级，发展海洋新兴产业，创建科技兴海基地。

此前，该市在国家海洋公益专项和省级海域使用金支持下，已完成了秦皇岛海陆污染源调查和污染产业社会经济压力分析，开展了近岸海域环境容量与入海污染物总量控制，区域蓝色经济与海陆统筹产业结构空间布局调整规划研究，实施了海洋环境与典型海洋生态灾害防控预警和处置关键技术集成数据库和立体监测体系业务化运行信息管理系统建设。经过反复比较验证和筛选，提出了陆源减排方案，出台了主要入海河口、养殖区及近岸海域生态环境评价等相关制度。

目前，秦皇岛市政府正在积极向国家申请建设国家级海洋经济创新示范城市。

海洋世界：

请让北方菩提树留在渤海近岸小岛上

刊发时间：2016-12
海洋世界记者／向思源　**摄影**／向思源

唐山湾国际旅游岛，位于唐山市东南部，由菩提岛、月岛、祥云岛三座岛屿及北侧陆域组成，当地人称之为“三岛”。菩提岛是三岛之中比较特别的一座岛屿。菩提岛是渤海近海岸的一座沙质海岛，也是华北地区的第一大岛，总面积4.4平方千米，四周隆起，中间低洼，状似过去用于舂米的石臼，故名石臼坨；又因岛上生长着大量的菩提树，而且岛上的佛事曾经盛极一时，菩提岛便得名于此。

岛上气候宜人，物产丰富，风光旖旎，具有荒岛、海岛、沙岛、大岛、绿岛、鸟岛、日月岛、佛家岛的“八岛”特征。岛上林木葱茏，灌草丛生，植被覆盖率高达98%，种类多达229种，有着较高的观赏和科考价值。除了野生植物，菩提岛上常年生存和季节性活动的鸟类有408种，其中属国家一、二级保护的就有68种，世界上存量极少的黑嘴鸥、半蹼鹬白鹳、黑鹳、短尾信天翁等也经常到这座岛上栖息觅食。每年春秋两季的候鸟迁徙途中，这里是鸟类落脚的中转站。

驻足菩提岛，隔海相望的是大清河口，当地人也都习惯叫老河口。几百年前，这里曾经是滦河的主要入海处。滦河是华北平原上一条水系发达的河流，也曾经是一条“放荡不羁”的河流，多次改弦易辙，在乐亭境内有多条故道。滦河发源于承德丰宁县西北小梁山大古道沟，流经内蒙古高原及河北省燕山山区，进入乐亭县其干流曾分为东滦河（今二滦河）和西滦河（今老滦河底），西滦河的下游就是大清河，是滦河最初在乐亭县选择的一条入海口。西滦河从上游挟裹着大量的泥沙，一路呼啸着奔腾入海，但由于大海的潮汐阻挡作用，河水的流速便减缓下来，挟裹在水流中的泥沙开始慢慢沉积下来，久而久之，这些泥沙在入海口前的一个水流和大海潮流相抵挡的地方越积越多，经海洋推动作用，逐渐塑造而成了一座沙质的蚀余岛。

随着岁月的推移，大海潮起潮落，一年又一年，不停冲刷沙岛。海浪往高处涌时，被挟裹的泥沙也自然带到了高处，而海浪从高处退下来的时候，泥沙却留在了高处。天长日久，小岛的周边逐渐隆起，也就形成了今天菩提岛四周隆起、中间低凹的地表形态，状似石臼，人们便叫它石臼坨。菩提岛四周被海水包围，而岛上掘地盈尺，则是淡水，饮之不咸不涩，这又让人费尽了思索。其实，

菩提岛状若石臼，下雨的时候雨水不能外流，而海岛因是沙岛，沙的性质能滤水又能涵水，滤下去的是原来沙土中的盐碱，涵养下来的是淡水。日久经年，岛上土质就由原来海水浸泡过的重盐碱变成轻度盐碱，又变成适宜植物生长的沙质草甸土，岛上就自然可以生长繁茂的植物，而在这人迹罕至的海岛上，植物却达229种，这实在是太神秘了。

菩提岛是一座神奇的天然植物园，岛上的植物种类繁多，其种属来自南北两方，与周围陆地的植物种类和自然分布差异很大，其中菩提树、木丝棉、白桦、南蛇藤等树种，这些奇特的植物物种超出了一般的生长规律、分布区域和人们的想象力。植物中还有白芨、黄芪、野菊、枸杞等多种药材和桑葚、杜梨、酸枣等纯天然绿色果实。

植物的生长条件是受地域环境限制的，按照植物的分布规律，这些树木不可能是原生的，也不会是人工移植而来的。那么，这些树木是通过什么途径由原生地传播到这座人迹罕至的海岛上的呢？

这一直是一个谜。后来经过研究，人们终于得出结论，把这座小岛绿化的郁郁葱葱的是鸟儿，是那些南北迁徙的鸟儿们在迁徙的过程中，或是饱食这些种子后飞翔到这座小岛休息时，留下的鸟粪中有一些没有被消化的种子芽胚，或是很偶然地把一些植物种子沾在羽毛中带到这里，生根发芽，顽强地生存下来，并茂密成今天的满岛绿色。

菩提岛上的菩提树十分茂盛。菩提树是佛教的圣树，原产于印度，原名荜钵罗树。菩提，梵语bodhi，即觉、智、知的意思，广义而言，就是断绝世间烦恼而成就涅磐之智慧。所以，菩提树便有了觉树、思维树的美称。在菩提岛上，我们可以亲自用手去触摸一下菩提树，或许能使自己放下一些烦恼，这是一件很惬意的事情。本来，菩提树是热带亚热带的树种，在北方实属罕见，特别是在这孤悬于大海的小岛上，如此繁茂的菩提林着实给海岛平添了几分玄妙和神秘。

近年来，由于渤海湾沿岸河流入海泥沙锐减，沿海地区人工围田活动日益加强等多方面因素，唐山湾及周边海域呈现出海域淤积、岛岸侵蚀、沙滩萎缩、植被退化、水质下降等生态与环境问题。菩提岛也未能幸免，曾一度因人为开发而面临生态环境破坏问题。唐山湾国际旅游岛党工委、管委会自2011年成立以来，坚持“开发中保护，保护中开发”的工作思路，通过建立《唐山湾三岛保护与利用规划（2009-2020）》等科学的规划体系，陆续推进“唐山湾海域海岸带综合整治修复”等海岛及海域整治修复项目，并在综合整治修复的基础上加强海岛及周边海域海洋生态服务功能等措施，形成了一套科学有效的海洋生态保护开发模式。为保护岛上原生态资源，将严格控制上岛的游客量。此外，菩提岛上严禁车辆入岛，游客只能乘坐客艇前往；任何人不得进入岛上的核心保护区。同时，岛上还从减少光源污染和水污染等方面进行治理。

本着“因岛制宜，分区管控”的方针，菩提岛的修复治理工作遵循集约利用海岛资源，避免粗放型、掠夺型开发，最大程度存留海岛原始地貌、植被等自然要素。菩提岛上的木栈道就是具有代表性的保护原生态要素的基础设施之一，在方便游人行走的同时，也为原生态动植物保留了生存空间。此外，菩提岛上还建有食物投放点为鸟类提供充足食物，为岛内动、植物资源繁衍生息提供重要保证。

2011年8月，国家海洋局正式批复唐山湾国际旅游岛为国家级海岛开发利用示范基地，支持旅游岛探索生态与经济双赢的发展模式。如今，三岛的经济效益也渐渐凸显。2016年“三岛”共有15个项目成功签约，签约金额约为307亿元，包括了旅游及配套服务产业、文化创意产业等。

山水自然保护中心：

九月的海边：

它的改变、你的参与

菩提岛上的红嘴鸥与黑尾鸥

海风吹过绿草繁茂的小岛，260多种植物自由的蔓延生长，更有2600余棵北方罕见的菩提树；随处可见鸟类栖息在草木间或飞过天空，据统计，这里的鸟种数量达到408种，让宁静的小岛俨然成为一处观鸟圣地。菩提岛，是位于河北省海洋自然保护区之内的一个原生态海岛，2015年被评选为“全国十大美丽海岛”之一，岛上植被覆盖率高达98%，有“孤悬于海上的天然动植物园”和“国际观鸟基地”的美誉。

2016年9月9日-11日，山水自然保护中心与人民日报、新华社、经济日报、中国新闻社、中国网、中国海洋报、海洋世界杂志等媒体记者，随同国家海洋局来到河北，参加了由国家海洋局办公室、生态环境保护司和海域综合管理司共同组织的“海疆生态行”系列活动。2016年该系列活动的主题是“坚持绿色发展，实施生态管海”。菩提岛是这次活动的第一站。

从“海域沙漠”到“海底森林”

近年来，由于渤海湾沿岸河流入海泥沙量锐减，沿海地区人工围填活动增多等原因，唐山湾及周边海域出现海域淤积、沙滩萎缩、植被退化及海域资源破坏，水质下降等生态与环境问题。自2010年起，旅游岛管委会陆续开始实施“唐山湾海域海岸带综合整治修复”等项目，启动了蓝色海湾整治行动项目，主要包括大清河口海岸整治修复、唐山湾海域生态修复、海洋生态环境监控与海洋经济可持续发展能力监测等三大工程，努力实现恢复近岸海域生物资源、提升区域防灾减灾能力、保障海洋生态安全的目标。

在综合整治修复的基础上，拓展海岛及周边海域海洋生态服务功能。包括在修复回填后岛体上进行原土植被生态修复；对旅游岛辖区内河口区域开展退养还海、岸线整治、清淤通流等生态河口保护与修复措施；采用人工养滩、离岸潜堤等方式，使人工鱼礁式离岸潜堤又能减轻海岛海侧岸线侵蚀又能形成鱼礁，实现双重生态功能；以渔业资源增殖放流、人工鱼礁群、人工藻（草）场、贝类底播等复合生态系统为主体的海洋生态牧场；深入开展违规渔具整治、打击非法捕捞等专项执法行动，强化执法监管，确保海洋环境得到有效保护。

海滩成为人们活动的重要场所

13年前，这里的海底是寂静的、岛屿是荒芜的，唐山海洋牧场实业有限公司董事长张振海在这片海底开展“泥沙质人工藻礁生态系统”，在海底投放人工礁，让礁体上生长马尾藻、刚毛藻、海膜、孔石莼等藻类附着生长，集聚魁蚶、石斑鱼等多样性生物。藻类生长和滤食性鱼类生存，能减少海洋中的氮磷污染；而底栖贝类又能有效降低水体中的悬浮物及藻类，达到净化水体的功能，形成一条良性的生态链。让曾经寂静的“海域沙漠”变成一片生机盎然的“海底森林”。

夜色降临的海边，螃蟹、鱼类在海滩边忙忙碌碌，岸上的居民们还没有入睡，刚装修好的饭店旅店亮着灯，生活馆里摆放着贝类装饰品、泳衣等海边用品，海鲜店还有人忙着整理。因为生态环境变好，带动了这里旅游业的发展。一家便利店的营业员说，“这边发展起来也就一两年的事，很多饭店旅店都是最近修好，还没有正式投入营业，暑假来旅游的人很多，希望环境能越来越好。”随着旅游的发展，岛上也有了一些新的变化，不过更多的行动也对应的开展，为保护鸟类资源，菩提岛禁止游客车辆进入岛内，并划分鸟类生态保护区核心区，游客不能进入，可以通过一定距离外的望远镜观赏，同时开展生态旅游、观鸟等自然体验活动。

十八公里与七里的距离，海洋问题与公众生活

老人带着小孩沿着细软的沙滩散步，年轻人在海里冲浪，少年们手里的风筝随风飞向天空，海滩边正在一场浪漫的婚礼，每个人看起来都是高兴的模样，这是某个平常的早晨昌黎黄金海岸的金色沙滩上的景象。

滨海沙滩旅游已经成为旅游业高速发展的引擎之一，海岸沙滩资源正在被大力开发和使用，并产生巨大的经济和社会效益。而海岸沙滩极易受到重大污染和巨大破坏。因此，深入研究沙滩污染清理方式和治理对策，对保护中国海岸沙滩具有重大意义。

北戴河有着18.4公里的海岸线，海岸侵蚀问题一度日渐严重，从2008年开始， 分步对受损岸线进行了生态修复，实施包括六九浴场应急治理、北戴河海滩恢复治理、浅水湾浴场综合整治、金梦海湾海滩生态修复、老虎石浴场及周边岬湾海岸修复，北戴河新区洋河—葡萄岛岸线整治与修复等工程。主要采取人工海滩喂养，平直海岸设计人工沙坝保护海滩，配合景观设计，为遏制海岸侵蚀退化问题，促进资源环境可持续利用。

摄影 / 陈晨

昌黎黄金海岸国家级自然保护区位于河北省秦皇岛市北戴河新区，区内的重要保护区域里的七里海潟湖形成于约7 000年前，位于保护区中南部沙丘带内侧，因水域宽约七里而得名。东北隅有潮汐通道与海相连，属半封闭式潟湖，在保护生物多样性、净化空气、调节河川径流、补给地下水、改善气候和维持区域水分平衡中发挥着重要的作用。然而由于泥沙自然淤积以及近60年湖内筑堤、围埝、潮汐通道建闸以及围垦、晒盐、养殖等开发活动，七里海潟湖严重萎缩。

在保护区海域5~15m等深线内，分布着国家二级保护动物——文昌鱼。它是从低级无脊椎动物进化到高等脊椎动物的中间过渡动物，是脊椎动物祖先的模型，对于研究物种起源和进化有着重要的意义，七里海水域面积的缩减致使动物栖息地、繁殖地遭受破坏而迫使动物种群数量减少，由此改变食物链的构成，对于它们的生存状况可能造成严重影响。

七里海的环境变化表明一旦人与自然关系调控失衡，就会使环境变得十分糟糕。一旦破坏，修复就更加困难。昌黎黄金海岸国家级自然保护区位于平原地区，人类活动非常频繁。周围社区居民较多，联系紧密，保护区的发展与当地居民的生活紧密相连，如何让社区居民参与到生态环境的建设当中成为很重要的问题。

标本馆里的草鹭

昌黎黄金海岸国家级自然保护区内的自然博物馆里展示着各种生物的标本，作为为社会及其发展服务机构，为研究、教育、欣赏之目的征集、保护、研究、传播并展示人类及人类环境的见证物。但比起陈列在玻璃柜里的它们，鲜活真实的它们一定更加惹人喜爱。海洋的每一个部分都与人类的生活息息相关，需要我们更多的关注。

摄影 / 陈晨

国家海洋局政府网站：
“海疆生态行”系列主题宣传采访团走进河北唐山与秦皇岛

刊发时间：2016-09-28

9月9日至11日，由国家海洋局办公室、生态环境保护司和海域综合管理司共同组织的以“坚持绿色发展，实施生态管海”为主题的2016年“海疆生态行”系列主题宣传报道活动走进了河北唐山、秦皇岛。

在为期两天的采访中，来自人民日报、光明日报、经济日报、中国新闻社、中国青年网、中国海洋报、海洋世界杂志及山水自然保护中心等多家中央媒体和环保公益组织组成的采访团，现场考察了唐山菩提岛、祥云湾海洋牧场、七里海潟湖修复整治工程、黄金海岸国家级自然保护区、国家海洋局秦皇岛海洋环境监测中心站、北戴河新区岸线整治修复工程、石河南岛生态修复工程。采访报道了河北唐山、秦皇岛两市近年来在促进海洋生态文明、生态旅游、生态养殖、维护海洋生态环境方面的发展成效和经验做法。

河北唐山、秦皇岛两市地处环渤海经济圈中心地带，是东北与华北两大经济区的结合部。唐山市海域面积约4440平方公里，海岸线总长229.7公里。唐山市滦河口外、曹妃甸海域共有大小岛屿100多个，岛屿海岸线125.7公里。近年来，唐山市委市政府紧紧围绕京津冀协同发展重大国家战略，实施海洋生态修复工程。适度保护性开发，扎实推进所辖海岛及海域整治修复项目。坚持统筹兼顾，不断强化海岛及海域保护措施。

秦皇岛市海洋资源丰富，海岸线东起冀辽省界、西至滦河口，全场162.7公里，所辖12海里以内海域面积约1805.27平方公里。优良的海洋环境是秦皇岛市最大的生态优势。近年来，秦皇岛市委市政府高度重视，不断加强海洋生态建设和海域综合管理工作，坚持绿色发展，实施生态管海，积极开展北戴河岸滩修复、海洋环境保障工程建设、典型灾害应急处置、海域综合管理等工作，近岸海域明显好转，重点区域的海洋生态系统基本修复，海洋综合管理水平进一步提升。

据悉，2016年“海疆生态行”系列主题宣传报道活动下一站将于9月底在辽宁盘锦开展。

摄影 / 陈晨

摄影 / 陈晨

2016

海疆生态行

坚持绿色发展·实施生态管海

Liaoning
辽宁·盘锦
Panjin
国家级海洋生态文明建设示范区
觉华岛
Juehuadao

人民日报：

辽宁严格守护海洋生态红线 生态环境就是核心竞争力

刊发时间：2016-11-04

人民日报记者 / 谷业凯

摄影 / 陈晨

"滨海湿地的重要性不仅体现在小环境上，还有固碳的作用，在全球碳循环过程中扮演着重要角色。"国家海洋环境监测中心生态室副主任刘长安说。日前，记者跟随国家海洋局2016"海疆生态行"采访团来到辽宁省发现，自2014年起在渤海海域实施的海洋生态红线制度，推动了盘锦、葫芦岛等沿海地区的生态保护和修复。

据介绍，盘锦市近年来投资3亿多元对近6万亩滨海湿地进行修复，同时积极推进退耕还湿工程；对湿地进行改造清淤，扩大水域面积，补偿7.7万亩受到鸟类和野生动物保护影响的耕地，恢复重要物种栖息地。盘锦市采取"合同到期的及时终止合同，合同未到期的不再续约"的办法"退养还滩"，有效减少了围海养殖对河口海域环境的不利影响。

在生态修复资金筹措方面，盘锦除积极推介"红海滩生态修复旅游开发"政府和社会资本合作（PPP模式）项目外，还对蓬莱19—3油田溢油事故生态损害赔偿补偿资金实行专款专用，按照滨海湿地翅碱蓬生长状况，依据景观格局，通过播撒翅碱蓬草籽，恢复滩涂植被，建设生态廊道，取得了预期的修复效果。

"觉华岛要找准自身的定位，良好的生态环境就是我们的核心竞争力。"觉华岛海洋与渔业局局长杨文汇说。在辽东湾第一大岛屿——觉华岛，2014年，国家海洋与渔业局批准成立了觉华岛国家级海洋公园，在这个生态脆弱和敏感的区域严格限制开发活动。

大龙宫寺航拍
摄影 / 陈晨

东海岸景观公园航拍
摄影 / 陈晨

新华社：

访觉华岛 观辽东湾

刊发时间： 2016-09-29

新华社记者 / 郭求达　**摄影** / 郭求达

觉华岛位于渤海辽东湾，海岸线长约27公里，岛上有3200余名本地居民，大多从事渔业和旅游业。觉华岛森林覆盖率达80%，夏季平均气温为25摄氏度，被称为“海上氧吧”“避暑胜地”，每年都吸引大量游客。

这是9月28日拍摄的觉华岛海岸

这是9月28日
拍摄的觉华岛
海岸木栈道

这是9月28日拍摄的觉华岛海岸

9月28日，一名男子走在觉华岛的沙滩上

9月28日，两名渔民在觉华岛岸边礁石上“捡海”

9月28日，一群海鸥落在觉华岛渔港内的船上

新华社：

魅力湿地 多彩盘锦

刊发时间： 2016-09-30
新华社记者 / 郭求达　**摄影** / 郭求达

辽宁省盘锦市有118公里的海岸线和930万亩沿海滩涂，湿地资源丰富。秋季，金色的稻田、绿色的芦苇荡和红色的红海滩共同构成盘锦湿地的多彩画卷。

9月29日，一艘船停泊在辽河入海口水域

1. 这是在盘锦一处红海滩生态修复区附近拍摄的稻田和观景楼（9月29日摄）
2. 这是在盘锦一处红海滩生态修复区附近拍摄的稻田画（9月29日摄）
3. 这是盘锦辽河口鸳鸯沟滨海湿地生态修复区（9月29日摄）
4. 这是盘锦辽河口附近的滨海湿地（9月29日摄）
5. 这是在盘锦一处红海滩生态修复区附近拍摄的稻田和观景楼（9月29日摄）
6. 9月29日，游客在欣赏经过生态修复的红海滩

经济日报：

又到碱蓬艳红时

刊发时间：2016-11-29
经济日报记者／沈慧　**摄影**／沈慧

辽宁盘锦红海滩生态环境不断改善，栖息的禽鸟也越来越多

有一片海滩，每到秋天，都会染上一片醉人的“中国红”。它是《中国国家地理》杂志评选的“中国最美六大沼泽湿地”，也是世界罕见的“红色海岸线”——辽宁盘锦红海滩。近日，《经济日报》记者跟随国家海洋局“海疆生态行”采访团一起探寻那抹“中国红”背后的环保故事。

突然消失的翅碱蓬

红海滩，坐落在盘锦市西南入海口处的拦海大堤外。成就红海滩美名的是一棵棵纤弱矮小的翅碱蓬。这种生长在滩涂上的盐碱植物，又称碱蓬草。每年四五月份，群生翅碱蓬长出地面，初为嫩红，渐次转深，10月份左右渐至赤红，于是有了那片恣意狂野的红色“海洋”。

盘锦市海洋与渔业局高级工程师李晋告诉记者，翅碱蓬在土壤含盐量为0.3%—0.5%时，最适宜生长，随着季节变换土壤中的含盐量发生变化，翅碱蓬颜色随之改变。辽河裹挟而来的泥沙沉积加上渤海潮汐的反复浸泡，使得盘锦孕育出了最适合翅碱蓬生长的环境：从20世纪90年代开始，盘锦翅碱蓬迅速生长，蔓延最盛时78公里的海岸线上，都长满了这种红艳欲滴的植物。由此，盘锦红海滩盛名远播。

在盘锦市海洋与渔业局副局长冯大庆记忆里，每年三至五月，数以千万计的候鸟南飞，茫茫海滩上，浩浩苇荡间，鸥雁合唱，鹭飞鹤翔，好不热闹。然而，好景不长。上世纪末因石油开发、农业围垦、水产养殖及苇业发展，辽河三角洲湿地面积不断萎缩，滨海湿地生态系统遭到严重破坏，红海滩生态环境不断恶化，翅碱蓬面积持续减少。“没有了翅碱蓬的滩涂逐渐含碱板结，成了寸草不生的光滩。”盘锦市海洋与渔业局高级工程师李晋记得，蔓延最盛时9万亩潮间带上全是密密麻麻的翅碱蓬，但到了2003年，翅碱蓬却突然消退，仅剩下不到1万亩。

综合施策治盐害

翅碱蓬大面积退化消亡，盐害是一个重要原因。有关专家曾指出，翅碱蓬虽耐盐性较强，但若土壤盐分过高就会出现生理性干旱等现象，生长受到抑制。

而盐害的发生与农垦、围海养殖用海不无关系。“这些滩涂所在地，原来都是海参、对虾养殖场。”在红海滩境内的鸳鸯沟滨海湿地，李晋指着脚下的自然滩涂告诉记者，辽河口海域滩涂上曾有近千家养殖户，由于过度使用化肥、高锰酸钾等，大量残饵、残药、化肥和排泄废物聚集，红海滩污染日益严重。加之一部分农业生产拦河截流造成淡水减少海水盐度升高，滩涂土壤盐分升高，久而久之翅碱蓬逐渐枯萎消亡。

CHINA DAILY:

Liaoning bolters efforts on maritime eco-protection

刊发时间：2016-10-04
By Zhao Lei

摄影 / 张海勇

Northeast China's Liaoning province will strengthen environmental protection for the ocean and islands during the 13th Five-Year Plan (2016-20), according to the local maritime authorities.

n a statement, the Liaoning Provincial Oceanic and Fishery Department said the province will tighten the review and approval procedures for local businesses use of the ocean and will supervise land reclamation on islands.

The province's natural coastline will be rigorously protected and island restoration projects will also be undertaken, the department said, adding that inspectors will monitor the implementation of protection measures.

Liaoning administers about 150,000 square kilometers of ocean. It has nearly 2,300 km of coastline, accounting for 12 percent of the national total. Last year, maritime industries generated about 14 percent of the Liaoning's GDP of 2.8 trillion yuan ($430 billion), official statistics show.

Guan Song, a senior inspector from the oceanic and fishery department, said the provincial government has decided to make good, sustainable use of marine and island resources.

"For example, we are building Juehua Island into a model of the coordinated development of ecotourism and resource exploitation," he said. "We have suspended the registration of new cars on the island to protect the air quality. Construction of new buildings has also been halted, while existing structures that are in violation of the regulations are being relocated or demolished."

Juehua Island, previously called Chrysanthemum Island, is the largest island in Liaodong Bay with a total area of 13.5 square kilometers.

Located more than 12 km southeast of the urban area of Huludao, a prefecture-level city, the island is renowned for its scenery and attractions, including the Dalonggong Temple, the Guaishitan Beach and the East Coastline Walk.

Zhang Sa, deputy head of the Juehua Island Management Committee, said the committee has helped local residents plant a great number of trees and fruits, and at least 20 million yuan has been invested in plantation projects.

In addition, the island has been striving to take advantage of its long Buddhist history to bolster ecotourism, and the committee has also taken a host of measures to safeguard and restore the marine environment in surrounding waters, he said.

As a result of the efforts, the State Oceanic Administration in June named Juehua Island as one of China's 10 most beautiful islands, he added.

摄影 / 张海勇

中国新闻社：

辽宁盘锦：

“中国第一红色海岸线”的生态变迁

刊发时间：2016-11-09

中国新闻社记者 / 阮煜琳

辽宁盘锦红海滩地处辽河三角洲湿地，位于盘锦市西南海滨，是由大片红色的翅碱蓬形成的著名湿地。图为今年10月，翅碱蓬进入旺季，有“中国红色海岸线”美誉的18公里红海滩国家风景廊道吸引了国内外游客。
摄影 / 阮煜琳

在辽宁盘锦双台河口湿地自然环境中，面积达22100公顷的滨海滩涂上，覆盖着一种典型的盐碱植物——翅碱蓬。每到夏秋时节，翅碱蓬则变成赤红色，“天下奇观”的“红海滩”由此而来。
摄影／阮煜琳

金色的麦浪、高高的芦苇、铺满翅碱蓬的红色海滩，这就是被称为“中国最美红海滩”的辽宁盘锦红海滩。但此前相当长一段时间，由于气候变暖和无序开发等原因，“救命草”翅碱蓬大片衰减，为“拯救”“最美”红海滩，盘锦展开了全方位修复海洋生态环境行动。

辽宁盘锦双台河口湿地，位于辽河三角洲的南部，处于中国大陆海岸线的最北端，南临渤海，总面积达3150平方公里，属海岸湿地和内陆三角洲湿地复合生态系统，包括芦苇沼泽、滩涂、浅海海域、河流、水库和水稻田六种湿地生态类型。湿地面积占到了盘锦市国土面积的近80%，因此盘锦享有“湿地之都”的美誉。

中新网记者日前跟随国家海洋局组织的“2016海疆生态行”采访团前往辽宁盘锦，了解当地海洋生态环境修复情况。

恢复翅碱蓬打造“红色海岸线”

在盘锦双台河口湿地自然环境中，面积达22100公顷的滨海滩涂上，覆盖着一种典型的盐碱植物——翅碱蓬，又称碱蓬草。这种植物在土壤含盐量为0.3%—0.5%时，最适宜生长。季节的转换使得土壤中含盐量不同，翅碱蓬的颜色也随之呈现出绿色或红色。每到夏秋时节，翅碱蓬则变成赤红色，“天下奇观”的“红海滩”由此而来。

从上世纪末开始，全球性的气候变暖，高温、少雨、盐分过高导致翅碱蓬的减少和死亡。而海滩上筑堤修坝、人工捕捞、踩踏也对翅碱蓬生长产生了不利影响。

“没有了翅碱蓬的滩涂逐渐含碱板结，成为了寸草不生的光滩。”盘锦市海洋与渔业局高级工程师李晋告诉记者，恢复滩涂生态，已势在必行。土壤盐碱度高的滩涂不适合植物生长，翅碱蓬是滩涂上的拓荒先锋植物，在此条件恶劣的地方扎根并使土壤改良后，底栖生物量随之增加，其他植物就可生长，进而改善生态环境。

2014年，盘锦市根据《国土资源部关于蓬莱19-3油田溢油事故生态损害赔偿补偿使用有关工作报告》和辽宁省海洋与渔业厅发布的《辽宁省蓬莱19-3油田溢油事故海洋生态修复项目总体方案》，组织编制了《蓬莱19-3油田溢油事故海洋生态损害赔偿补偿专项——盘锦辽河口受损滨海湿地植被修复工程实施方案》，2014年10月，由辽宁省海洋与渔业厅批复立项，该工程自2014年3月至2015年12月实施修复，并于今年6月24日完成验收。该项目批复专项资金4291万元人民币。

李晋说，修复工程依据滨海湿地沿滨海岸段的景观格局，借助翅碱蓬与芦苇的自然演替过程，以自然恢复与人工干预相结合的方式，力求彻底改善辽河口滨海湿地的生态环境。

“退养还滩”恢复滩涂生态风貌

盘锦鸳鸯沟国家级海洋特别保护区，坐落在双台子河口海域。辽东湾北部顶点的盘锦鸳鸯沟滩，总面积为6124.73公顷。主要保护对象为辽河入海口滨海湿地生态系统及翅碱蓬生态环境。鸳鸯沟是中国首个以“海上红海滩”湿地生态为主要特色的国家级海洋特别保护区。区内栖息着丹顶鹤、黑嘴鸥等珍稀鸟类260多种，生存着斑海豹等珍稀海洋动物。

盘锦曾有8万亩养殖场，残饵、残药、化肥和排泄废物，导致天然植被大面积损毁，鸟类栖息和觅食地面积大量缩减，鱼虾蟹贝蜇的产量大幅减少。

从2015年开始，盘锦计划5年内全部收回辽河口海域8万亩围海养殖滩涂，种植芦苇和翅碱蓬，将8万亩养殖滩涂恢复为原生态滩涂，并将淤积潮沟水道疏通，恢复整治后的滩涂水系，改善辽河、大辽河等河口湿地的生态环境。

国家海洋环境监测中心生态室副主任刘长安说，鸳鸯岛是中国最北的无居民海岛，为鸟类重要的迁徙地。为切实加强湿地生态恢复，处理好保护与利用的关系，盘锦市采取了退出或“瘦身”油田井场及道路数量、规范通讯线路布局并进行恢复等生态措施，增加自然湿地面积，有效缓解湿地岛屿化、破碎化程度，降低对生态环境的影响。

同时，盘锦还即将实施“生态移民”机制，引导居民从保护区内有序退出、妥善安置，加强周边区域污染源监控与治理。

随着退养还滩工作的逐步进行，截至目前，辽

摄影 / 陈晨

河口共恢复滩涂面积2.3万多亩。刘长安说，通过疏通修复区域内的潮汐主通道，使得辽河水和海水能自由进出，扩大湿地面积，让辽河口海域生态逐步恢复。现今在鸳鸯沟区域发现大群取食、栖息的水鸟，与盘锦市开展的湿地恢复工程密不可分。

加强海洋生态保护与修复

“十二五”以来，当地投资8000多万元人民币，投放各类苗种8亿多尾，实现了种群增加、渔民增收、生态改善的多重效果。严格海洋环境监管与污染防治。强化海洋监督执法力量，加大对海岸及近海环境的监察力度，严厉查处违规行为，有力保证了海洋环境的改善。

盘锦日前已全面启动“蓝色港湾整治行动”，综合治理海域污染损害和生态破坏，积极推进辽河流域污染防治。对与湿地有关联的河流和苇田水系进行综合治理。全面开展滨海湿地生态恢复工作。持续开展水生生物资源增殖放流。

在国家海洋局的大力支持下，投资3亿多元，对近6万亩滨海湿地进行生态修复，积极推进退耕还湿工程，对7.7万亩因鸟类和野生动物保护而承受损失的耕地进行补偿。实施重要物种栖息地恢复工程、湿地渠系改造清淤和扩大水域面积工程、湿地渠系进一步完善。同时，投资3亿元对湿地系统路网、水网、绿网、电网进行了完善。

同时，着力整治农村面源污染，深入开展宜居乡村建设，加大农村环境综合整治力度。大力削减陆源污染物的排放。严格控制生活、工业废水、畜禽养殖废水污染物排放入海。建立排污单位的企业信息监测制度，实行综合执法网格化管理，严厉打击各类环境违法行为。

摄影 / 张海勇

中国网：

2016年海疆生态行宣传报道团走进辽宁盘锦

刊发时间：2016-09-30

中国网记者 / 奚婷

觉华岛海滩风光

在为期三天的采访中，来自人民日报，新华社，经济日报，中国日报，中新社，中国网，中国海洋报，海洋世界的多家中央媒体的记者及世界自然保护联盟的同志，随同国家海洋局办公室副主任王斌、国家海洋局办公室新闻宣传处副处长张海勇等，考察了觉华岛，红海滩生态修复廊道，新兴镇，鸳鸯沟滨海湿地生态修复区，辽河口三道沟滨海湿地生态修复区等，考察盘锦市蓝色海湾整治行动情况，了解盘锦滨海受损湿地植被修复，海洋生态环境保护等方面的发展成效和经验做法。

盘锦位于辽宁省西南部，地处辽河三角洲中心地带，属暖温带大陆性半湿润季风气候，四季分明，雨热同季，日照充分，寒暑悬殊。盘锦市石化新城，缘油而建，因油而兴，是中国最大的稠油，超稠油，高凝油生产基地辽河油田总部所在地。油气资源的勘探开发，带动了石化产业的迅速崛起，石化及精细化工成为全市第一支柱产业，全省第一个千亿级产业集群，2014年完成主营业务收入1710亿元，世界级产业基地初见端倪。盘锦是鱼米之乡，其中河蟹养殖面积已达150万亩，年产量6.5万吨，盘锦是全国最大的中华绒螯蟹人工繁育养殖集散基地，被中国渔业协会授予中国河蟹第一市称号。

盘锦市是全国首批36个率先进入小康的城市之一，GDP常年位居辽宁省前列，人均GDP连续八年居辽宁省第一，也是全国优秀旅游城市。2016年9月，盘锦市入选“中国地级市民生发展100强”之一。

盘锦拟在2015—2019年间共修复滨海湿地面积8万亩，目前已成功完成退养面积1万多亩。退养还滩工程拟通过立体阶梯式修复以恢复滨海湿地自然面貌与生态系统功能。盘锦市滨海湿地退养还滩修复工程对推进全国海洋生态文明建设工作具有重要的示范作用。

据悉，由国家海洋局办公室组织的2016年海疆生态行系列宣传报道活动从5月份在首站山东威海启动，先后考察了江苏南通，天津，浙江嵊泗，广东惠州，河北秦皇岛，辽宁盘锦，活动以“坚持绿色发展、实施生态管海”为主题，将重点报道海洋生态保护的情况。

盘锦红海滩

中国网：
加强生态保护守卫梵音净土
千年佛岛觉华岛

刊发时间： 2016-10-11

中国网记者 / 奚婷

大龙宫寺

在奇妙无比的海天间，习习海风，涛声依旧，高僧碑林，亭台楼阁，槐花飘香，如痴如醉……

十一前夕，国家海洋局2016海疆生态行采访团来到千年佛地觉华岛。

心灵，自然，海洋三位一体的旅游形象

觉华岛，原名菊花岛，位于辽宁省葫芦岛市兴城东南10多公里的辽东湾中，为渤海第一大岛。

觉华岛由东西两座山脉组成，岛的东侧是海拔198米的大架子山，岛的西侧为海拔182米的大明山，大架子山的东北部和两山中间处，地势平坦，居民多居于此处。周边有大大小小四个孤岛，它们分别是：磨盘山岛、贝壳岛（原双砬子）、张家山岛和杨家山岛。

空中鸟瞰觉华岛，神似佛手擎着一朵莲花，每年6月的觉华岛槐花节期间，满岛槐香，沁人心脾。觉华岛大气环境质量达到国家一级标准，是名副其实的天然大氧吧，2015年，在国家海洋局的中国十大美丽海岛评选中，获得微信投票榜第一位，荣获2015中国十大美丽海岛荣誉称号。

自然风光秀美 佛教遗迹众多

觉华岛有着悠久的历史，风光秀美，佛教遗迹众多。

辽代奉行佛教，觉华岛是辽国佛教的中心，又因与当时北宋的普陀山佛教中心遥相呼应，素有“南有普陀山，北有觉华岛”之说，也有海天佛国的美誉。在辽金时代，名僧司空大师就曾居住岛上，并在岛上修建了大龙宫寺。大龙宫寺建成后成为辽代的佛教中心，大龙宫寺的住持当时被奉为国师。鼎盛时期岛上寺院多达17座，僧侣近千人，是一座名副其实的千年佛岛。

至今，觉华岛上依然生长着108棵千年的菩提古树，千年来始终在觉华岛守护着佛门法脉，令无数虔诚的游人和信众在树下许愿还愿、流连忘返。

为了打造生态佛岛，觉华岛规划并建成了百万株菩提园，利用108颗千年菩提树的菩提籽繁育了100万株菩提苗，将遍岛栽植菩提树，打造真正的菩提岛。5年来，这100万株菩提苗经过精心管护，已是生机勃勃，禅意盎然，现已成为八方游客观光参禅的重要景观之一，也是觉华岛宝贵的一片“绿肺”，为生态佛岛建设添上了浓墨重彩的一笔。

狠抓海洋生态文明建设 加强绿化和修复工作

觉华岛自然风光秀丽，森林覆盖率达86%，植

菩提园

南海浴场

被繁茂葱郁，野花自开自落，生态环境清幽宜人。

觉华岛始终坚持开发与保护并重的原则，将生态海岛建设纳入工作日常，出台生态保护规定，加大海岛生态修复和治理工作力度，海岛绿化面积不断增加，海域环境逐渐改善。

觉华岛投资两千多万元用于环岛公路绿化，加强村屯绿化工作，在主要景区铺设绿化草坪，在南海浴场铺设草坪100亩，在菩提巷北侧，东海沿景观带铺设草坪近200亩，并在2012年成立了专业园林管理队伍，对全岛的树木苗圃进行科学管理与养护。

觉华岛重视保护海岛生态环境项目建设，2012年以来申请的生态保护类项目有菊花岛整治修复及保护项目，张家山岛整治修复及保护项目，杨家山岛保护与开发利用及觉华岛依托工程示范项目，觉华岛海洋公园建设项目。2015年，葫芦岛市海洋与渔业局决定投资810万元在海洋公园生态与资源恢复区内，建立一块5000亩的人工鱼礁用于海洋渔业资源的恢复。

中国网：

蓝色港湾整治

让盐碱土质里开出红色美景

刊发时间：2016-10-27

中国网记者 / 奚婷

远远望去，犹如一片片厚厚的红色的地毯铺在海滩上，有一些大大小小的海鸟在觅食或者嬉戏追逐，迷人而特别的景色让人心旷神怡。

这就是著名的盘锦红海滩。

红海滩风景区是国家4A级景区、辽宁省优秀旅游景区，也是著名的国家级自然保护区。位于辽宁省盘锦市大洼县赵圈河乡境内。属于湿地生态旅游景区，它以全球保存得最完好、规模最大的湿地资源为背景，以举世罕见的红海滩、世界最大的芦苇荡为依托，是自然环境与人文景观的完美结合，是集游览、观光、休闲、度假为一体的综合型生态旅游景区。

9月底，由国家海洋局办公室组织的2016年海疆生态行宣传报道团来到这里。

盐碱土质决定了独特美景

为什么红海滩是红色的？走近红海滩才了解到，红海滩其实是由一棵棵碱蓬草组成，碱蓬草适宜在盐碱土质生长，也是惟一一种可以在盐碱土质上存活的草。盘锦市海洋与渔业局副局长冯大庆告诉记者，碱蓬草每年4月长出地面，初为嫩红，渐次转深，10月份左右由红变紫。海的涤荡与滩的积沉，是盘锦红海滩得以存在的前提；碱的渗透与盐的浸润，是红海滩得以红似朝霞的条件。

据了解，其实覆盖了近万亩滩涂的红海滩由来已久，只是过去由于交通闭塞，很少有人知道它的存在。辽宁滨海大道开通后，大道两侧的红海滩才被越来越多的人所熟知，红海滩慢慢进入了公众视野，成为一道独特景观。

陆海统筹，向海发展 提升海洋经济实力

盘锦市把海洋经济作为转型发展的关键，海洋经济总量和竞争力加快提升。

盘锦市政府在上级海洋部门的指导下制定了蓝色海湾整治行动实施方案，在巩固“退养还滩”成果的基础上，在辽河口西侧海域开展海岸带整治，

海岛保护，植被修复，海洋生态牧场建设，海洋公园建设，在线生态监视监测能力建设等工程，拓展了发展空间，注入新动力，实现向海发展的目标。

盘锦市全面开展滨海湿地生态修复工作，在国家海洋局的大力支持下，投资3亿多元，对近6万亩滨海湿地进行生态修复，持续开展水生生物资源增值放流，“十二五”以来投资8000余万元，投放各类苗种8亿多尾，实现了种群增加，渔民增收，生态改善的多重效果。

统筹治理的同时实施可持续发展战略，与北京林业大学，大连海洋大学，北京师范大学开展了多项研究活动，大力开展海洋环境在线监测能力建设和科研合作，为高校开展滨海湿地研究提供服务保障。与国家海洋环境监测中心共建盘锦鸳鸯沟滨海湿地生态示范站，包括河口入海水质在线监测和鸳鸯沟中心站，对监测项目实现全天候实时在线监测，监视。

促进可持续发展 蓝色港湾整治行动

今年起，在辽河口西海岸，辽河口至大凌河口之间的滨海湿地，开展了盘锦蓝色海湾整治行动，实现整治岸线14.6千米，海水水质稳中趋好，整治区域内劣四类水质面积下降5%，恢复滨海湿地面积5万亩，翅碱蓬种植1万亩，清理鸳鸯岛周边废弃工程残留物43万立方米。

加强岛礁建设工程，清理鸳鸯岛西北侧海岸废弃工程残留物，恢复辽河口两岸水质基础因子，水文动力和海域生态平衡。

同时，建立完整的辽河口海洋生态环境监测，观测系统，全面提升海洋生态环境监测能力建设和海洋经济可持续发展监测能力，最大程度的恢复辽河口滨海湿地生态系统的完整性，确保其稳定性和生态平衡，提升服务功能，促进海洋可持续发展，并使整治行动起到引领和示范作用。

摄影 / 张海勇

摄影 / 陈晨

中国海洋报：

最美不过碱蓬红

——辽宁盘锦红海滩的生态变迁

刊发时间：2016-12-12

中国海洋报记者 / 王自堃

摄影 / 陈晨

摄影 / 陈晨

10月的红海滩上，绵延不绝的碱蓬草犹如一袭红毯，铺展在绿苇蓝海之间。随着潮水上涨，迁徙而来的鸟类成群飞向岸边觅食，惊扰了红草滩涂上密密麻麻栖息着的海蟹……植被、飞鸟、海蟹相映成趣，成为游人争相观看的景致。“十一”国庆黄金周期间，辽宁盘锦红海滩国家风景廊道共接待游客32万人，游客量在全省景区中名列前茅。

“十一”前夕，国家海洋局“2016海疆生态行”采访团来到盘锦。在红海滩国家风景廊道，一位来自四川成都的游客向记者表示，红海滩独一无二的自然风光是吸引她前来旅游的主要原因。

近年来，在国家海洋局的大力支持下，盘锦市海洋管理部门不断加强海洋生态环境管理，开展了修复受损滨海湿地、“蓝色海湾”整治行动等工程，致力于保护盘锦湿地生态系统，恢复湿地生态功能，增加了滨海优质旅游资源的含金量，营造出一片人与自然相和谐的最美红海滩。

重新铺展“红地毯”

盘锦红海滩地处辽河入海口，在涨潮落潮交汇的滩涂湿地上，从上游而来的大量有机物在这里沉积，特别适于盐生植物翅碱蓬的生长。每年五六月，刚刚长出的翅碱蓬一片赤红；八九月碱蓬颜色便会加深至紫红色，成为一望无垠的红色草原。

除了“养眼”，碱蓬草还很实用，它是古人食盐的来源之一。《本草纲目拾遗·卷三·草部上》曾有记载：“盐蓬、碱蓬二种，皆产北直咸地，土人割之，烧灰淋汤，煎熬得盐，其叶似蒿圆长。至秋时，茎叶俱红，烧灰煎盐，胜海水煮者。”

今天的人们更看重碱蓬草的生态功能。盘锦市海洋与渔业局高级工程师李晋告诉记者，翅碱蓬是滩涂上的拓荒先锋植物，作为河海交界处的特产，翅碱蓬具有耐盐碱的特性。“土壤盐碱度高的地方别的草长不了，只有它们能‘乘虚而入’，在条件恶劣的地方扎根。等到它们把土壤改良后，底栖生物量也随之增加，土壤有机含量得到丰富，其他优良牧草就可进一步生长，建立起完整的生态系统。”

然而，自上世纪80年代以来，因石油开发、农业围垦、水产养殖及苇业发展，辽河三角洲湿地面积不断萎缩，滨海湿地生态系统遭到严重破坏，翅碱蓬的面积持续减少，红海滩的生态环境接连恶化。“没有了碱蓬草的滩涂逐渐含碱板结，成为了寸草不生的光滩。”恢复滩涂生态，已是势在必行。

2014年，盘锦市根据《国土资源部关于蓬莱19-3油田溢油事故生态损害赔偿补偿使用有关工

摄影 / 张海勇

作报告》和辽宁省海洋与渔业厅发布的《辽宁省蓬莱19-3油田溢油事故海洋生态修复项目总体方案》，组织编制了《蓬莱19-3油田溢油事故海洋生态损害赔偿补偿专项——盘锦辽河口受损滨海湿地植被修复工程实施方案》，该工程自当年3月至2015年12月实施修复，并于今年6月24日完成验收。

植被修复工程在探明受损湿地现状、演变过程基础上，按照辽河口东岸滨海湿地翅碱蓬生长状况，通过播撒翅碱蓬草籽，恢复滩涂植被。“经过测算，当翅碱蓬的播种数量为每平方米80株的时候，可以达到较好的景观效果。”李晋说，修复工程依据滨海湿地沿滨海岸段的景观格局，借助翅碱蓬与芦苇的自然演替过程，以自然恢复与人工干预相结合的方式，力求彻底改善辽河口滨海湿地的生态环境。

截至目前，该项目已使项目区域翅碱蓬面积从修复前的1万亩增加到2万多亩，碱蓬草以其强有力的污染物吸附能力，对改良土壤、净化水质等起到了重要作用，也为鸟类、蟹类提供了良好的觅食和栖息场所。

如今，走进全长18公里的红海滩国家风景廊道，红地毯一般的碱蓬草景观重现世人眼前，游人站在滩涂木栈道上纷纷以红海滩为背景拍照留念，用手中的相机见证着盘锦滩涂生态环境的变迁。

痛定思痛拆虾池

“脚下的这些滩涂，原来都是海参、对虾养殖场。”站在鸳鸯沟滨海湿地，李晋告诉记者，这里曾是盘锦“退养还滩工程”最早的一批施工现场。

放眼望去，以往密集的鱼池、虾池已无影无踪，代之以连片的自然滩涂，为鹭类、鸥类、鸻鹬类等多种水鸟提供了适宜的栖息、捕食环境，生态环境得到初步改善。

据记者了解，自2008年以后，盘锦市便不再审批新的围海养殖用海，但已有的8万亩养殖场残饵、残药、化肥和排泄废物，已造成天然植被大面积损毁，鸟类栖息和觅食地面积大量缩减，鱼虾蟹贝蜇的产量大幅减少，其中海蜇产量下降70%以上。

痛定思痛。盘锦市下定决心，将现有8万余亩海水养殖池塘恢复原生态。2014年，国家出台湿地生态效益补偿试点和退耕还湿政策，辽河口湿地被列为首批试点。盘锦争取资金4291万元，用于耕地补偿、湿地生态修复、湿地周边环境整治等项目建设。

随着鸳鸯沟、三道沟和二界沟海域围海养殖滩涂退养还滩工作的逐步进行，辽河口截至目前共恢复滩涂面积2.3万多亩。“接下来，我们还要疏通修复区域内的潮汐主通道，使得辽河水和海水能自由进出，最大程度地扩大湿地面积，使水生生物有更大更好的‘庇护所’，让辽河口海域生物逐步恢复。”李晋对未来充满期待。

今年5月，为贯彻落实党的十八届五中全会关于“开展蓝色海湾整治行动”的部署，财政部、国家海洋局决定，中央财政对沿海城市开展蓝色海湾整治将给予奖补支持。6月，盘锦市蓝色海湾整治工程项目开始实施，并被财政部和国家海洋局列为2016中央海岛海域保护专项资金第一批扶持项目，预计投入资金9亿元，计划到2017年12月，将改善辽河口西侧滨海湿地生境面积30万亩，全面打通辽河生态通道。

还滨海湿地原生风貌

盘锦鸳鸯沟国家级海洋公园（海洋特别保护区）坐落在双台子河口，由滩涂、芦苇、翅碱蓬、浅海水域和鸳鸯岛组成，盘锦滨海湿地生态站就建设在这里。

“滨海湿地生态系统在全球碳循环过程中扮演着重要角色，其固碳潜力甚至超过热带雨林系统。”国家海洋环境监测中心生态室副主任刘长安表示，该生态站采用温室气体通量监测和生态系统恢复效果跟踪监测相结合的方法，对退养还滩生态修复过程进行生态功能和效益综合评估，为盘锦滨海湿地修复工程效果评估提供科学依据。

去年7月，生态站建立了3座碳通量监测塔，同时还将在辽河口至大凌河口近岸海域布设4个小型智能浮标、9个视频监控系统。通过对盘锦自然湿地、人工养殖塘、退养还滩区滨海湿地温室气体的对比监测，工作人员发现，滨海湿地具有较强的碳汇作用。

目前，鸳鸯沟在不改变湿地属性的前提下，着力开展湿地生态旅游，打造国家级海洋公园，进一步提升滨海湿地生态服务功能。今年9月，国家海洋局局长王宏在盘锦调研时指出，恢复滨海湿地原生风貌和景观的做法符合绿色发展理念，是国家海洋局推动实施“蓝色海湾”“南红北柳”生态工程的示范。

金秋十月，正是鸟类从北方向南方迁徙的季节。如今，包括鸳鸯沟在内的盘锦湿地吸引着包括丹顶鹤、东方白鹳、白鹤、黑嘴鸥在内的多种珍稀鸟类停留，“沙鸥云集、锦鳞游泳”、翅碱蓬一芦苇植物群落错落有致的生态景观，已成为当地海洋保护区建设管理的最佳注脚。

摄影 / 陈晨

海洋世界：

菩提传百世，千年共觉华

刊发时间：2016-11
海洋世界记者 / 金希

觉华岛上的千年菩提树

(左图)郁郁葱葱的岛内植被

(右图)众多的自然人文景观

觉华岛周围是野生动物的天堂，这里鸟类品种丰富，野兔、山鸡、野鸭及大量迁徙鸟类在这里得到了有效的保护

海上有仙山，山在虚无缥缈间。在辽宁葫芦岛市，有一座神秘的原生态海岛，在空中俯瞰，海岛两端高耸、中间凹陷，神似一只佛手浮在海上，这就是渤海辽东湾第一大岛屿——觉华岛。

觉华岛属辽宁葫芦岛市，它孤悬渤海，风光秀美，景致奇特，素有“北方佛岛”之称。岛屿整体呈不规则葫芦形，两头宽，中间窄，长6千米，南北宽1~4千米，中间最窄处仅500米，并将岛分成南北两半，北岛较大，南岛稍小。2010年，葫芦岛市成立了觉华岛旅游度假区，全区下辖4个岛屿，分别是觉华岛、磨盘山岛、张家山岛、杨家山岛。

“南有普陀山，北有觉华岛”，觉华岛获此美誉，绝非浪得虚名。它自然风光秀美，佛教遗迹众多，有辽代大龙宫遗址、神奇八角井、千年菩提树等20余个自然人文景观。自2010年觉华岛旅游度假区成立以来，经过6年来的大规模开发建设，觉华岛现在已经成为国家级风景名胜区、国家海洋公园，国家4A级景区，是辽宁省沿海经济带重点园区、辽宁省服务业集聚区、省级沟域旅游示范区、省级旅游度假区、省级生态旅游示范区，也是葫芦岛市13个园区中唯一一个以旅游度假为主题的概念园区。

觉华岛的美丽，离不开葫芦岛市委、市政府一级觉华岛旅游度假区管委会的竭力保护和绿色生态开发。2010年度假区管委会成立之初到现在，始终坚持开发与保护并重的原则，将“生态海岛”建设纳入日程，出台生态保护规定，加大海岛生态修复和智力工作力度，海岛绿化面积不断增加，海域环境逐渐改善。

觉华岛远离陆地，岛上的绿化是管委会优先考虑的问题。为了增加觉华岛的绿化覆盖率，管委会投资2000多万元用于环岛公路绿化，共栽植乔木11573株，亚乔2240株，灌木25630株，花灌木及地被类45516平方米。

除此之外，度假区还加强了村屯的绿化工作。为了绿化、美化乡村，管委会在村屯路口栽种野花18个品种，面积45518平方米；在村屯栽种数目40000株。度假区还在主要景区铺设草坪、美化环境。

到国家海洋局“海疆生态行”考察团考察时，觉华岛的生态绿化工作仍在继续。为了绿化海岛、降低绿化成本，度假区提出了“海岛绿化、自给自足”的发展理念。度假区建立了岛内苗圃基地，通过承包农民耕地的方式发展苗圃基地，截至目前，共培育苗木16个品种，近15万株，为今后海岛绿化储备了苗木。

现在，觉华岛森林覆盖率超过80%，大气环境质量达到国家一级标准，空气中每立方厘米的负氧离子含量高达两万多个，是我国北方海上闻名遐迩的“天然氧吧”。不过，觉华岛旅游度假区并不满足这样的成果。为了打造菩提佛岛，加大岛内绿化，从2010年起，觉华岛就开始了“百万株菩提树培育栽植工程”。目前已培育菩提树苗35万株，培育成功的菩提树将用于打造主题菩提公园。为了加强菩提树后期管护工作，建立长效机制，度假区还开展了菩提树认养认植活动，发动广大游客和佛教信众“净化心灵、绿化佛岛”，得到了万千游客和岛内住民的积极响应。

如此大的绿化面积，灌溉水源是一个大问题。据统计，每年岛内居民的生活用水、绿化灌溉用水约为28万吨。庞大的用水量仅靠觉华岛的地下水资源，无法满足需求。而如果过量开采地下水，将会导致海水倒灌，严重破坏觉华岛的生态植被。为了保护觉华岛生态环境不被破坏的同时解决水源问题，觉华岛度假区投资4200万元，建立了陆水引进系统，将陆地上的淡水引入觉华岛，彻底解决了觉华岛的用水问题。

除绿化以外，觉华岛旅游度假区还大力加强海洋生态保护工作，开展保护海岛生态环境项目建设。2012—2014年，度假区共申请生态保护类项目4项，分别为觉华岛整治修复及保护项目、张家山岛整治修复与保护项目、杨家山岛保护与开发利用及觉华岛依托工程示范项目、觉华岛海洋公园建设项目，累计获得国家海洋生态保护建设资金14449万元。

为了推进海洋生态文明建设，加大海洋生态保护力度，促进海洋生态环境保护与资源可持续利用，2013年，度假区向有关部门上报了《觉华岛国家级海洋公园选划论证报告》。2014年经有关部门批准，成立了觉华岛国家级海洋公园。公园分成4个生态保护与生态旅游功能区、总面积10249公顷，其中重点保护区664.8公顷，生态与资源恢复区2762公顷，适度利用区3995.8公顷，预留区2826.4公顷。海岛面积1463公顷，占海洋公园总面积的14.27%；海域面积8786公顷，占海洋公园总面积的85.73%。

值得一提的是，度假区还利用蓬莱19-3油田溢油事故的海洋生态损害补偿款，专款专用实施了觉华岛国家海洋公园能力建设项目，建设内容为：海洋公园景观大门、海上巡护索道、户外宣传栏与宣传牌等管护设施的建设及海洋公园基本科研与宣教设施。目前，该项目已经完成全部投资的60%。

目前，旅游产业已经成为觉华岛的支柱产业，旅游业增加值占海岛GDP的30%以上，觉华岛年接待游客35万人次。2015年4月，国家海洋局会同中国海岛网举办了“中国十大美丽海岛评选活动”，觉华岛凭借秀美丰富的自然人文景观、卓有成效的生态文明建设，在众多竞选海岛中脱颖而出，荣获了“中国十大美丽海岛”的美誉。

眼下，觉华岛旅游度假区管委会正在凭借独一无二的自然资源优势和文化资源优势，不断完善和扩大国家海洋公园、中国十大美丽海岛和国家5A级景区的规模，打造智慧旅游信息平台。建造一个举世闻名的“生态海岛、文化海岛、养心海岛、和谐海岛、菩提海岛”。

岛内建设的木栈道

世界自然保护联盟：Healthy marine ecosystems for the well-being of planet Earth

刊发时间：2016-11-16

Oceans are the cradle of life, and coastal areas, including intertidal areas and wetlands, are rich in biodiversity and an important contributor to local economies. According to data from China in 2013, there were 35.1 million people working in marine related fields, creating more than RMB 5,400b (US$ 786b) in economic activity.

Marine ecosystem restoration and protection were a hot topic at the 2016 IUCN World Conservation Congress held in Hawai'i. Successful protection of marine ecosystems and sustainable use of marine resources are critical for climate change resilience.

International Union for Conservation of Nature China Office was invited to participate in a media field reporting campaign named "Travel across Ecological Marine Territory" sponsored by the State Oceanic Administration of China, and visited Juhua Island and Pan Jin municipality in Liaoning province, exploring successful cases and best practices in marine protection and restoration in China.

Juhua Islands:

Creating mutual benefits for marine economic development and ecosystem protection by ecological management of natural resources

Hu Lu Dao municipality in northeast China is a important harbour city in Liao Ning province, which has China's second longest provincial coast line of 261 km. With 3,200 square kilometres of maritime area and 33 docks in total, marine resources and marine transport are important contributors to the economy of the municipality.

Residents understand that their livelihoods depend on the marine environment, and that it is their responsibility to protect it, and the municipal authorities aim to sieze the economic opportunities of the revival of the area while preserving local ecosystems.

Thanks to the State Oceanic Administration (SOA) and local marine and fishery departments, a series of regulations and laws were published establishing a solid legal basis for effective and sustainable management of marine areas: "Blue Sea Action" led by the vice mayor of Hu Lu Dao city, safeguards marine ecosystems with scientific measures and effective management; law enforcement has been strengthened; and inland pollution control has been recognised as critical in preserving a healthy marine environment. Major companies operating coastal areas were investigated and requested to remedy inappropriate practices, and several restoration projects were initiated, such as a coastal wetland restoration project, marine protected area establishment, and the implementation of ecological aquaculture, while ocean parks became an innovative measure in promoting marine eco-civilisation in Hu Lu Dao.

Juhua Island is a successful example in developing ecological tourism while restoring biodiversity and marine ecosystems. To the southeast of Hu Lu Dao city, Juhua Island covers 13.5 square kilometres, with 27 km of coastline, and 54% forest cover. Its historical legacy as

a Buddhist holy island – Juhua Temple is a popular attraction for devout Buddhists – adds to the island's allure. Due to its beautiful natural environment and rich heritage, Juhua Island was voted as one of the ten "China's most beautiful islands" in 2015.

Given its exceptional conditions, Juhua Island has set a goal of developing the green economy. Several measures were applied to fulfill the mission:

Strengthening afforestation. Robust forest ecosystems are the foundation of tourism on the

木栈道
摄影 / 陈晨

梵宫泽道碑林
摄影 / 陈晨

island. The local oceanic and fishery department established a comprehensive strategy to maintain and extend the forest coverage rate. A seedling nursery on the island can supply 16 kinds of local trees, and a linden project was launched in 2010 aiming at cultivating a million linden on the island. In the future, more effort will be put into biodiversity conservation and environmentaly friendly facilities construction.

Heritage and eco-tourism. Juhua Temple, along with natural attractions Tang Wang Cave and Stone Beach, draw around 350,000 visitors annually. Tourism accounts for more than 30% of the island's economic activity, and provides more than a third of local employment. Local livelihoods have been greatly improved by tourism income, encouraging preservation of the pristine environment.

Pan Jin Municipality:

Setting an extraordinary example of intertidal restoration and management in China, protecting costal areas and migratory bird flyways.

Pan Jin municipality is located in the core area of Liao River Delta area south west of Liaoning province, and features abundant wetland and marine resources. The 21 rivers in Pan Jin form a wide, connected waterway system and large areas of wetlands and intertidal areas. As "the capital of wetlands", Pan Jin has more than 31,500 square kilometres of wetlands, including important natural habitats for a multitude of species. Shuangtaizi Estuary National Nature Reserve, for example, was listed in RAMSAR for its indispensible role in conserving many rare and endangered birds in the Asia-Australisia flyway. Shuangtaizi is a vital feeding and breeding ground for Larus saundersi, listed as

Vulnerable on the IUCN Red List of Threatened SpeciesTM, and Grus japonensis, listed as Endangered.

Suaeda heteroptera (Seepweed), brings in multiple benefits to the local marine ecosystem. Suaeda is confined to saline or alkaline soil habitats, such as coastal salt-flats and tidal wetlands, and has thick, succulent leaves, and the ability to ameliorate salty habitats. After around two years, areas populated with Suaeda can be replaced by reed, and even become paddy land after time.

In recent years, Pan Jin has introduced the innovative "rice crab symbiotic planting mode" farming method. Paddy land provides food and shelter for crabs, while the crabs contribute to pest control, and excrement for fertiliser. Today, "rice crab symbiotic planting mode" has expanded to more than 1,000 square kilometres of paddy, Pan Jin rice and Pan Jin crab have both become famous brands in China, and farmers' household annual incomes have increased.

During our short visit to Pan Jin, local authorities

摄影 / 陈晨

proudly illustrated their extraordinary examples of intertidal restoration to achieve greater economic prosperity and healthier marine ecosystems.

Restoring wetland area by ecological remediation of costal area and by returning mariculture areas to wetlands. With support from SOA, more than RMB 300m has been invested in the restoration of 40 square kilometres of coastal wetlands. More than 51 square kilometres of agricultural areas have been converted back to natural wetlands. Pollution control and water area enlargement projects were initiated at the same time to ensure the survival of water birds and other wildlife. "Blue Bay Restore Project in Pan Jin" has the goal of returning and restoring more than 33 square kilometres of mariculture areas into natural intertidal zones by 2017.

Promoting systematic development of marine protected areas in terms of Marine Park and eco-tourism, and raising public awareness of marine protection. Inland pollution discharge has caused tremendous damage to the wetland environment. Pan Jin established an integrated management plan to reconnect rivers and waterways, and to control non-point pollution from nearby village and paddy lands. A number of marine parks and scenic spots will be planed and developed according to natural conditions along the coast. Marine parks will protect undisturbed natural breeding grounds, while also providing an educational channel for the public to better understand marine protection. Scenic locations, especially the ones with spectacular view of the landscape featuring Suaeda heteroptera, commonly known as Red Beach, will provide cultural value and leisure activities for visitors. It is expected that during the thirteenth Five Year Plan, from 2016 to 2020, marine ecosystems in the Pan Jin area will be upgraded to a new level, not only in its natural protected areas, but also in public awareness.

Encouraging scientific research about effects of wetlands on climate change mitigation and adaptation. Yuan Yang Gou National Marine Park has worked with State Marine Environmental Monitoring Center to use high-tech monitoring and assessment equipment to accumulate data on water quality and carbon sequestration for some time. Its studies on the contribution of wetlands to climate change mitigation indicates that wetlands have a higher capacity for carbon sequestration than forest land. Led by Yuan Yang Gou National Marine Park, a group of protected areas are reaching-out to academia, and are contributing to studies on the benefits of healthy ecosystems and effective ecosystem management.

Healthy marine environments for the wellbeing of planet Earth

Hu Lu Dao and Pan Jin are located in the Yellow Sea Area, a vital part of the East Asian-Australasian Flyway (EAAF). IUCN Species Survival Commission (IUCN SSC) has been working with Chinese authorities on Yellow Sea conservation for many years, and IUCN encourages and supports trans-boundary cooperation in Yellow Sea conservation. In the past two years, conservation dialogues between China, South Korea, Japan and other countries were initiated, and more collaborations are expected in future.

The State Oceanic Administration, as the leader in China on Yellow Sea conservation, has demonstrated steady determination in marine ecosystem conservation and sustainable development. Juhua Island and Pan Jin are two successful examples out of many outstanding conservation stories. IUCN believes that Chinese stories and experiences play an important role in international marine ecosystem conservation, especially Yellow Sea and EAAF conservation. We also would like to establish sound collaboration and strategic partnership with SOA with our experience and techniques, and provide support to conservation programmes in future.

About the "Travel across Ecological Marine Territory"

"Travel across Ecological Marine Territory" is a campaign sponsored by the State Oceanic Administration of China, with the theme of "Promoting Green Development and Ecological Managing the Ocean". The campaign will organise site visits for media and conservation groups in seven municipalities along the coastal area of China in 2016, to experience marine ecological civilisation development on the ground, and to collect field stories of coastal restoration and integrated marine management. The visit to Juhua Island and Pan Jin was the seventh and final trip this year, more exciting stories will be explored in more locations next year.

国家海洋局政府网站：

“海疆生态行”系列主题宣传采访团走进辽宁盘锦与觉华岛

刊发时间： 2016-10-11

9月27日至29日，由国家海洋局办公室、生态环境保护司和海域综合管理司共同组织的以“坚持绿色发展，实施生态管海”为主题的2016年“海疆生态行”系列主题宣传报道活动走进了辽宁盘锦国家级海洋生态文明建设示范区与觉华岛。

在为期两天的采访中，来自人民日报、新华社、经济日报、中国日报、中新社、中国网、中国海洋报、海洋世界杂志及世界自然保护联盟等多家中央媒体和环保公益组织组成的采访团，现场考察了盘锦红海滩生态修复廊道、醉美湿地修复区、辽河口鸳鸯沟滨海湿地生态修复区、辽河口三道沟滨海湿地生态修复区、辽河口西北埝滨海湿地生态修复区。采访团还考察了“十大美丽海岛”觉华岛的东海岸景观公园、菩提园、大龙宫寺、植被恢复及绿化工程。采访报道了辽宁盘锦、葫芦岛两市近年来在促进海洋生态文明、生态旅游、生态修复、维护海洋生态环境方面的发展成效和经验做法。

盘锦市位于辽宁省西南部，地处辽河三角洲中心地带。全市所辖15米等深线内海域面积约2000平方公里，沿海滩涂面积355平方公里。海岸线长206公里，海洋生物、滨海旅游及港行资源丰富。盘锦境内有大、中、小河流21条，总流域面积3570平方公里。近年来，盘锦市委市政府加快推进资源型城市全面转型，大力发展海洋经济，在上级海洋部门的指导下制定了蓝色海湾整治行动实施方案。大力实施向海发展战略，海洋经济不断提升。坚持陆海统筹，海洋生态文明建设取得实效。2015年，盘锦市列为全国海洋生态文明建设示范区。

觉华岛位于葫芦岛市兴城市东南6.8海里的海中，离陆地最近点5公里。全岛面积13.5平方公里，海岸线长27公里。森林覆盖率为54%，为天然的海上“氧吧”。2010年，觉华岛管委会成立之初，始终坚持开发与保护并重，将“生态海岛”建设纳入工作日程。制定保护海岛措施，加强海岛绿化工作，深化海洋生态保护工作，塑造海岛形象。2015年，觉华岛被评为中国十大美丽海岛。

至此，2016年“海疆生态行”系列主题宣传

摄影 / 张海勇

报道活动圆满结束。宣传报道活动自2016年5月初启动以来，历时近半年，由国家海洋局办公室会同环保司与海域司共同组织中央主流媒体对山东威海、江苏南通与连云港海岛、天津临海新区、浙江嵊泗、广东惠州、河北唐山与秦皇岛、辽宁盘锦与觉华岛等7个站点进行实地采访，重点报道海洋生态文明示范区和海洋保护区在生态文明建设和管理方面取得的实际成效,及其在海洋生态修复、促进海洋经济可持续发展方面发挥的推动和示范作用，并取得了广泛良好的宣传效果。

附录1

2016海疆生态行记者名单

单 位	姓 名	参加站点
人民日报	刘诗瑶	山东威海、江苏南通与连云港、河北唐山与秦皇岛
	孙秀燕	天津
	苏 艺	浙江嵊泗
	谷业凯	广东惠州、辽宁盘锦与觉华岛
新华社	荣启涵	山东威海、浙江嵊泗
	白国龙	天津
	杨维汉	广东惠州
	郭求达	辽宁盘锦与觉华岛
中央人民广播电台	刘颖超	山东威海
光明日报	马姗姗	山东威海
	周艺珣	浙江嵊泗、河北唐山与秦皇岛
	叶乐峰	广东惠州
经济日报	郭静原	山东威海
	沈 慧	江苏南通、浙江嵊泗、广东惠州、辽宁盘锦与觉华岛
	李永文	天津、河北唐山与秦皇岛
中国日报	郑金冉	山东威海
	梁 爽	浙江嵊泗、广东惠州
	赵 磊	辽宁觉华岛
科技日报	高 博	江苏南通与连云港
中新社	王恩博	山东威海
	于从文	江苏南通与连云港
	刘家宇	天津
	阮煜琳	浙江嵊泗、辽宁盘锦与觉华岛
	李 茜	河北唐山与秦皇岛

单　位	姓　名	参加站点
中国网	冯　竹	山东威海
	葛　蕾	江苏南通与连云港
	张舒君	天津
	奚　婷	浙江嵊泗、广东惠州、辽宁盘锦与觉华岛
中国青年网	黄昂瑾	河北唐山与秦皇岛
中国海洋报	赵建东	山东威海
	兰圣伟	江苏南通与连云港、天津
	李　昕	浙江嵊泗
	吴　颖	广东惠州
	安海燕	河北唐山与秦皇岛
	王自堃	辽宁盘锦与觉华岛
海洋世界	沈婷婷	山东威海、浙江嵊泗
	金　希	江苏南通与连云港、广东惠州、辽宁盘锦与觉华岛
	向思源	天津、河北唐山与秦皇岛
国家海洋局政府网站	陈　晨	山东威海、江苏南通与连云港、天津、浙江嵊泗、广东惠州、河北唐山与秦皇岛、辽宁盘锦与觉华岛
保护国际基金会	王　静	山东威海
	杨碧晴	广东惠州
世界自然保护联盟	张　琰	江苏南通与连云港
	刘　静	辽宁盘锦与觉华岛
阿拉善SEE生态保护与自然教育	张博文	天津
山水自然保护中心	冯艳秋	河北唐山与秦皇岛

附录2

2016海疆生态行工作人员名单

单位/地区	姓 名	职 务
国家海洋局办公室	王 斌	副主任
	李谋胜	新闻宣传处处长
	张海勇	新闻宣传处副处长
国家海洋局生态环境保护司	于青松	司长
	许国栋	副司长
国家海洋局海域综合管理司	潘新春	司长
	丁 磊	副司长
威 海	李云峰	山东省海洋与渔业信息宣传中心副主任
	马瑞兴	威海市海洋与渔业局局长
	陈丕松	威海市海洋与渔业局副局长
	李永仁	威海市海洋与渔业局副调研员
	刘 鹏	威海市海洋与渔业局科长
	王树科	威海市海洋与渔业局信息中心主任
南通、连云港	夏前宝	江苏省海洋与渔业局副局长
	林 兵	江苏省海洋与渔业局海域和海岛管理处副调研员
	邵怀德	南通市海洋与渔业局局长
	曹 军	南通市海洋与渔业局副局长
	葛德华	南通市海洋与渔业局局长助理
	王 军	南通市海洋与渔业局副调研员
	石 斌	南通市海洋与渔业局海域（资环）处处长
	徐 超	南通市委宣传部新闻处副处长
	李 栋	南通市海洋与渔业局办公室副主任科员
	吴海云	连云港市副市长
	桂迎宝	连云港市海洋与渔业局局长
	李 明	连云港市海洋与渔业局副局长

单位 / 地区	姓　名	职　务
南通、连云港	路吉坤	连云港市海洋与渔业局办公室主任
	汤路生	连云港市海洋与渔业局海域和海岛管理处处长
天　津	蔡明玉	天津市海洋局局长
	孙玉瑄	天津市海洋局巡视员
	杨　健	天津市海洋局副局长
	高明兴	天津市海洋局副局长
	李东辉	天津市海洋局办公室调研员（主持工作）
	王正江	天津市海洋局海域管理处处长
	吴　剑	天津市海洋局办公室副调研员
嵊　泗	陈远景	浙江省海洋与渔业局副局长
	卢　艳	浙江省海洋与渔业局海情处副处长
	孙景良	舟山市海洋与渔业局副书记
	邵华颖	舟山市海洋与渔业局办公室主任
	邵　雷	嵊泗县委常委、常务副县长
	刘永革	嵊泗县委常委、宣传部长
	唐金吉	嵊泗县副县长
	林福波	嵊泗县委县府办副主任
	唐　春	嵊泗县新闻办主任
	杜　军	嵊泗县海洋与渔业局局长
	欧焕康	嵊泗县海洋与渔业局副局长
惠　州	洪伟东	广东省海洋与渔业厅副厅长
	周小壮	广东省海洋与渔业厅办公室副主任
	林国文	广东省海洋与渔业厅办公室
	李舜添	惠州市人民政府副秘书长
	王正印	惠州市海洋与渔业局局长

单位 / 地区	姓 名	职 务
惠 州	丘光利	惠州市海洋与渔业局副局长
唐山、秦皇岛	肖桂珍	河北省国土资源厅总工程师
	全荣哲	唐山市国土资源局局长
	饶长宏	唐山市国土资源局副局长
	王玉国	唐山湾国际旅游岛党工委书记、管委会主任
	王长发	唐山湾国际旅游岛党工委副书记
	杨志明	唐山湾国际旅游岛党政综合办公室主任
盘锦、觉华岛	关 松	辽宁省海洋与渔业厅副巡视员
	李忠弘	辽宁省海洋与渔业厅办公室主任
	李 强	辽宁省海洋与渔业厅环保处调研员
	宋 翔	辽宁省海洋与渔业厅办公室工作人员
	史 伟	盘锦市海洋与渔业局局长
	冯大庆	盘锦市海洋与渔业局副局长
	孙 磊	盘锦市海洋与渔业局办公室主任
	李 晋	盘锦市海洋与渔业局高级工程师
	樊德荣	葫芦岛市海洋与渔业局副局长
	唐 兴	葫芦岛市海洋与渔业局海域科科长
	李立新	葫芦岛市海洋与渔业局环保科科长
	张 飒	觉华岛管委会副主任
	孔 佳	觉华岛管委会综合办主任
	杨文汇	觉华岛海洋与渔业（林业）局局长
	曹迎新	葫芦岛日报驻觉华岛记者站站长